KB261214

양파의
습관

양파의 습관

김희진 장편소설

자음과모음

차례

1

버지니아 울프는 여자가 소설을 쓰기 위해서는 1년에 500파운드
의 돈과 자기만의 방이 있어야 한다고 했다.

500파운드라는 것이 지금의 원화 가치로 얼마만큼의 돈인지는
알 수 없지만, 나는 소설을 쓰지 않는 남자라 해도 약간의 돈과 자기
만의 방은 있어야 한다고 생각했다. 아니, 공부를 하지 않는 사내아
이라 해도, 혹은 질풍노도의 시기를 살아가는 청소년이라 해도, 더
나아가 쓸모없이 늙어가기만 하는 노인네라 해도 돈과 자기만의 방
은 필요한 법이다. 그러니까 어쩌면 누구에게나 돈과 방은 필요한
어떤 것인지도 모른다.

돈이 없다면 우리는 분명 멸시와 구박과 구걸에서 자유로울 수 없
을 것이다. 방이 없다면 고독한 시간을 즐길 수 없을뿐더러, 도색잡

지를 맘 놓고 펼쳐볼 수도, 자기만의 비밀을 감춰둘 수도 없을 것이다. 어디 그뿐인가. 연인과의 달콤한 전화 통화는 물론, 자위행위나 몽정도 자유롭게 할 수 없을 것이며, 팬티를 내리고 한껏 가랑이를 벌린 채 음모 속에 기생한다는 사면발니를 찾아낼 수도 없을 것이다.

고로 돈과 자기만의 방은 타인으로부터의 불간섭과 자유를 향한 필수품인 셈이다. 그러니까 울프의 문장은 전적으로 옳다. 하지만 페미니즘적인 시각에서 도출됐을 그녀의 문장은 전적으로 틀린 것이기도 하다. 돈과 자기만의 방은 소설을 쓰는 여자에게만 필요한 게 아니라 소설을 쓰지 않는 남자와 여자는 물론, 이름을 가진 모든 이들에게 필요한 것이기에 그렇다. 즉, 우리 버지니아 누님의 지당한 말씀은 대상의 범위를 너무 축소시켰다는 데에 문제가 있다.

"돈과 방이라."

그것은 자본주의 사회에서 사람답게 살아가기 위한 최소한의 평등권이자 기본권임에는 분명하다. 하지만 현실은 그렇지 않다. 어디에나 불평등과 불합리는 존재한다. 한쪽은 배 터져 죽고 한쪽은 배 곯아 죽는 게 법이 존재한다는 우리네 세상이지 않은가. 그런 현실에 비춰봤을 때, 아주 황공하게도 나란 인간은 제법 평등하게 기본권을 누리며 살아왔다는 생각이 든다. 왜냐하면 나에게는, 돈이 바닥난 적은 있었어도 나만의 방이 없어본 적은 없으니까.

뭐, 지난 2개월간의 시간을 제외하면 말이다.

그러니까 내가 아침부터 버지니아 울프를 들먹인 이유는, 언제나 나만의 방이었던 그 방으로 다시 돌아왔다는 걸 얘기하고 싶어서다.
누구나 가져야 함에도 누구나 가지지 못하는 자기만의 방으로.

2

그렇다. 나는 지붕으로 돌아왔다.

내가 사랑한 주황색 지붕과 그 지붕 위에 얹힌 나만의 방으로 돌아온 지 한 달하고도 하루가 돼간다. 매일 나만의 아침을 나만의 방에서 나만의 방식으로 맞이하게 됐다는 것만큼 나를 흥분시키는 일은 없었다. 그것은 자유가 주는 흥분이었다. 나는 타인들의 뒤척임과 고통의 신음에 번번이 빼앗겼던 잠의 시간으로부터 자유로워졌다. 제대로 움직일 수 없어 천장만 바라봐야 했던 굳은 자세와 크레졸과 온갖 종류의 약품 냄새로부터 자유로워진 것이었다. 결코 추천되지 못할 시간들이, 내 방으로 돌아옴과 동시에 진짜로 추천되지 못할 시간 속으로 사라져간 것이었다. 그렇다고 그 시간들이 전혀 추천되지 못할 시간이었던 것만은 또 아니었다. 그 시간들이 아니었다면, 나는 행복의 상대성은 물론 일상의 소소한 가치나 당연하게만 여겨왔던 내 방의 평범한 의미마저도 몰랐을 것이기에 그렇다. 그러고 보면 쓸모없는 과거의 시간이란 없는 것 같다. 그게 어떠한 시간이든 과거의 시간들은 현재와 미래의 시간들에 훌륭한 선생 노릇을 해주기 때문이다. 아는 척 잘난 척으로 날고뛰어봐야 현재와 미래는 과거 앞에서 배울 게 많은 학생일 수밖에 없다.

잠에서 완전히 탈피한 나는 나만의 방을 둘러본다. 유리 천장과 창가 블라인드 틈으로 은은하게 들어오는 4월의 햇살이 온전히 내 것일 수 있다는 게 좋다. 무엇보다 다행인 것은 봄이 시작되는 4월을 이 방에서 오롯이 지낼 수 있게 됐다는 사실이다.

이 방에서 내려다본 봄은 세상에서 가장 아름답다. 나는 지난 10년간 단 한 번도 이 방을 떠나본 적이 없다. 특히 봄의 시작과 봄의 끝은 늘 이 방과 함께였다. 그래서 이 방은 늘 봄이고 봄은 늘 이 방이라는 느낌이 든다. 그런 내게, 이 방과 떨어져 지내야 했던 지난 2개월의 시간은 우리 버지니아 누님을 자살로 인도한 그 우울의 시간과 맞먹는 것이었다.

그렇다면 지금 기분은 어떠냐고?

물론 내 방으로 돌아온 즉시 나는 언제 그랬냐는 듯 다시 쾌활해졌다. 방 하나로 변화된 내 감정을 목도한 순간, 나는 생각했다. 필시 우리 버지니아 누님에게는 돌아갈 자기만의 방이 없었던 거라고.

"불쌍한 우리 버지니아 누님. 방 때문에 죽어버리다니."

기지개를 켜며 침대에서 그만 일어난다. 발밑에서 자고 있던 마짱이 내 움직임에 눈을 뜬다. 그러나 마짱은 나와 마주친 시선을 피해 슬그머니 눈을 감아버린다. 아직 더 자고 싶은 것이다.

"눈뜬 거 봤으니까 일어나."

말로는 안 될 게 뻔해, 마짱이 붙잡고 누워 있는 이불을 털어낸다. 방바닥으로 마짱의 몸이 쿵, 하고 떨어진다. 귀한 종種이라는데 너무 홀대하는 건 아닌지 모르겠다. 일본에서 샀다는, 작은 체구의 브라질산 흰색 원숭이 마짱. 이 녀석과 함께 살게 된 지도 한 달이 넘어간다. 벌써부터 나를 진짜 주인으로 생각하는 것 같아 슬슬 걱정되던 참이다. 하긴, 한 달 넘게 서로 붙어 지내고도 나를 남 보듯 하는 녀석이었다면 진작에 이탈리아로 보내버렸을 것이다. 좀체 낯이라곤 가릴 줄 모르는 맹랑한 녀석. 녀석의 그런 성격 때문인지 마짱을 싫어하는 사람은 아직까지 본 적이 없다. 아, '식탐대마왕' 그녀만 빼고.

잠을 깨워 화가 난 마짱이 방방 뛰어댄다. 낯을 가리지 않는 성격이라고 해서 화조차 내지 않는 건 아니었다.

"그래도 소용없어. 오늘부터 아침 기상은 이 시간이야."

녀석이 이번엔 연거푸 재주를 넘는다. 마짱의 재주넘기는 기분이 최고로 안 좋을 때 나오는 행동이다. 그런데 문제는 기분이 최고로 좋을 때도 저와 같은 행동이 나온다는 사실이다. 사람들이 가장 슬플 때도 눈물을, 가장 기쁠 때도 눈물을 흘리는 것과 같은 이치다. 필시 기쁨과 슬픔은 한 어미에게서 나고 자란 게 틀림없다. 그래서 녀석의 저런 행동을 보고 있으면 기뻐서 저러는 건지 슬퍼서 저러는 건지 헷갈릴 때가 있다. 지금은 명백히 기분이 안 좋아서 재주를 넘는 것임에도, 나는 마짱의 감정 표현을 내 맘대로 해석해버린다.

"알았어, 좋다는 뜻이지?"

화가 난 마짱을 뒤로하고, 침대 밑에 벗어둔 통깁스를 왼쪽 팔과 왼쪽 다리에 끼운다. 팔에 끼운 깁스는 팔꿈치까지 감싼 게 아니라서 팔을 자유자재로 구부렸다 펼 수 있었다. 하지만 다리 깁스는 발목에서부터 무릎 위까지 올라오는 거라 움직이는 데 좀 불편했다.

부러질 대로 부러진 뼈를 이어 붙이는 데는 무려 2개월이란 시간이 걸렸다. 내 주치의를 자청해준 사촌 형의 말에 따르면 뼈는 완벽하게 잘 붙었다고 했다. 그래도 나는 앞으로 몇 달간 이 통깁스를 하고 있어야 한다. 그 미친놈의 사장을 비롯해 늙고 거만한 지배인과 세상에서 자기가 제일 요리를 잘한다고 착각하는 그 잘난 주방장에게 내 부재를 깨닫게 해주기 위해서다. 그나마 내게 위로가 되는 건, 진짜 환자는 싫지만 환자인 척하는 건 그다지 나쁘지 않다는 점이다. 깁스를 하고 있어도 답답하거나 크게 불편하지 않은 이 4월의 날씨 또한 내 환자 행세를 독려해주었다. 그래서 4월은 내게 전혀 잔인하지 않은 달이 될 거라고, 자못 도도하고 무례하게 확신해본다.

깁스 장착을 끝낸 나는 목발을 짚고 방문 앞에 선다. 아니나 다를까, 금세 화가 풀린 마짱이 내 어깨 위로 올라와 앉는다. 나는 밤새 잠가둔 방문을 열어젖히고 아래층으로 내려간다. 밟아 내려갈 때마

다 목조 계단에서는 삐그덕 소리가 난다. 그나저나 식탐대마왕 그녀
는 일어났겠지?

3

물론 일어나 있었다. 한때 내가 사랑했던 여자, 강수지.

육중한 살덩이의 그녀는 오늘도 소파에 앉아 두 대의 텔레비전을 응시하고 있다. 120킬로그램에 육박하는 그녀의 몸은 커다란 소파 등받이로도 가려지지 않는다. 분명 그녀의 몸무게는 하루에 0.0001그램 씩 불어나고 있는 게 틀림없다. 저렇게 계속 불어나다 보면 그녀의 몸을 받쳐줄 소파도 무너지고 말 것이다. 아, 그녀에 의해 압사당하는 소파의 고통을 그 누가 알까. 오늘도 소파의 불행을 목도하고 만나는 고개를 가로저으며 말한다.

"쯧쯧쯧, 불쌍한 소파."

그녀 가까이 다가간다. 그녀, 한때 내가 사랑했던 여자라고 했다. 그 한때란 그녀가 젓가락 같은 몸매를 가졌을 때의 얘기다. 봉긋이 올라온 젖가슴과 꺾으면 부러질 것만 같았던 팔다리, 거기다 길고 가늘었던 목과 비비안 리 저리 가라 할 정도의 잘록한 허리까지. 보통의 존재로선 가질 수 없는 불가사의한 몸매. 그렇다. 한때 그녀의 몸매가 바로 그러했고, 내가 그녀를 사랑하게 된 것도 그녀의 그 매혹적인 몸매 때문이었다. 나란 놈을 짐승 따위로 매도해도 좋다. 외모지상주의에 빠진 못된 새끼라고 쌍욕을 해도 상관없다. 그래도 여자는 들어갈 데는 들어가고 나올 데는 나와줘야 했다. 무조건 예뻐야 했고, 보호해주고 싶은 충동을 일으킬 정도로 가냘파야 했다. 그게 여자가 지녀야 할 거룩하고 성스러운 덕목이었다.

믿을 수 없겠지만, 한때의 그녀가 정말로 그러했다. 그래도 믿지 못하겠다면 그녀가 바라보고 있는 두 대의 텔레비전 쪽을 보라. 텔레비전 너머에 걸린 커다란 액자가 보이는가. 분홍색 발레복에 분홍색 토슈즈를 신고 유연한 발레 동작을 취하고 있는 그녀 말이다. 그렇다. 안타깝게도 저 액자 속의 그녀와 소파에 앉아 있는 그녀는 틀림없는 동일 인물이다. 정확히 세 배다. 세 배로 불어난 그녀의 몸은, 그녀를 사랑했던 감정으로부터 나를 세 배나 멀리 떨어뜨려놓았다. 사랑이라는 것, 그것은 몸무게와 반비례하는 간사하고 파렴치한 것이었다.

맞다. 내가 사랑한 건 저 액자 속의 그녀였다.

그렇다면 그녀가 어쩌다 저 지경이 됐는지 궁금할 테다. 액자 속의 발레리나가 애먼 소파나 괴롭히는 존재로 전락하게 된 첫 번째 이유는 결혼과 출산이었고, 두 번째 이유는 내 꿈이었다. 아니, 어쩌면 첫 번째 이유가 내 꿈이었는지도 모른다. 나는, 누구도 그녀를 사랑할 수 없게끔 엉망진창으로 만들어놓고는 가장 먼저 그녀를 버린 것이다. 천하에 나쁜 놈. 그게 나란 놈의 실체였다.

그녀의 넓적한 등 뒤로 다가간 나는 쾌활한 목소리로 묻는다.

"잘 잤어?"

그러나 텔레비전에 푹 빠져든 그녀가 내 아침 인사에 대답할 리 없다. 나는 그녀의 어깨 너머를 내려다본다. 역시나 그녀의 허벅지 위에는 쿠키 바구니가 올려져 있다. 바구니에는 그녀가 직접 구운 쿠키와 마트에서 사 온 감자칩을 비롯해 다양한 모양의 비스킷이 들어 있다. 내가 좋아하는 나초와 마짱이 좋아하는 쥐포도 보인다. 나초 하나를 집어 들 속셈으로 그녀의 어깨 너머로 팔을 뻗친다. 그러나 나초를 집어 들려는 순간, 그녀의 손이 내 손등으로 날아온다. 비대한 몸과는 어울리지 않게 재빠른 손놀림이었다.

"내 간식에 손대지 말랬지."

나는 손등을 쓸어내리며 염려스럽다는 듯 그녀에게 말한다.

"아침 먹은 지 얼마나 됐다고 그새 또 과자야. 그러다 소파 무너지겠어, 엄마."

"또 아침부터 시끄럽게 굴지. 엄마 드라마 보는 거 안 보여?"

"아들이 나초 하나 먹겠다는데, 그게 그렇게 아까워?"

"중요한 장면이야. 어머머머, 저런 쌍년놈들을 봤나. 저런 것들은 믹서기에 갈아 마셔도 시원찮지."

"아침부터 그렇게 먹어대면 오늘은 또 얼마가 불어날 거야. 그러다 진짜 소파 내려앉겠어. 최근에 몸무게는 재봤어? 우리 집 체중계로는 나오지도 않은 무게에 도달한 게 분명해. 혈압이랑 혈당 체크 안 해본 지도 오래됐지? 간식이라도 좀 줄이는 건 어때? 응? 내 말 듣고 있어?"

"저 쳐 죽일 것들."

엄마는 내가 집어 먹으려다 실패한 나초를 손가락 끝으로 우아하게 집어 올린다. 저럴 때 보면 전직 발레리나였다는 게 실감 나기도 한다. 보란 듯 나초를 아작아작 씹어 먹던 엄마가 자못 심각하다는 투로 말한다. 그러나 엄마의 시선은 결코 두 대의 텔레비전에서 멀어지지 않는다.

"서장호, 그거 아니? 너 뼈 부러진 뒤로 말 많아진 거."

아, 그랬던가. 뼈 부러진 뒤로 생각이 많아진 건 인정한다. 그래도 말이 많아졌다고는 생각하지 않았다. 하지만 엄마가 그렇다면 그런 것이다. 엄마는 나를 가장 오랫동안 봐온 사람 중의 하나이니까. 그때다. 내 어깨 위의 마짱이 엄마의 불쌍한 소파로 뛰어내린다. 소파 팔걸이에 조용히 안착한 녀석은 감지조차 되지 않는 몸무게를 이용해 엄마의 무릎 위로 사뿐히 올라선다. 그러더니 양손에 나초와 쥐포를 집어 들고는 잽싸게 도망가버린다. 역시 마짱은 나보다 낫다. 엄마가 마짱을 향해 소리친다.

"너 이 새끼, 이리 안 와!"

엄마와 마짱은 종종 저렇게 싸운다. 물론 둘 사이에 먹을거리가 놓일 때의 얘기다. 그래서 이 집에서 엄마는 식탐대마왕으로 불리고, 마짱은 리틀 식탐대마왕으로 불린다. 아니, 정정하겠다. '이 집'에서가 아니고 '이 집에 사는 오직 나'에 의해서만 비밀리에 불린다. 엄마를 식탐대마왕으로 부른다는 사실을 그녀의 남자―그러니까 우리 아버지 되시겠다―에게 들키는 날엔 엉덩이와 볼기짝이 남아나지 않을 것이다. 무슨 영문인지 아버지는 아직도 엄마를 사랑한다. 눈에 씐 콩깍지가 30년 가까이 떨어질 줄 모르다니. 실로 대단한 순간접착제가 아닐 수 없었다. 나는, 저 지경이 된 엄마를 아직까지 사랑할 마음이 남았다는 게 같은 남자로서 이해할 수 없었다.

아, 어쩌다 보니 우리 아버지가 등장하고 말았다. 내 의도한 바는 아니다. 이왕 나온 김에 우리 아버지란 사람에 대해 소개하자면, 세무서에 근무하는 그는 식탐대마왕의 왕팬이다. 식탐대마왕의 왕팬인 그가 그다음으로 삼고 있는 왕팬이 누구냐 하면, 놀라지 마시라, 그것은 바로 비틀스! 세상에 비틀스보다 뚱녀로 변한 엄마가 더 좋다니. 아버지는 미쳐가고 있는 게 분명하다. 하긴, 몹쓸 마법에 걸려 추녀가 된 피오나 공주를 사랑한 슈렉 같은 남자도 있는데 뭘. 그러고 보니 우리 아버지, 왠지 슈렉과 닮은 것도 같다. 부부는 닮아간다지만 우리 엄마가 아버지를 닮아가게 될 줄이야.

아무튼, 두 식탐대마왕이 먹을거리를 놓고 벌이는 결전에서의 승자는 언제나 리틀 식탐대마왕인 마짱이었다. 다윗과 골리앗의 싸움에서 왜소한 체구의 다윗이 이기듯, 엄마와 마짱과의 싸움에서도 마찬가지였다. 날렵하고 날쌘 마짱의 움직임을 따라잡기에 엄마의 몸은 너무 무겁기 때문이다. 한 입 거리도 안 되는 것들을 되찾아오기 위해 헐떡대며 쫓아가느니, 그깟 것 포기하는 게 엄마의 신상에 이로웠다. 대신 엄마는 맘처럼 움직여주지 않는 자신의 몸을 위로코자 마짱에게 온갖 욕설과 악담을 퍼부어댄다. 저렇게 말이다.

"저놈의 원숭이 새끼! 한 번만 더 버릇없이 굴면 진짜로 내쫓을 거야!"

구석으로 도망간 마짱은 나초와 쥐포를 한입에 넣고 오물대느라 엄마의 폭언 같은 건 귀에 들어오지 않는다. 물론 엄마의 입이 원래부터 저렇게 거칠었던 건 아니다. 다시 한 번 말하지만, 엄마는 발레리나였다. 세계 최고의 발레리나 '강수진'은 못 될지언정 한국 최고의 발레리나 '강수지'를 꿈꿨던 우아한 여자. 비만은 한 인간의 성격과 말씨까지 비곗덩어리로 만들어버렸다. 이제 엄마에게 어울리는 이름은 〈보랏빛 향기〉를 부르던 여리고 여린 '강수지'가 아니라 '강수자'였다.

"잡히기만 해봐! 그땐 다리몽둥이를 분질러놓을 테니까."

벌게진 얼굴로 모처럼 텔레비전에서 눈을 뗀 엄마가 뒤돌아 나를 쏘아보며 묻는다.

"대체 장호는 언제 온다니?"

"응? 나?"

"너 말고, 마장호."

마장호. 이탈리아에 있는 마짱의 진짜 주인이다. 이름이 같아서 나 서장호와 둘도 없는 친구가 된 마장호.

"한국 떠난 지 이제 겨우 한 달 넘었거든."

"저 새끼 묶어놓고 키울 순 없는 거니, 철창 같은 데?"

"엄마 저기, 믹서기에 갈아 마셔도 시원찮을 것들 또 나오는데."

엄마의 고개가 오른쪽 텔레비전으로 향한다. 나는 엄마와의 실랑이를 끝내고 부엌으로 들어간다. 엄마가 물려놓은 아침 식탁은 역시나 돼지우리 같았다. 세상에 부지런하고 깔끔한 비곗덩어리를 찾기란 어려운 일이다.

4

밥통을 연다. 그러나 내가 먹을 밥은 보이지 않는다. 또 엄마 짓이다.

"엄마, 밥 없어?"

"싱크대 열어봐. 컵라면 있을 거야."

"아침부터 무슨 컵라면. 그리고 내가 그딴 거 먹지 말랬지. 라면은 또 언제 사논 거야?"

"저러다 들키지. 쯧쯧쯧."

하는 수 없이 나는 아침 식탁에 남겨진 엄마의 흔적을 대충 치우고, 토스터에 식빵을 굽는다. 프라이팬에 베이컨과 계란이 익어가는 동안, 마짱은 토스터 앞으로 가 앉는다.

마짱은 토스터를 좋아한다. 특히 토스터가 두 개의 식빵을 통, 하는 소리와 함께 밖으로 밀어 올리는 순간을 좋아한다. 무슨 이유로 좋아하는지는 정확히 모른다. 어쩌면 통, 소리와 함께 퍼져 나오는 구수한 빵 냄새 때문이거나, 아니면 단순히 뭔가가 튀어나온다는 신기함 때문일 것이다. 진짜 주인인 마장호란 놈에게 물어봤더니 '글쎄?'라는 대답만 돌아왔었다.

타이머에 맞춰 토스트가 튀어나오자 마짱이 어김없이 재주를 넘는다. 밉다 밉다 하면서도 엄마는 토스터 구경꾼인 마짱의 행동에 매번 웃음을 짓곤 했다. 접시에 토스트를 올리고 베이컨과 계란 프라이를 담는다. 주스를 한 컵 따르는 것으로 내 식사 준비가 끝나면 이젠 마짱의 아침을 준비해야 할 차례다. 나는 깁스 바깥으로 삐져나온 손가락을 이용해 사과와 바나나를 자른다. 고구마를 씻어 절반 정도 자르고 거봉은 다섯 알만 내놓는다.

먹자, 하는 말에 식탁 위로 올라선 마짱은 양손을 써가며 음식을 볼 안으로 밀어 넣는다. 나도 아침을 먹기 시작한다. 그런데 접시를 내려다보는 순간 한숨이 터져 나온다. 일류 요리사를 꿈꾸는 내가 할 수 있는 요리가 고작 이 정도라니. 한쪽 손을 쓸 수 없는 비운의 요리사 지망생이란 설정은 아무리 생각해봐도 나와 어울리지 않는다. 그래서 초라한 식탁 앞에만 앉으면 커밍아웃을 해버리고 싶어진다. 실은 나 말이지 다 나았어, 하고.

아침 메뉴가 맘에 들었는지 마짱이 접시 앞에서 또 재주를 넘는다. 그것도 연거푸 세 번이나. 나를 위로해주는 건 역시 마짱뿐이다. 나는 입으로 가져가려던 베이컨을 마짱의 접시에 올려준다. 마짱은

사람으로부터 사랑받는 법과 음식을 더 얻어먹는 법을 아주 잘 아는
녀석이었다.

5

깨끗이 비운 접시를 들고 식탁에서 일어난다. 요리를 할 수 없다는 것 말고, 공갈 깁스를 하고 있어서 좋은 점은 무궁무진하다. 우선은 지금처럼 다 비운 음식 그릇을 설거지통에 그냥 '퐁' 담가둬도 아무런 죄의식을 느끼지 않아도 된다는 것이다.

형과 나의 유년 시절은 온통 설거지로 점철돼 있었다. 젠장, 여기서 또 의도하지 않게 형이 등장하고 말았다. 이왕 나왔으니 형에 대해서도 소개하자면, 여덟 살 위인 형은 아주 조숙한 아이였다. 대학수학능력시험을 치르기도 전에 애부터 만든 인간이니 말해 뭐하겠는가. 아버지가 식탐대마왕의 왕팬이라면, 식탐대마왕은 형의 왕팬이다. 복잡한 걸 싫어하는 사람들을 위해 간단히 설명하자면 이렇다. 아버지는 엄마를 지독히 사랑하고 그런 엄마는 첫째 아들을 지독히 사랑하는 것이다. 그러니까 나만 낙동강 오리알 신세인 셈이다. 형이 나를 지독히 사랑해주고, 그런 내가 마짱을 사랑해주고, 마지막으로 마짱이 아버지를 사랑해주면 결과적으로 우리 식구들은 도미노가 되어 서로를 사랑하게 되는 것일 텐데, 안타깝게도 형은 나를 별로 좋아하지 않는 것 같다. 나 역시 마찬가지다. 유리 표면처럼 차갑기만 한 형. 그러나 정작 안은 들여다볼 수 없는 유리 표면을 가진 형. 그런 인간을 누가 사랑하겠는가. 엄마나 되니까 그나마 사랑해주는 거지.

이렇게 해서 내 가족 소개는 대충 끝났다. 이제 말하는 중간에 버릇없이 튀어나올 가족은 없다. 형의 등장으로 잠시 끊겼던 얘기를 이어가자면, 형과 나는 어릴 적부터 설거지를 하고 자랐다는 것이다. 좀 과장되게 들릴지 모르지만 우리 형제는 기저귀를 떼면서부터 설거지를 시작했다. 각자가 비운 음식 그릇은 각자가 닦아야 한다는 아버지의 엄포 때문이었다. '나한테 시집오면 손에 물 한 방울 안 묻히고 살게 해줄게.' 한 여자와 결혼에 골인하기 위해 누구나 한번은 해봤을 그 거짓말을 지키기 위해 아버지는 어린 우리 형제에게 설거지를 시켰던 것이다. 아동노동착취죄가 성립될 정도의 노동력이었다고, 어린 나는 설거지를 할 때마다 투덜댔던 것 같다.

따지고 보면 엄마가 저렇게 된 데에는 아버지 책임도 있다. 식사 때마다 우리의 음식 그릇을 엄마보고 닦게 했더라면 팔뚝 살은 지금보다 덜 쪘을 테니까. 아, 지나친 사랑의 부작용이여! 과유불급이란 사자성어가 왜 탄생했는지 이제 알 것 같기도 하다. 그러나 설거지에 관한 한 철저한 분업이 이루어지던 이 집안의 내력도 내 공갈 깁스로 잠시 중단되고 말았다. 이제 아버지 보는 앞에서 식사를 끝낸 다음, 의연히 식탁에서 일어나, 아무렇지 않게 밥그릇과 수저를 설거지통에 '퐁' 빠뜨리고 가도 아버지는 내게 아무 말도 하지 않는다. 환자의 매력이란 바로 이런 것이리라. 열외의 가능성이 있다는 것, 보호받을 수 있다는 것, 그리고 게으름을 피울 만한 타당한 이유를 지녔다는 것.

그리하여 나는 접시를 설거지통에 빠트리고 부엌을 나선다. 이제 내가 해야 할 설거지는 엄마, ─하지만 엄마는 거의 하지 않는다고 보면 된다─아니면 일을 마치고 돌아올 아버지의 몫이다. 아, 또 있다. 나를 사부로 떠받드는 귀찮은 두 바보 녀석들.

목발을 짚고 소파를 괴롭히고 있는 엄마를 지나 위층으로 올라간다. 보고 싶은 채널이 두 개에서 한 개로 줄어들었는지, 엄마의 텔레비전 하나는 꺼져 있다. 나는, 감자칩을 오물거리며 리모컨으로 채널을 돌리느라 정신없는 엄마에게 말한다.

"엄마, 나 지붕 위에 있을 거야."

역시 대답은 돌아오지 않는다. 나는 목조 계단을 밟아 위층으로 올라간다. 지붕은 나만의 방을 거쳐야만 내려갈 수 있는 곳이다. 오늘은 우리 집 앞을 지나가는 김대무 씨를 꼭 만나야 한다. 퇴원 이후 계속 늦잠을 자는 바람에 출근하는 김대무 씨를 만나지 못했다.

6

MP3 플레이어를 목에 걸고 내 방 블라인드를 올린다. 여닫이창을 양쪽으로 밀어젖히자 4월의 아침 공기가 나만의 방과 재회한다. 마당의 만개한 목련나무 사이로 바람이 불 때마다 목련 향이 사방으로 흩어진다. 그러나 향은 수줍어하는 여자처럼 내 방 창가까지 다가올 듯하다가 이내 돌아서버린다. 맡아질 듯 맡아지지 않는 목련 향을 대하고 있으면, 내 방은 4월을 위해 지어진 방이 분명하다는 착각에 빠져든다. 여자가 수줍다는 이유로 내게 다가오지 않는다면 내가 직접 다가가면 된다.

창밖으로 내려선다. 지붕에 두 발을 내려놓자마자 어깨 위의 마짱이 뛰어내린다. 마짱은 나만큼이나 이 주황색 지붕을 좋아한다. 깁스 때문에 움직임은 불편하지만 나는 지붕 끄트머리로 내려가 수줍게 고개를 숙인 목련 향에 코를 갖다 댄다. 좋다. 무릉도원이 따로 없다. 공갈 깁스만 아니면 금상첨화일 아침이었다.

깁스 때문에 구부릴 수 없는 왼쪽 다리를 편 채 지붕 중간쯤에 자리를 잡고 앉는다. 그런데 깁스 환자에게 지붕은 위험한 장소 아니냐고? 보통의 지붕이라면 깁스 환자뿐 아니라 멀쩡한 사람에게도 위험한 곳일 것이다. 하지만 걱정 마시라. 우리 집 지붕은 완만한 경사도를 자랑하니까. 각도기로 직접 재보진 않았지만 아마 15도 정도? 아무튼 미끄러져 다칠 염려라곤 거의 없는 지붕이다. 그래서 나는 이 지붕의 경사도를 '사랑스러운 경사도'라 부른다. 그렇다고 우리 집 지붕만이 사랑스러운 경사도를 가진 건 아니었다. 옆집과 앞집은 물론 뒷집까지, 주황색 지붕을 가진 이 동네의 모든 집들은 사랑스러운 경사도를 가졌다.

사람들은 이 동네를 '주황주택단지'라고 부른다. 똑같은 모양의 집들이 다닥다닥 붙어 있기 때문이다. 집들은 겉모양뿐 아니라 크기와 구조도 모두 같다. 당연히 주황색 지붕 위에는 나만의 방과 똑같은 방들이 하나씩 얹혀 있다. 그 말인즉, 집집마다 어느 한 사람에게는 이 전망 좋은 방이 주어진다는 뜻이다. 한마디로 이 동네 사람들은 집에 한해서는 더 가지지도 덜 가지지도 않은, 마르크스가 지향하는 평등의 조건을 갖췄다 하겠다. 뭐, 일단은 말이다.

다닥다닥 붙어 있는 집과 집 사이에 높은 담장 같은 건 없다. 담장이 없으니 대문이 있을 리 만무하다. 대신 하얀색 페인트칠을 한 나무 울타리가 내 집과 네 집을 경계 짓는다. 눈을 돌리면 옆집은 내 집 같고 앞집은 뒷집 같아서, 혼란과 혼동은 늘 이 동네를 배회한다. 그래서 200가구나 되는 이 주황주택단지에서 자기 집을 찾는 일은 꽤나 고달팠다. 평등이 주는 불편함이었다. 사람들은 겉으론 평등을 외치지만, 막상 평등의 정점에 이르게 되면 남과 구별되기를 바란다. 이 동네 사람들도 그러해서, 구별에 대한 욕망은 각자의 집을 치장하게끔 만들었다. 그래서 어느 날부턴가 그들은 화단을 꾸미고, 나무를 한 그루 더 심기 시작했다. 현관문과 창문을 좀 더 예쁘고 고급스러운 것으로 바꿔 달기도 했다. 하지만 그들의 발악에도 한계는 있었으니, 집의 색깔만은 바꿀 수 없다는 게 그것이었다. 특히 지붕 색깔을 바꿀 수 없다는 이 동네만의 규칙은 평등을 지양하고픈 그들의 본능에 맞서 철저히 지켜졌다. 왜냐하면 이곳은 주황주택단지이기 때문이었다.

MP3 플레이어를 귀에 꽂고, 다른 듯 같은 집들을 내려다본다. 목련이 지고 나면 이 동네는 벚꽃 천지가 된다. 집집마다 심어진 벚나무가 꽃망울을 터뜨리는 것이다. 그때가 되면 이 동네는 세상에서 가장 아름다운 마을이 된다. 그것이 내가 이 지붕에서 내려다보는 4월을 사랑하는 이유였다.

엄마도 한때는 이 지붕에서 내려다보는 4월을 좋아했다. 하지만 120킬로그램의 비곗덩어리 외투를 껴입은 뒤부터는 이 지붕 근처엔 얼씬도 않는다. 지붕이 무너질까 염려돼서였다. 지붕뿐 아니라, 엄마는 더 이상 내 방에도 올라오지 않는다. 삐걱대는 목조 계단을 이겨 낼 수 없으리란 판단 때문이었다. 엄마가 마지막으로 내 방에 올라 와본 게 언제였을까. 이제는 기억마저 가물가물하다. 가끔은 그 시 절이 그리울 때가 있다. 간식을 들고 저 목조 계단을 오르던 엄마가, 잠든 내 방의 불을 끄기 위해 그리고 내 방의 침대 시트를 갈아주기 위해 사뿐히 계단을 오르던 엄마가, 더 이상 아들 방을 찾지 않는 엄 마라니. 비만은 엄마의 고상한 성격과 말씨를 빼앗아갔을 뿐 아니라 내게서 엄마까지 빼앗아갔다. 비만에 이어 내게서 엄마를 빼앗아간 놈은 텔레비전이었다. 아버지와 형만이 내 엄마를 빼앗아간 적이라 고 생각했는데, 날이 갈수록 내 적은 늘어가고 있었다.

"지나갈 때가 됐는데……."

나는 김대무 씨가 걸어올 쪽을 바라본다. 김대무 씨는 내가 근무 하는 레스토랑 '퐁즈'의 홀 매니저다. 나와 같이 일하는 작자 중에서 는 그나마 가장 사람다운 사람이었다. 워낙에 부지런한 양반이라 벌 써 지나가버린 건 아닌지 모르겠다. 그런데 마짱이 또 보이지 않는 다. 귀에서 이어폰을 빼고 마짱을 부른다. 마짱은 지붕 위에만 올라 오면 고삐 풀린 망아지가 된다. 뛰어오르고 기어오르길 좋아하는 녀 석에게 이 지붕은 최상의 놀이터다. 다닥다닥 붙어 있는 지붕과 지 붕 사이를 뛰어다니다 보면 녀석은 저쪽 끝 집에 가 있기도 한다. 그 래도 용케 우리 집은 잘 찾아온다. 문제가 발생하는 건 녀석이 남의 집에 들어가버릴 때다. 그것이 눈에 보이지 않는 마짱을 찾아야 하는 이유였다.

"마짱!"

다행히 마짱이 뒤쪽 지붕 너머에서 뛰어나온다.

"딴 데로 새면 혼난다."

마짱이 보란 듯 지붕 너머로 다시 몸을 감춘다. 그때였다. 기다리던 김대무 씨가 모습을 드러낸다. 나는 집 앞을 지나가는 그를 향해 손을 흔들며 인사를 건넨다.

"안녕하세요, 매니저님."

김대무 씨가 손으로 차양을 만들어 지붕 위를 올려다본다.

"아! 안녕하셨어요, 서 보조님."

자기보다 스무 살이나 어림에도 그는 나를 꼭 '서 보조님'이라고 부른다. 꼬박꼬박 말을 높이는 건 물론이다. 홀 매니저란 직업에서 온 습관이라기보다는 천성인 것 같았다. 그는 단 1초라도 출근 시간에 늦지 않기 위해 늘 대중교통을 이용한다. 그래서 지름길인 주황 주택단지를 지나가는 것이다. 옷매무새는 언제나 단정했으며 흐트러진 머리 모양을 본 적이 없다. 여러 가지로 본받을 점이 많아 퐁즈 근무자 중에서 내가 유일하게 존경하고 신뢰하는 사람이다.

"퇴원하셨단 애긴 들었습니다."

"병원에 있어봤자 빨리 나을 것도 아니라서요."

그러나 나는 속으로 실은 다 나아서요, 하고 말한다.

"잘하셨네요. 병원에 있으면 어째 더 아픈 거 같잖아요."

"맞아요."

"근데 왜 나와 계세요? 아직은 아침 공기가 찬데."

"갑갑하기도 하고, 담당 선생님이 햇볕을 좀 많이 쐬라고 해서요. 뼈 붙는 데는 봄 햇볕이 좋다네요."

봄 햇볕이 뼈에 좋은지 어쩐지는 나도 모른다.

"아, 네. 깁스는 얼마나 더 하고 있어야 한답니까?"

"한 3개월에서 4개월요."

"많이 답답하시겠어요."

"요리하고 싶어죽겠어요."

"어련하시겠어요."

김대무 씨는 요리에 대한 나의 열정을 누구보다 잘 아는 사람이다. 이때다 싶어 나는 가장 묻고 싶었던 질문을 넌지시 던져본다.

"어……때요, 레스토랑은?"

"그냥 그렇죠, 뭐."

저건 무슨 의미일까. 퐁즈에 무슨 일이라도 생긴 걸까. 내 부재 효과가 나타나기라도 한 걸까. 서둘러 묻는다.

"왜요?"

"손이 하나 빠져서 그런지 주방이 매일 전쟁 통이에요."

당연히 그래야지. 그래야 하고말고. 통쾌함에 온몸이 짜릿해진다.

"임시로라도 사람 좀 쓰지, 안 쓴 모양이네요?"

"그게, 우리 사장 워낙에 검소한 양반이라……."

"아, 그렇죠. 검소."

나는 쓴웃음을 짓는다. 김대무 씨가 손목시계를 들여다보며 이만 가봐야겠다고 말한다.

"네, 살펴 가세요. 오늘도 수고하시고요."

잰걸음으로 주황주택단지를 벗어나는 김대무 씨였다. 이제 그가 할 일은 퐁즈에 도착하는 대로 깁스 환자인 내 상태를 알리는 것이다. 누구긴? 사장과 지배인을 비롯해 주방장이란 작자지. 나는 지난 몇 년간 나를 못살게 굴었던 그들에게 내 존재 가치를 일깨워줘야 한다. 내 부재로써 말이다. 가치란 건 없어져봐야 아는 거니까.

나는 홀 매니저의 뒷모습을 바라보며 속으로 말한다. 김대무 씨, 잘 부탁해요. 당신은 정직한 사람이니까 내 모습을 본 그대로 잘 전달해주리라 믿어요. 그리고 날 야속하게 생각하지는 말아줘요. 나에겐 진짜 휴식이 필요했다는 거 김대무 씨가 더 잘 알잖아요. 그죠? 그리고 당신이 게이라는 건 아무한테도 말하지 않을게요. 당신이 사장 새끼를 몰래 흠모하고 있다는 것도요. 근데 많고 많은 남자 중에 왜 하필 사장이에요? 고약한 성질머리에다 처자식까지 있는 놈이 어디가 그렇게 좋다고. 정말 별난 취향인 거 알아요? 내가 게이라도 사장 같은 놈은 트럭으로 갖다 줘도 싫은데. 그래도 난 당신의 사랑을 지지해요.

김대무 씨가 모퉁이로 사라지는 것을 보고 나서야 지붕에 등을 기대고 눕는다. 구름 한 점 없는 파란 하늘이 더없이 평화롭고 아름답

다. 목련 향에 취한 나는 귀에 이어폰을 끼우고 마짱을 부른다. 잠을
청할 거라는 걸 알고는 한달음에 달려온 마짱이 내 가슴팍으로 올라
와 눕는다. 숨을 쉴 때마다 마짱의 몸이 위아래로 움직인다. 나른한
봄 햇살이 잠을 부른다.

7

지붕 위의 달콤한 잠을 깨운 건 차량 소음이었다.

눈을 뜬다. 귀에서 이어폰을 빼고 지붕 아래를 내려다본다. 두 대의 익스프레스 차량이 와 있다. 차가 옆집에 멈춰 서 있는 걸 보니, 옆집으로 이사를 들어오는 모양이다. 뭐? 옆집? 3년간 주인을 찾지 못해 폐가가 되다시피 한 집에 사람이 들어오다니. 자리에서 일어나 내 방 창으로 올라간다. 창가에 세워둔 목발을 짚고 아래층으로 내려간다. 급하게 엄마를 부른다.

"엄마, 엄마!"

"또, 또 호들갑."

"옆집에 이사 들어오나 봐."

"그게 왜?"

“엄만 알고 있었어?”

“너 병원에 있을 때부터 웬 사람들이 드나들긴 하더라.”

“옆집이 어떤 집인지 알고도 그래?”

“다 사람 사는 집이야.”

“저 사람들은 알고 들어오는 거래?”

“낸들 아니? 말 시키지 말고 저리 가. 어제 네 아버지 때문에 놓친 드라마 시작하니까.”

우리 집 식탐대마왕은 텔레비전에서 벌어지는 일 말고는 일절 관심이 없다. 그래서 아버지는 텔레비전을 싫어한다. 엄마가 아버지보다 텔레비전을 더 사랑하기 때문이다. 그 정도로 텔레비전에 미쳐 있는 엄마가 텔레비전을 보지 않는 날이 있었으니, 그건 바로 엄마의 첫째 아들이 집에 들를 때다. 엄마의 영원한 왕팬인 그 첫째 아들 서장수. 그렇게 차가운 인간에게 무슨 매력이 있어 엄마는 그러는 건지, 정말 알다가도 모르겠다. 토라진 나는 엄마의 쿠키 바구니에서 나초 하나를 잽싸게 집어 든다. 이번엔 성공이다.

“엄마 간식에 손댈 생각 말고 얼른 장가갈 생각이나 해. 너 좋단 여잔 없니?”

“엄마 말고는. 그리고 나 이제 겨우 스무 살이거든!”

“쯧쯧쯧, 말이나 못하면.”

엄마는, 형이 스무 살에 결혼했듯이 나 또한 그 나이에 결혼을 해야 한다고 착각하고 있었다. 아무튼 내게 도움이라곤 안 되는 형이

다. 나는 나초를 아그작 씹어 먹으며 다시 지붕으로 내려간다. 이삿
짐은 그사이 공개되고 있었다.

8

지붕에 앉아 이사 구경을 한다. 몇 달 후면 다시 기어 나올 이삿짐이었다. 길어봤자 1년도 안 될 것이다.

저 55호로 말할 것 같으면, 천하에 재수 없기로 소문난 집이다. 고작 울타리 하나로 경계를 나눠놨을 뿐인데도 우리 집 56호하고는 달라도 너무 달랐다. 우선 옆집에는 식물들이 잘 자라지 않았다. 같은 남향인 데다 태양으로부터 늘 같은 양의 은총이 내리쬠에도 옆집 벚나무는 봄에 꽃을 피워 올리지 못했다. 마당의 잔디는 별로 싱그럽지 않았고, 잘 키워보려고 사 온 화분들은 맥없이 죽어나갔다. 55호에 마지막으로 살다 간 노부부가 생각난다. 3년 전이었다. 교양이 철철 흘러넘치는 은퇴한 교수 부부였는데, 난초를 자기 손주보다 더 아끼고 사랑한 사람들이었다. 그런데 저 55호에 살게 되면서 그 난

초들을 몽땅 저세상으로 보내고 만 것이다. 노부부는 고가의 난초들의 죽음을 서로 네 탓으로 돌리며 매일같이 싸워댔다.

'난초 하나 제대로 못 키우는 영감탱이랑은 도저히 못 살아!'

'뭐가 어째? 난초만도 못한 마누라 같으니라고!'

그러다 주먹다짐이 오갔고, 결국 교수 부부는 늘그막에 갈라서고 말았다. 그래도 그 전에 살았던 사람들에 비하면 교수 부부의 경우는 약과였다. 무슨 귀신에 씌었는지, 55호에 입주한 사람들은 하나같이 사건, 사고와 불운에 휘말렸다. 55호의 첫 입주자였던 러시아인 부부는 갓난아이의 입을 틀어막아 질식사시켰다. 밤마다 칭얼대는 아이의 울음소리가 새벽잠을 깨운다는 이유에서였다. 우발적인 사고라 하기엔 너무 끔찍했고 상식 밖의 일이라, 그때부터 주황주택단지 사람들은 55호가 악귀에 씐 게 분명하다고 수군덕대기 시작했다. 러시아인 부부가 떠나고 두 번째로 저 집을 차지한 사람은 시베리아허스키를 키우던 40대 사업가였다. 노총각이라는 것만 빼면 남부러울 게 없는 사람이었는데, 어느 날 갑자기 집에서 목을 매달았다. 시베리아허스키도 주인과 같이 허공에 대롱대롱 매달려 있었고 한다. 그다음 입주자는 신세대 닭살 부부였다. 그러나 남부러울 정도의 금실을 자랑하던 그 부부의 이면에도 슬픔이 도사리고 있었으니, 매번 들어선 배 속 아이가 유산으로 사라져간 것이었다. 그렇게 55호 입주자들은 1년도 안 돼 불행을 떠안은 채 집을 떠나고 말았다. 약속이나 한 듯, 어떤 불문율처럼.

당연하게도 55호의 집값은 바닥으로 곤두박질쳤다. 집이 헐값이 돼가는 만큼 그 집에서의 삶 또한 헐값이 돼가고 있었다. 그런 옆집에 비하면 우리 집은 평온하기 그지없었다. 울타리 하나 차이가 그렇게 큰가, 하는 의문이 들 정도였다. 뭐, 그렇다고 10년간 이 집에 살면서 일이 아주 없었던 건 아니다. 사람이 살다 보면 결단코 아무 일도 일어나지 않을 수는 없다. 하다못해 밥을 먹다 이가 부러질 수도 있는 게 보편적인 우리네 인생이다.

우리 집의 사건 사고라 하면 우등생이었던 형이 고등학교를 졸업하기도 전에 애 아빠가 된 것이었다. 그리고 형과 나를 낳고 비곗덩어리로 변해가던 엄마가 어느 날부턴가 하루 종일 소파에 앉아 병적으로 텔레비전을 보기 시작했다는 것과 3개월 전에 교통사고로 내 팔다리가 부러졌다는 것뿐이다. 아, 또 있다. 엄마가 보던 텔레비전이 과다 시청에 의한 과열로 폭발한 사건. 그래도 자살과 살인에 비하면 아무것도 아니지 않은가? 아무튼, 이른 나이에 가장이 된 형은 금세 어른이 돼갔다. 20대 초반에 형성된 책임감과 자립심은 형을 철저하고 지독한 어른으로 성장시켰다. 얼음장 같기만 하던 형의 성질머리가 예쁜 공주를 키우면서 조금 변해가기 시작한 것도 믿어지지 않는 일이었다. 그리고 나는 교통사고로 긴 휴가와 게으를 수 있는 권리를 얻었고, 엄마는 텔레비전 폭발 사고로 두 대의 텔레비전을 얻었다. 그것도 32인치짜리 LED 텔레비전으로.

아주 다행스럽게도 우리 집에서 일어난 사건, 사고는 불행의 귀결로 이어지진 않았다. 그래서 나는 가끔 생각해보곤 한다. 만약에 우리가 저 옆집에 살았다면 어땠을까, 하고. 아마 형은 싸가지 없는 폐인이 되어 길거리를 전전하고 있을지 모른다. 나는 다리 하나를 못 쓰는 불구의 몸이 돼 있거나, 저 식탐대마왕은 지금 텔레비전과 함께 이 세상 사람이 아닐지도. 그만큼 55호는 재수대가리 없는 집이었다. 그런 집에 누군가가 이사를 들어오고 있었다.

"미쳤지."

그러니 미친 그들이 궁금할 수밖에. 나는 익스프레스 차량에서 쏟아져 나오는 이삿짐을 관찰한다. 어떤 이삿짐이든 이삿짐에는 꾸밈이란 게 없다. 과장이나 허세 따위가 첨가될 수 없기에, 이삿짐은 가장 솔직하게 그 주인들의 취향과 생활수준을 말해준다. 나는 그것을 일명 '이삿짐의 간접화법'이라고 부르는데, 지금까지 그것에서 오류와 실수를 발견한 적은 없었다. 10년간 지붕에 앉아 적잖은 이삿짐을 지켜봐온 나다.

가장 먼저 굵직한 가구들이 들어간다. 이불장과 장식장을 비롯해 식탁과 침대는 모두 초콜릿 빛깔의 앤티크 가구들이다. 고풍스러우면서도 현대적인 고급미가 풍기는 가구는, 안주인의 미적 취향이 클래식한 세련미에 있다고 살짝 귀띔해준다. 그런 여자들은 대개 최소한의 치장을 지향한다. 외출 시에는 치마 정장을 선호할 확률이 높으며, 머리는 절대 동네 미용실에서 하지 않는다. 미루어 짐작건대, 생활수준은 중산층 이상쯤 돼 보인다. 웬만한 여유가 아니고서는 집

안의 모든 가구에 통일성을 주기란 쉽지 않기 때문이다. 그런 사람들이 왜 하필 저 집으로 이사를 들어오려는 걸까. 헐값의 집이나 탐내는 사람들은 아닌 것 같아 드는 의문이었다. 외지 사람이라 해도 저 집의 나쁜 이력에 대해 모를 리 없었다. 소문의 능력은 빛의 속도로 온 우주를 관통할 수 있다는 데에 있다. 그게 음흉하고 흉측한 소문이라면 더 그렇다.

"분명 뭔가가 있어."

냉장고와 에어컨을 비롯한 각종 가전제품에 이어 마당 한구석에 난초 화분과 관엽식물들이 놓인다. 꽤 정성스럽게 키운 듯, 잎사귀마다 윤기가 흐른다. 하지만 저 식물들의 건강이 언제까지 담보될지는 미지수다.

"조만간 또 싸움 나겠는데."

굵직한 가구들은 다 들어갔나 했더니, 이번엔 그랜드피아노가 시끌벅적하게 들어간다. 보통 가정집에 들이기엔 곤란한 물건이라 눈이 휘둥그레진다. 〈학교 종이 땡땡땡〉이나 치는 실력으로 저런 피아노를 소유하지는 않을 테니 적어도 모차르트나 슈베르트 정도는 칠 줄 아는 사람이 가족 구성원 중에 포함됐다는 얘기다.

"몇 달간 음악 감상은 제대로 하게 생겼는걸. 나쁘지 않아. 그치, 마짱?"

마짱이 꼬리를 물음표 모양으로 세워 올리며 아래를 내려다본다.

"네 눈에도 이상해 보이지? 저런 집은 공짜로 준대도 싫은데."

식탁이 6인용이긴 했지만, 들어간 침대가 모두 세 개였으니까, 가족은 서너 명으로 추측된다. 그랜드피아노가 힘겹게 들어간 다음, 자질구레한 이삿짐 상자들이 줄지어 들어간다. 그 상자들 사이로 세발자전거가 보인다. 그렇다면 미취학 아동이 있다는 말인데…… 설마 아까 그 그랜드피아노를 치는 아이가 저 세발자전거의 주인은 아니겠지? 그럼 혹시 피아노 신동? 저런, 피아노 천재에게 무슨 일이 생기면 안 될 텐데. 저 55호에서라면 손을 다쳐 피아노를 못 치게 된다든가, 알 수 없는 이유로 시름시름 앓다 천재성은 발휘해보지도 못하고 죽을 수도 있는 일이었다.

"천재와 영재는 보호받아야 하는데……."

벌써부터 밀려들기 시작한 걱정과 안타까움에 고개를 절레절레 흔든다. 그때였다. 익스프레스 차량 뒤로 검정색 승용차 한 대가 멈춰 선다. 이삿짐 주인들이 모습을 드러낸 것이다. 55호에서 피폐해져갈 사람들이었다. 그들의 승용차 문이 열린다. 우리 아버지뻘 돼 보이는 중년의 남자와 그 부인으로 짐작되는 여자가 먼저 내린다. 안주인은 남편에 비해 상당히 젊어 보인다. 예상대로 치마 정장 차림이었다.

"내 말 맞지, 마짱."

괜히 어깨가 으쓱해진다. 뒤이어 뒷좌석에서 꼬맹이가 내린다. 아까 그 세발자전거의 주인이었다. 그런데 꼬맹이는 어째 피아노 천재처럼 보이진 않는다. 그래, 진짜 피아노 천재라면 저런 세발자전거

따윈 거들떠보지 않을 것이다. 그럼 피아노 주인은 치마 정장 차림의 저 안주인이라는 건데…… 그렇게 넘겨짚으려는 찰나였다. 꼬맹이에 이어 한 아가씨가 승용차에서 내린다. 발목까지 내려오는 하얀색 플레어스커트 차림에 하늘색 캔버스화를 신은 젊은 여자였다. 그녀의 손에 들린 투명한 아크릴 상자가 눈에 띈다. 그 안에 뭔가 들어 있는 것 같은데, 멀어서 무엇인지는 확인할 수가 없다. 분명한 건 저 아가씨가 아까 그 그랜드피아노의 주인일 거라는 확신이었다.

"봐봐, 마짱. 피아노 치게 생겼잖아."

단란한 4인 가족의 눈이 일제히 지붕 위의 내게로 향한다. 다들 이상한 눈으로 날 올려다본다. 당황한 나는 그들에게 깁스한 팔을 흔들어 보이며 인사를 건넨다.

"안녕하세요. 이사 들어오시나 봐요."

그러나 무안하게도 그들은 내 인사 따윈 안중에도 없다. 친절이 친절로 통하지 않는 세상이니 별수 있나, 그러려니 해야지. 승용차에서 내린 부부는 곧바로 차 트렁크를 연다. 둘이서 힘을 합해 무언가를 힘겹게 끄집어낸다. 뭐지? 고개를 잔뜩 늘여 빼고 시선을 아래로 떨군다. 차 트렁크에서 모습을 드러낸 것은 소형 냉장고였다. 승용차에 따로 싣고 올 만큼 귀중한 이삿짐으로는 보이지 않아 좀 의아했다. 큰 냉장고는 아까 집 안으로 들어간 터라 더 그랬다. 그럼 혹시 소형 냉장고를 가장한 금고?

"어쩌면 현금 부자일지도 몰라."

그래서 그들은 내 인사를 부담스러워했던 것이다. 원래 부자란 족속들은 알은척하는 걸 몹시도 싫어하니까. 부부가 냉장고를 들고 집 안으로 들어간다. 그들의 뒤를 꼬맹이와 아가씨가 따른다. 유독 수줍게 움직이는 그녀의 발걸음을 내려다보고 있는데, 그녀의 눈이 지붕 위의 나에게로 향한다. 다시 한 번 인사를 건넬 속셈으로 깁스한 팔을 흔들어 보인다. 이에 놀란 그녀가 고개를 푹 숙이더니 어깨를 한껏 움츠리고는 잽싸게 집 안으로 뛰어들어가버린다.

"뭐지? 설마 부끄러워서?"

고개를 갸웃거리며 일단 엄마한테로 달려간다. 엄마에게 이웃에 관한 것들을 소상히 알려주기 위해서다. 3년 만에 생긴 새 이웃이니 당연하다. 나는 텔레비전에 중독된 엄마가 조금씩이라도 다른 데 관심을 갖게 됐으면 좋겠다. 이웃에게 궁금증이 생기다 보면 엄마는 소파에서 일어나 바깥으로 나가게 될지도 모른다. 새 이웃은 때론 사람의 가슴을 설레게 하는 힘을 가진 존재이니 가능성은 충분하다. 엄마를 움직이게 할 동력이 비로소 생긴 것이다.

9

저녁 식사를 마치고 엄마와 함께 텔레비전을 본다.

새 이웃에 대한 엄마의 반응은 냉소 그 자체였다. 이웃의 등장이 엄마를 조금이라도 변화시키길 바랐지만, 결국 새 이웃은 텔레비전에 무참히 케이오당하고 말았다. 이웃에 대한 엄마의 냉소만큼이나 이웃 또한 차갑고 조용하기만 했다. 그게 이사 들어온 지 일주일이 지났음에도 이웃이 엄마에게 자극을 주지 못하는 이유였다. 엄마는 55호 사람 중에 누구 하나 죽어 나가야 텔레비전에서 눈을 뗄 모양이었다.

그래서 더없이 지루하고 평범한 일상이 반복되고 있었다. 엄마의 몸은 오늘도 0.0001그램이 불어난 듯 보였고, 마짱은 번갈아가며 식탐과 말썽을 부려댔다. 방금 끝난 저녁 식사 자리에서는 엄마와 마짱 사이에 소란이 벌어졌다. 마짱이 엄마의 국그릇에 손을 담그려다 엄마에게 덜미가 잡히고 만 것이다. 손만 데고 건더기를 건져 올리지 못해 화가 난 마짱이 엄마의 손등을 할퀴고 도망가는 바람에 식탁은 순식간에 아수라장이 되고 말았다. 거기다 슈렉을 닮은 아버지가 못생긴 피오나 공주를 위해 설거지를 하는 모습까지 반복되다 보니, 어제는 오늘 같았고 오늘은 어제 같기만 했다. 하루 종일 내가 하고 있는 짓거리라곤 하품뿐이었다. 요즘 같은 지루함이라면, 하느님의 하해와 같은 은총으로 기적이 일어나 하루아침에 팔다리가 나왔다는 선포와 함께 레스토랑으로 돌아가고 싶을 지경이었다. 매일 '강수지'가 아닌 '강수자'를 봐야 하느니 차라리 머리에서 발끝까지 구두쇠인 사장 새끼와 트집쟁이 지배인과 호통 대마왕 주방장에게 들볶이는 게 나았다. 집에 돌아와 휴식을 만끽한 지 며칠이나 됐다고 그새 악몽 같던 퐁즈가 다 그리워지는지 모르겠다.

지루함을 견디지 못한 나는 자리에서 일어나 부엌으로 간다. 텔레비전이 두 대나 되지만 채널 선택권은 나에게 없다. 엄마가 보고자 하는 두 방송사의 드라마는 내 취향이 아니다. 불륜과 복수극은 이제 지겹다. 나는 '강수지 표' 드라마를 보고 싶은데, 엄마는 자꾸 '강수자 표' 드라마만 보려고 한다. 이럴 때 나를 위로해주는 건 맥주뿐이다.

냉장고에서 캔 맥주 하나를 몰래 꺼내 들고 나만의 방으로 올라간다. 마짱이 따라 올라온다. 엄마는 텔레비전을 보다 저대로 소파

에 앉아 잠이 들 것이다. 공허하게 켜져 있는 텔레비전을 끄러 나오
는 사람은 안방에서 자고 있는 아버지다. 하지만 무슨 버르장머리인
지, 아버지가 리모컨으로 텔레비전을 끄려고 하면 엄마는 귀신같이
잠에서 깨어난다. 뒤통수에도 눈이 달린 식탐대마왕이 맥주를 들고
올라가는 내게 어김없이 잔소리를 해댄다. 텔레비전에 푹 빠져든 듯
보여도 엄마는 엄마로서 해야 할 잔소리는 놓치지 않는다.

"잠자리에 무슨 맥주야."

"잠자리에 돼지 족발은 괜찮고?"

"넌 아직 환자야."

"엄마도 환자야. 비만 환자."

엄마는 모른다. 아버지가 왜 발레 동작을 취하고 있는 결혼 전의
엄마 사진을 크게 확대해 텔레비전 너머에 걸어놨는지를. 말로는 통
통한(?) 엄마도 보기 좋다고 하지만 아버지 또한 〈보랏빛 향기〉를
부르던 '강수지'를, 젊은 날의 엄마를 원하고 있는 것이다. 과연 아버
지 의도대로 엄마는 깨닫게 될까. 텔레비전을 보다 저 액자 속의 아
름다운 여자가 진짜 자신이었다는 걸. 그리고 그게 진짜 내 엄마였
고 아버지의 진짜 아내였다는 걸. 나는 엄마에게 밤 인사를 한다.

"수자 씨, 안녕히 주무세요."

"수자 씨? 내가 왜 수자야?"

말은 내게로 향하지만 엄마의 시선은 두 대의 현란한 텔레비전에
붙박여 있다.

“엄마 몰랐어? 강수지란 이름은 이제 엄마하고 안 어울려.”

“하하하하, 아이고, 배야.”

엄마가 웃는다. 내 말 때문에 웃는 게 아니라 유치한 드라마 때문
에 웃는다. 그래서 슬프다.

“엄마, 나 들어가 잔다니까.”

“하하하하, 아이고, 배야.”

목조 계단의 삐그덕 소리가 엄마를 대신해 내게 밤 인사를 건넨다.

10

　나만의 방으로 돌아오자마자 나는 방문을 걸어 잠그고 공갈 깁스부터 벗어젖힌다. 이제야 좀 살 것 같다.

　병원에서 퇴원하기 전에 나는 오른쪽 다리에도 통깁스를 하고 있었다. 허벅지까지 올라오는 깁스였는데, 그 깁스는 지금 책장 맨 위에 올려져 있다. 깁스를 간직해둔 이유는 지난 고통의 시간들을 허물처럼 남겨두기 위함이었다. 지난날의 고통을 기억함으로써 현재의 평범한 일상이 주는 행복을 잊지 않으려는 나만의 노력이었다.

　책장 위에 고이 모셔둔 깁스와 방금 벗어둔, 땟국물이 흐르는 깁스에는 쾌유를 바란다는 형형색색의 문구들이 가득하다. 주황주택단지 사람들을 비롯해 레스토랑 직원들까지, 병문안을 와준 사람들이 기념비적으로 남겨놓고 간 문구였다. 물론 식탐대마왕과 그녀의 남

편과 그녀가 가장 사랑하는 첫째 아들인 서장수의 문구도 있다. 형의
문구를 발견한 건 퇴원해 집으로 돌아왔을 때였다. 뜻밖이었다.

귀퉁이에 쓰인 아주 작은 글씨였는데, 내가 잠든 사이에 몰래 쓰
고 간 게 분명했다. 들키지 않으려고 애쓴 흔적이 역력해서 처음 발
견했을 땐 웃음부터 나왔다. 그리고 차갑기만 한 엄마의 첫째 아들
에게도 이런 장난기가 있었다니, 하고는 또 한 번 웃었던 기억이 난
다. 쑥스러웠을 것이다. 감정을 드러내는 데 워낙 서툰 인간이니까.

형은 내 이름을 부른 적이 별로 없다. 가족끼리 이름을 부르지 않
고 살아갈 수도 있나, 하고 의아해할 사람이 있을 것이다. 그러나 있
다. '장호야, 내려와 밥 먹어'가 아니라 '야, 내려와 밥 먹어'라고 해도
나는 내려가 밥을 먹었기 때문이다. 그리고 굳이 형이 내 이름을 부
르지 않아도 나는 형의 하나밖에 없는 동생이자 장호이니 생략해도
무방했을 것이다. 왜, 이름이란 건 때론 거추장스러울 때가 있잖은
가. 특히 가까운 관계일수록 말이다. 형은 그래서 내 이름을 부르지
않은 것뿐이라고, 오늘도 나는 애써 생각해버린다.

깁스에 쓰인 문구들을 재미 삼아 하나씩 훑어 내려간다. 애정과
유머로 뒤섞인 문구는 읽을 때마다 웃음이 나온다. 그런데 이런 내
깁스에 기록을 남기지 않은 사람이 딱 하나 있었으니, 바로 사장이

란 작자다. 깁스의 낙서 행위는 철없는 애들이나 할 짓이며, 그것은 자신의 체통과 권위에도 맞지 않는다는 이유에서였다. 먼 훗날, 사장이 깁스를 하게 된다면—꼭 그렇게 되길 바란다. 사실 내가 교통사고를 당하게 된 것도 거슬러 올라가면 그 정점엔 사장이 있었다—그 깁스에 장난스러운 문구를 써줄 사람은 단 한 사람도 없을 것이다. 아, 김대무 씨만 빼고. 세상에 아무것도 쓰이지 않은 깁스만큼 고독하고 초라한 게 있을까. 사장은 나중에라도 그걸 알아야 한다.

나는, 고독하지 않아 다행인 깁스를 한쪽에 놔두고 스트레칭을 한다. 온종일 깁스에 갇혀 있느라 고생한 손과 발의 근육을 풀어주기 위해서다. 하루 일과 중 내가 가장 행복해지는 시간이다. 밤이 찾아든 나만의 방은 나를 이렇게 환자가 아닌 자유인으로 만든다. 방이란 건 어떤 측면에서는 구속이 될 수 있지만, 한편으론 자유와 방종을 허락하는 탈구속의 공간이기도 하다. 구속과 자유라는, 방이 가진 극과 극의 이중 역할은 그래서 아이러니하다. 엄마 또한 텔레비전에 구속된 채 살아가는 듯 보여도 텔레비전을 시청하는 동안에는 누구보다 자유인이 된다. 기쁨과 슬픔이 한 어미에게서 나고 자란 게 틀림없듯이, 자유와 구속 또한 한 어미에게서 나고 자란 것이리라. 우리 집만 봐도 그렇다. 식탐대마왕이라는 한 어미에게서 태어난 서장수란 인간은 차갑고 날카롭기 그지없는 반면, 서장호란 놈은 한없이 따뜻하고 둥글둥글한 성품을 지녔잖은가. 다 그런 것이다.

간단히 스트레칭을 끝낸 나는 캔 맥주를 따 마시며 서가로 다가간다. 내 방 한쪽 벽면을 차지하고 있는 서가에는 요리책을 비롯해서 음식 문화와 관련된 책들이 빼곡히 꽂혀 있다. 세어본 적은 없지만 아마 수백 권은 넘을 것이다. 부모 몰래 요리 공부를 하기 시작하면서부터 사 모은 것들이니, 책 하나하나는 내 스승이나 마찬가지였다. 어떤 독학자이든 독학자의 스승은 책일 수밖에 없다.

수백 권의 책 중에서 요리책 하나를 빼 들고 창가에 걸터앉는다. 여닫이창을 열어젖혀 봄밤을 술친구로 불러들인다. 고맙게도 봄밤은 늘 군말 없이 내 방으로 스윽 들어와 앉는다. 나는 그런 봄밤에게 건배를 권하며 맥주를 길게 들이마신다. 요리책을 넘기면 요리책 속의 호화찬란한 음식들은 내 술안주가 돼준다.

여유가 묻어나는 한숨을 조용히 뱉어내며 창밖으로 눈을 돌린다. 어둠이 내려앉은 주황주택단지에서 밤의 불빛들이 새어 나온다. 불빛은 불면 훅, 날아갈 것 같은 민들레 홀씨처럼 고즈넉한 밤을 점점이 꽃피운다. 목련이 진 마당에는 벚꽃이 꽃망울을 터뜨리기 시작했다. 일주일 후면 주황주택단지는 벚꽃의 향연으로 몸살을 앓을 것이다. 그러나 55호의 벚꽃은 예상대로 시원찮은 움직임을 보이고 있었다.

밤 풍경이 보고 싶었는지, 침대에 앉아 열심히 털을 고르던 마짱이 창가로 뛰어오른다. 이럴 때 필요한 건 음악인데, 정작 내 방에는 오디오가 없다. 음악을 듣기 위해 노트북을 켜거나 MP3 플레이어의 이어폰을 귓구멍에 끼우는 것마저 귀찮아하는 나이니, 오디오가 있다 한들 음악을 틀지는 않을 것이다. 이런 게으름 탓에 나는 훔쳐 듣는 음악을 좋아한다. 내 노력이나 수고로움 없이도 어디선가 들려오는 음악들. 그게 아버지의 서재에서 들려오는 비틀스여도 좋고, 요리를 못한다는 이유로 이혼당할 뻔한 앞집 현숙 아줌마네의 뽕짝이어도 좋다. 사실 내가 옆집의 그랜드피아노를 반긴 이유도 그것이다. 시시때때로 내가 원하지 않더라도 날 위해 아름다운 피아노 선율을 들려줄 거라는 기대. 하지만 이사 들어온 지 일주일이 지났음에도 55호 사람들은 아직까지 조용했다. 피아노 연주는커녕, 꼬맹이가 굴리는 세발자전거 소리도 들어보지 못했다. 이웃은 고장 난 자명종 시계 그 자체였다.

비어 있는 음악의 공허함을 메우고자 허밍으로 노래를 부른다. 오늘은 얌전히 창가에 앉아 있나 했더니, 아니나 다를까 마짱이 내 허벅지로 올라온다. 녀석은 식탐에 불타는 눈빛으로 하염없이 나를 올려다본다. 정확히 말하면 내가 아니라 '내가 홀짝대고 있는 맥주'다. 마짱은 내 입으로 들어가는 건 모두 탐을 낸다. 술이 뭔지 알 턱이 없으니 맥주라고 예외일 리는 없다. 귀찮게 달려들기 전에 얼른 마셔 버리려는데, 녀석이 엄마의 쿠키 바구니를 공략할 때와 같은 몸놀림으로 내게 달려든다. 나는 맥주를 사수하기 위해 창밖으로 팔을 뻗친다. 그러나 잽싸게 팔에 엉겨 붙은 마짱이 내 손아귀의 맥주를 집요하게 파고들기 시작한다. 꼴에 저도 사내라고 술이 뭔지는 아는 모양이다.

"어어, 안 돼."

얼른 맥주를 입에 갖다 댄다. 그러나 그럴 새도 없이 맥주는 마짱의 방해공작으로 손에서 미끄러지고 만다. 맥주는 하얀 거품을 뿜어내며 지붕 위로 데구르르 굴러떨어지더니 지붕 끄트머리에 설치된 빗물받이에 처박힌다. 마짱은 기어코 그걸 먹겠다고 지붕으로 뛰어내려간다. 한숨이 절로 나온다.

"마장호, 보고 있냐? 나 이렇게 산다. 너 때문에 맥주 하나 제대로 못 마시고 산다고."

입술을 깨문 채 지붕으로 내려간다. 밤인 데다 지나가는 사람이 없어서 그나마 다행이다. 밤은 비밀을 감추기에 적당한 시간이잖은가. 그래도 나는 주위를 꼼꼼히 살피며 몸을 움직인다. 마을의 기원은 소문이고, 동네란 원래 인간의 머릿수보다 소문으로 똘똘 뭉친 위험천만한 집단이니 매사에 조심해야 한다. 혹여 동네 사람에 의해 내가 나일론 환자라는 사실이 알려지게 되면 끝장이다. 날조된 내 허위가 김대무 씨의 귀에 들어가기라도 하는 날엔 사장 귀에 들어가는 건 시간문제이기 때문이다. 그 자존심과 성질머리에 내가 자기를 속였다는 사실을 알고도 가만히 있을 사장이 아니다. 나는 휴식을 얻고 그들에게 골탕을 좀 먹이고 싶을 뿐, 직장을 잃고 싶지는 않다.

마짱이 빗물받이에 쏟아진 맥주 거품에 코를 박는다. 나는 녀석의 덜미를 낚아챈 다음, 머리를 몇 대 쥐어박으며 나지막이 말한다.

"그만 좀 해. 내 술까지 탐내면 너 저 아줌마처럼 된다."

마짱이 내 손아귀에서 벗어나려고 몸부림을 친다. 힘으로 안 되자 녀석은 내 손을 이빨로 물어뜯고는 55호 지붕으로 달아나버린다.

"거기 안 서!"

약 올리듯 뒤돌아 나를 한번 쳐다보더니 마짱이 55호 창으로 폴짝 뛰어오른다. 큰일 났다. 마짱이 55호 지붕 위의 방으로 들어가버렸다. 열려 있는 한쪽 여닫이창에서는 형광등 불빛이 새어 나온다. 방에 누군가가 있다는 뜻이다. 아니나 다를까, 곧바로 날카로운 비명이 흘러나온다. 나는 몸을 낮춰 55호 지붕으로 급히 건너간다. 열린 창으로 고개를 빼꼼히 들이민다. 바삐 눈동자를 움직여 마짱을 찾는다. 그러나 마짱은 보이지 않고 잠옷 차림의 여자만 보인다. 그때 그 아가씨다. 발목까지 내려오는 하얀색 플레어스커트 차림에 하늘색 캔버스화를 신고 승용차에서 내리던, 나와 마주친 눈이 부끄러워 휭하니 집 안으로 뛰어들어가던 그녀가 놀란 표정으로 침대 옆에 우두커니 서 있다. 당황한 나머지 내 입에서 한다는 말은 이거다.

"안녕하세요."

그러나 이런 상황에 내 인사에 화답할 리 없다. 그녀는 두 손으로 입을 가린 채 오들오들 어깨를 떨고 있다. 젠장! 어디로 숨어든 건지 마짱은 내 시야에 잡히지 않는다. 일단 억지 미소를 지으며 그녀에게 말한다.

"저는 그러니까…… 서장호라고 해요. 그쪽은요? 하하."

애써 웃어 보이는 노력에도 불구하고 그녀는 어정쩡한 자세로 나

만 빤히 쳐다본다. 마침 그녀의 책상 앞에 써 붙여진 큼지막한 문구
가 보인다.

나 김보리는 해낼 수 있다!!!

느낌표를 세 개나 붙여서인지 확고한 의지가 엿보이는 문장이었다.

"아, 보리 씨? 겁먹을 거 없어요."

"ㅇㅇㅇㅇ"

"누굴 해치는 놈은 아니니까 걱정 마세요. 마짱, 어딨니? 형아가
잘못했네. 이리 오렴, 마짱."

그녀가 소심한 손짓으로 마짱이 있는 곳을 가리킨다. 그러나 창가
쪽이라 내 쪽에서는 보이지 않는다. 그렇다고 초면에 남의 방에, 그
것도 과년한 여자의 방에 들어갈 수는 없다. 게다가 그녀는 나를 깁
스 환자로 알고 있는 사람이었다. 어쩐다. 그때였다. 바닥으로 뭔가
가 떨어지는 소리가 들리더니 마짱이 그녀의 몸으로 달려든다. 잠옷
자락을 타고 순식간에 그녀의 어깨 위로 올라앉는다. 잔뜩 겁에 질
린 그녀는 몸을 경직시킨 채 아예 눈을 감아버린다. 녀석이 말똥말
똥한 눈으로 나를 쳐다본다. 저놈의 새끼! 게임에서 이겼다는 저 표
정 좀 보라지. 그래도 일단은 달래야 한다.

"형아가 잘못했다니까. 이리 온, 마짱. 맛난 거 준다잖아."

설상가상으로 계단을 뛰어오르는 여러 개의 발소리가 '무슨 일이

니? 무슨 일이야?' 하는 목소리와 함께 그녀의 방문 너머에서 수선
스럽게 들려온다. 순간 무슨 용기가 생긴 건지, 눈을 뜬 그녀가 자신
의 어깨 위에 앉아 있는 마짱을 덥석 잡아챈다. 얼레래, 그러더니 마
짱을 내게 넘기는 게 아닌가. 나는 엉겁결에 마짱의 목덜미를 움켜
쥔다. 그와 동시에 그녀의 방문이 열린다. 나는 잽싸게 창 아래로 몸
을 숨긴다. 놀란 듯한 그녀 부모의 목소리가 연이어 들린다.

"무슨 일이니? 바퀴벌레 나왔니?"

"무슨 일이냐니까?"

"아, 아니에요. 아무것도……."

그녀가 창문을 쾅, 닫고는 커튼을 닫아버린다. 나는 안도의 한숨
을 내쉬며 우리 집 지붕으로 건너간다. 창을 넘어 내 방으로 무사히
돌아오고 나서야 이마에 맺힌 땀방울이 관자놀이를 타고 흘러내린
다. 자기 잘못을 아는지 마짱이 침대 밑으로 얼른 몸을 감춘다.

"너 이리 안 나와!"

"끼끼끼끼."

"뭘 잘했다고 말대답이야."

"끼끼."

"너 내일부터 간식 없는 줄 알아."

"끼……."

비로소 잠잠해진 마짱이었다. 한숨을 돌리고 난 나는 자리에서 일
어나 창문을 연다. 고개를 창밖으로 내밀고 그녀의 방을 내다본다.

그새 형광등을 꺼버린 듯, 지붕으로 내려앉은 그녀의 불빛은 사라지
고 없었다.

11

형광등을 끄고 침대에 누운 지 한참이 지났지만 마짱은 침대 위로 올라오지 않는다. 녀석은 침대 밑에서 그대로 잠들 모양이다.

유리 천장으로 짙은 밤하늘이 스며든다. 인공 불빛이 사라지는 새벽녘일수록 유리 천장으로 쏟아지는 별의 개수는 많아진다. 침대가 놓인 자리에 침대 크기만 하게 뚫린 저 유리 천장은 내 보물 1호다. 열 살 때, 이 집으로 이사 와 지붕을 알게 되면서부터 갖기 시작한 유리 천장의 꿈. 나중에 커서 돈을 벌게 되면 그 돈으로 가장 먼저 해보리라 다짐했던 일. 그 꿈을 이룬 건 1년 전이었다. 뜻하지 않게 일찍 찾아와준 주방 보조 자리 덕분이었다. 물론 거기에는 그만한 대가와 스트레스가 기다리고 있었지만.

아무튼 유리 천장이 생긴 뒤로 나는, 추운 겨울에 지붕으로 나가지 않아도 밤하늘의 별을 볼 수 있게 되었다. 침대에 누워 하늘에서 흩날리는 눈송이를 바라본 적 있는가. 그렇다면 소리 없이 하얀 눈으로 덮여가는 유리 천장의 운치를 한번 상상해보라. 유리로 떨어지는 가을비는 또 어떨 것 같은가. 두두둑, 소리와 함께 동그란 파문을 그리며 떨어지는 수많은 빗방울들. 때론 낙엽이 쌓이고 귀뚜라미와 고추잠자리가 잠시 쉬었다 가기도 하는 투명한 천장. 보름달이 백열등처럼 나를 비추는 고즈넉한 밤에다가, 솜털 구름이 선사하는 한낮의 한가로움까지. 이 방을 어찌 사랑하지 않을 수 있겠는가. 그래서 나는 다른 사람은 몰라도 엄마에게만은 저 유리 천장으로 바라보는 사계절과 밤낮의 정취를 보여주고 싶었다. 그러나 엄마에게 별 보러 내 방으로 올라가자고 하면 엄마는 이렇게 말했다.

'별은 텔레비전에도 있어. 그리고 네 유리 천장엔 팔 계절이라도 들었다니?'

어떠한 현혹에도 엄마는 내 방의 유리 천장을 궁금해하지 않았다. 다만 폭우와 폭설이 내릴 때면 혹여 유리가 깨져 내가 다치지는 않을까 염려할 뿐이었다. 유리 덮개를 비롯한 내 유리 천장의 안전장치를 두 눈으로 확인하지 못해서 생긴 노파심이었다. 엄마가 내 방을 찾지 않은 지는 벌써 3년이 되어간다. 밤하늘의 별을 보지 못한 지도 그 정도 돼갈 것이다. 엄마는 아버지와 결혼하지 말았어야 했고, 나는 요리사를 꿈꾸지 말았어야 했다.

몸을 뒤척인다. 발밑이 허전해서인지 잠이 오지 않는다.

“마짱, 진짜로 안 올라올 거야?”

잠이 들었는지 마짱은 대답이 없다. 그런데 갑자기 나도 모르게 웃음보가 터진다. 겁에 질려 꼼짝 못하던 55호의 그녀가 다급해지니까 덥석 마짱을 잡아 내게 넘기던 모습이 생각나서였다. 예상치 못한 그녀의 용기는 한 편의 코미디 같았다.

“김보리…… 보리…….”

이름이 좀 웃긴 것 같아 피식, 웃음이 나온다. 나는 눈을 감은 채 좀 전의 상황을 몇 번이고 되새김질해본다. 그러는 사이 내 몸에는 별로 반짝이는 검은 이불과 온 우주가 덮인다.

슬픔처럼 고요한 밤이 유리 천장으로 살포시 내려앉는다.

12

유난히 볕이 좋은 일요일 낮이다.

주황주택단지는 일요일만 되면 가장 조용한 마을로 변한다. 집집마다 누군가를 만나 여흥을 즐기기 위한 시간이 일요일에 집중되다 보니 그렇다. 우리 집도 예외는 아니어서 집에는 지금 비만 환자인 엄마와 깁스 환자인 나 둘뿐이다. 결국 빈집을 지키는 건 우울한 환자들이다.

일요일마다 등산을 다니는 아버지는 아침 일찍 산에 가고 없다. 완연한 봄을 맞아 어디 꽃구경이라도 갔는지 마짱도 보이지 않는다. 마짱은 배가 고프면 알아서 돌아오는 녀석이니 염려 마시라. 아침 일찍 집을 비운 아버지와 쿠키 만드는 일과 끼니 챙겨 먹는 일 말고는 거의 몸을 움직이지 않는 엄마 때문에 개수대는 설거지 거리로 넘쳐난다. 하지만 그 또한 걱정 마시라. 설거지를 해줄 두 바보 녀석들이 방금 도착했으니까.

잘생긴 대오와 늘씬한 수영. 저들은 일주일에 한 번 내가 어쩔 수 없이 만나야 하는 사람들이다. 원래는 레스토랑 휴무일인 월요일에 오던 녀석들인데, 깁스 때문에 내가 매일 집에 있게 되자 일요일로 바뀌버렸다. 실은 자기들도 월요일은 바쁘다나. 가만 보면 은근 제멋대로인 녀석들이다. 오늘도 해맑은 얼굴로 나타난 그들은 지붕 위의 나에게 인사를 건넨다.

"사부, 저희 왔어요."

저들이 나를 '사부'라 부르니, 저들은 내 제자일 것이고 나는 저들의 스승일 것이다. 그렇다고 나 스스로 저들의 사부가 된 건 아니었다. 저들이 거머리처럼 달라붙어서 나를 먼저 사부로 삼아버린 것이니까. 하긴, 일개 주방 보조 주제에 제자라니, 내가 생각해도 좀 웃기는 상황이었다. 아마 이 사실이 주방장과 사장의 귀에 들어간다면 배꼽을 잡고 뒹굴 일이다. '실수투성이 서 보조가 누굴 가르쳐?'라고 하면서.

"그래, 왔냐. 부엌이 엉망이다. 일단 설거지부터 해라. 오늘은 청소기랑 세탁기도 돌려야 할 거다. 근데 왜 빈손들이냐?"

저들은 내 집에 올 때마다 내가 사 오라는 재료를 사 와야 한다. 그리고 그 식재료를 가지고 우리 집 부엌에서 요리를 하면 된다. 그게 내 수업 방식이었고, 사부로서 내가 저들에게 할 수 있는 역할의 전부였다. 대오가 대답한다.

"오늘 재료는 냉장고라고 하셨잖아요."

"냉장고?"

고개를 갸웃거리자 수영이 옆에서 거든다.

"즉흥 요리요. 냉장고를 열어 그 안에 있는 재료로 만들라고……."

"아, 그랬지. 들어가봐라."

그들은 지붕을 향해 꾸벅 인사를 하고 집 안으로 들어간다. 내가 따라 들어가 저들의 요리 과정을 일일이 살필 필요는 없다. 요리란 건 결과물, 즉 맛만 좋으면 된다. 맛 다음으로 음식을 담아내는 미적 감각이라든가 냄새와 색깔을 평가하고 창의력과 응용력 등을 따지기도 하지만, 결국 최고 결정권자는 거짓말을 할 줄 모르는 그 맛이다. 어찌 보면 요리사의 자질을 평가하는 일이란 세상에서 가장 간단하고 쉬운 일인지도 모른다. 접시 위의 완성된 음식은 요리사의 실체를 그대로 말해주게 돼 있으니까. 근데 저들에 대한 보충 설명이 있어야 하는 거 아니냐고? 귀찮게시리, 알았다.

대오와 수영으로 말할 것 같으면, 요리 학원을 전전하며 요리사를 꿈꾸는 청춘들이었다. 맹랑하게도 저들은 식당 아르바이트로 벌어들인 돈으로 강남에 있는 고급 레스토랑을 출입했다. 사부로 모실 스승을 찾기 위해서라나 뭐라나. 아무튼 몇몇 레스토랑을 드나든 끝에 내가 저들에 의해 낙점된 이유는 오로지 음식 맛이었다고 했다. 아니, 정확히 말하면 그날 관자구이 스테이크에 곁들여 나온 소스였다고 했다. 따지고 보면 저들이야말로 내 요리 실력을 제대로 알아 봐준 사람들이라 하겠다. 그래서 저들의 요구를 뿌리치지 못했던 것 이리라.

저들과의 첫 대면이 생각난다. 일을 마치고 퐁즈에서 나오는데 두 녀석이 내 앞을 가로막고 섰다. 그러면서 대뜸 한다는 말이 나를 사 부로 모시겠다는 것이었다. 다짜고짜 그런 식으로 몇 날 며칠을 달 려드는데 기가 막힐 노릇이었다. 점점 귀찮아지기 시작했다. 그래서 물어야 했다.

'왜 하필 나지?'

대오가 대답했다.

'저희가 지금까지 먹어본 레스토랑 음식 중에서 제일 맛있었으니 까요. 그 관자구이 스테이크 소스, 사부가 직접 개발한 거라면서요?'

어떤 경로로 알았는지는 모르지만 그건 맞는 말이었다. 그 소스 하나로 도도한 퐁즈라는 레스토랑에 취직한 나였으니까. 아무튼 고 작 소스 하나에 감탄한 것도 모자라, 그 자리에서 이 소스를 만든 사 람을 사부로 삼겠다고 합의한 두 바보들이었다.

'난 아주 바쁜 사람이야. 그리고 나도 배우는 입장이라고.'

'영광으로 알아야 하는 거 아닌가요? 사부로 모시겠다는데.'

'니들이 뭔데?'

'저는 오대오라고 하고 쟤는 최수영이라고 해요, 사부.'

'지금 그게 아니잖아!'

'저희가 찜한 이상 사부는 이제 저희들의 영원한 사부예요.'

'누구 맘대로. 저리 안 꺼져!'

'일단 한번 써보시라니까요, 네? 저희 진짜로 괜찮은 제자라고요.'

'그걸 왜 니들이 판단해? 그리고 난 골치 아픈 거 딱 질색인 사람이야. 게다가 그 제자란 놈들이 날 뛰어넘는 건 더더욱 용납 못 해. 내가 세상에서 제일 싫어하는 말이 뭔지 알아? 청출어람!'

'뛰어넘지 않으면 되잖아요. 아니, 그럴 일은 없을 거예요. 감히 그 맛을 어떻게 뛰어넘겠어요? 근데 만에 하나, 그러니까 이건 아주 만약인데요, 혹여 저희들이 사부를 뛰어넘게 될 것 같으면 그 전에 저희가 먼저 사부 곁을 떠날게요.'

웃음이 나왔지만 애써 참았다. 그들의 공세가 이어졌다. 나를 사부로 삼고 싶은 그들의 이유는 아주 그럴듯했다.

'스승도 없이 독학으로 요리를 시작했다고 들었어요. 무엇보다 저희를 반하게 한 건 해외 유학을 하지 않고도 훌륭한 요리사가 될 수 있겠다는 거였어요. 의지 하나만으로도 뭔가를 이뤄낸다는 거, 그거야말로 저희가 찾고자 하는 멘토상이에요.'

내 신상에 대해 꿰고 있는 것도 놀라웠지만, 그때 대오의 말은 내게 위로처럼 다가왔다. 그 당시 나는 해외 유학파가 아니라는 둥, 나이가 어리다는 둥, 정식으로 요리를 배우지 않았다는 둥, 갖가지 이유로 사장의 신임을 얻지 못하고 있었기 때문이다. 맹랑하다 못해 버릇없다고 느껴지던 그들의 태도가 달리 보이기 시작한 건 그때부터였다. 게다가 요리사가 되기 위해 둘 다 대학 진학을 포기한 것은 물론, 고등학교까지 자퇴했다는 사실을 알고부터는 왠지 모를 의무감마저 들었다. 몇 년 전의 나를 보는 것 같아서였다. 아니, 그때의 나에 비하면 그들은 오히려 나보다 더 용기 있고 지독한 10대를 보내고 있었다. 무엇보다 누구에게 가르침을 받는 걸 구걸이라고 생각했던 내 어린 날의 오만이 그들에게는 보이지 않았다. 그래서 가르쳐주고 싶은 생각이 들었다. 내가 겪은 그 수많은 시행착오들을. 그렇게 결심을 하고 나니 저들의 치기와 끈질김이 좋아졌다. 성실한 자세도 맘에 들었다. 성실만큼 진실한 것은 없다.

얼떨결에 사부가 되긴 했지만, 나는 그 자리가 나쁘지만은 않았다. 가르치는 것은 또 다른 배움이라는 걸 알고 나서는 더 그랬다. 사실 누굴 가르쳐야 한다는 목적의식은 내게 더 많은 공부와 연구를 하게 만들었다. 어쩌면 내 사부는 퐁즈의 주방장도 수백 권의 책도 아닌, 저 두 바보 녀석들인지도 몰랐다. 이 세상에서 가장 위대한 스승은 제자라는 걸, 나는 부족한 실력으로 저들을 가르치면서 알게 된 것이다.

아무튼 그런 인연으로 저들의 사부가 된 지 반년이 돼가고 있다. 일주일에 한 번 그들은 내가 지정해준 식재료로 한 접시의 요리를 해낸다. 그러면 나는 30분가량의 질타와 조언과 칭찬이 섞인 가르침을 뱉어낸다. 그들이 수업료 대신 해야 하는 일은, 엄마가 텔레비전에 미쳐 있는 동안 소홀히 한 집안일이었다.

　머리, 꼬리 다 떼고 객관적으로 판단컨대 그들은 제자로서 꽤 괜찮은 녀석들이다. 일단 한 번 지적한 실수는 절대 되풀이하지 않는다. 요리에 대한 감각과 열정도 남다른 데다, 무슨 말이든 한 번 말하면 철석같이 알아먹어서 가르치는 보람이 쏠쏠하다. 결정적인 것은 저들이 아직은 날 넘어설 기미가 전혀 보이지 않는다는 사실이다. 그런데 문제가 하나 생겼다. 아무래도 수영이 저 자식이 날 좋아하는 거 같단 말이지. 유독 식탐대마왕한테 어머니, 어머니, 하며 싹싹하게 구는 것도 그렇고, 요즘 들어 내 눈을 자꾸 피하는 것도 수상쩍다. 객관적인 사부가 되기 위해서는 사적인 감정은 피해야 하는데 큰일이다.

　휘파람을 불며 지붕에 등을 기대고 눕는다. DMB로 야구 중계를 보기 위해 휴대폰을 켜고 안테나를 잡아 뺀다. 엄마가 두 대의 텔레비전을 독식하고 있는 바람에 보고 싶은 스포츠 중계는 어쩔 수 없이 휴대폰으로 봐야 한다. 그나저나 내 짐작이 맞다면 언젠가 수영이 고백을 할 텐데, 그땐 뭐라고 답해줘야 하지? 나는 DMB 방송이 연결되는 동안 파란 하늘을 올려다보며 그 해답을 찾는다. 집집마다 피어 있는 벚꽃들이 분홍 향기를 조립해내느라 분주한 일요일 낮이다.

13

야구는 오늘따라 지루하게 이어지고 있었다. 우리 팀의 7회 말 공격이 아무 소득 없이 끝나버리자 맥이 빠진다. 거기에서 왜 도루를 하냐며, 선수를 향해 푸념을 늘어놓고 있는데 누군가가 날 부른다.

"장호 총각!"

이 동네에서 날 '장호 총각'이라고 부를 사람은 앞집 현숙 아줌마뿐이다. 뽕짝을 좋아하는, 일명 '요리 꽝' 아줌마. 야구 중계에서 눈을 뗀 나는 눈살을 찌푸리며 지붕 아래를 내려다본다. 오늘은 또 뭐가 궁금해 국자를 든 채 집에서 뛰쳐나온 걸까. 아줌마가 울타리 너머에 서서 상체를 안으로 쑥 들이밀며 묻는다.

"총각, 나 그때 가르쳐준 생태탕 만드는 중인데, 간은 뭐로 맞춰야 한다고 했지?"

"소금요."

몇 번을 가르쳐줬는지 모른다.

"근데 그건 만드셨어요? 지난번에 제가 가르쳐준⋯⋯."

"아, 천연 조미료? 바빠서 아직. 오늘은 해물 감치미로 대충 맛만 흉내 내보려고. 고마워, 장호 총각."

현숙 아줌마가 참하게 웃으며 뒤돌아 길을 건넌다. 저렇게 참하게 생긴 아줌마가 요리를 못한다는 이유로 이혼 당할 뻔하다니. 아줌마가 겁에 질린 얼굴로 날 찾아온 건 오래전 깊은 밤이었다. 남들이 보면 무슨 연인이라도 되는 듯, 아줌마는 밤의 지붕으로 날 불러냈다. 그러고는 다짜고짜 어둠 속의 내 얼굴을 올려다보며 조용하면서도 음험한 목소리로 말했다.

'남편이 결국 이혼장을 내밀었어.'

'네?'

'그러니까 총각이 내일부터 나한테 요리를 좀 가르쳐줘야겠어.'

명령에 가까운 다급한 부탁이었다. 밤이라 그랬는지 현숙 아줌마의 비장한 목소리는 조금 섬뜩하게 들려왔다. 아줌마는 그 음험한 목소리로 내가 왜 자기에게 요리를 가르쳐줘야 하는지 계속 설명해 나갔고, 외관상으론 불손한 듯 보였지만 실상은 전혀 불손하지 않았던 '총각'과 '아줌마'의 야릇한 밤의 대화는 요리책에 대한 아줌마의 불만으로 귀결되어갔다. 듣고 보니 아줌마는 내 짐작과 달리 맛있는 음식을 만들어내기 위해 나름 노력을 해오고 있었다. 그 노력이라는 게 요리책을 펼치는 정도에 그쳤다는 게 문제이긴 했지만 말이다.

'싸가지 없게도 요리책은 친절하지가 않아. 생전 듣도 보도 못한 재료를 요구하질 않나, 아무튼 복잡해서 더는 못 해먹겠어."

즉, 현숙 아줌마의 요지는 이것이었다. 평범하고 익숙한 식재료와 간단한 양념만으로 해낼 수 있는 일상적인 식탁 음식들을 알아듣기 쉬운 말로 설명해달라는 것. 남편이 내민 이혼장에 징징대는 현숙 아줌마를 외면할 수 없었던 나는, 다음 날부터 지붕 위에 앉아 틈틈이 레시피를 전수해줘야만 했다. 최소한 요리책보다 친절하게.

현숙 아줌마가 뒤돌아 나를 한 번 쳐다보고는 현관문을 닫는다. 저 아줌마가 요리 잘하는 아내로 환골탈태하여 남편으로부터 사랑받을 가능성은? 글쎄다. 어느 분야나 마찬가지겠지만 요리에도 재능이라는 게 필요한 법인데, 어째 현숙 아줌마한테서는 그런 재능을 찾아볼 수가 없다. 열 번을 가르쳐줘도 도대체 진전이라곤 보이지 않는 사람은 내 생전 처음이다. 기억력도 엉망인 데다 게으르기까지 한 게 문제였다. 그래도 요즘은 좀 조용한 걸 보니, 인간으로서 먹을 만한 음식은 만들어내고 있지 않나 추측만 할 뿐이다.

이렇듯 주황주택단지는 참으로 다양하고 엉뚱한 사람들로 넘쳐난다. 나는 열 살 때부터 그들을 지켜봐온 열혈 관객이었다. 지붕이라는 객석에 앉아 내려다본 그들은 내게 희극배우 못지않은 존재들이었다. 지붕과 더불어 내 사춘기의 유일한 친구이자 성장판이었던 마을의 유랑극단원들. 나는 그들에게서 처음으로 만남을 배웠고 이

별을 익혔다. 죽음과 애증을 목도했으며, 불륜을 비롯한 치정과 애증과 상처들을 알아갔다. 그들의 싸움과 습관, 그들의 웃음과 눈물과 배신, 그들의 성장과 쇠락, 그리고 분노까지. 지붕은 마을의 온갖 소문과 희로애락을 한눈에 확인할 수 있는 곳이었다. 그래서 나는, 지붕이란 결단코 지루하지 않는 허공의 장소이자 제2의 책이나 영화 같은 것이라고 생각한다.

집과 소문이 존재한다면 마을은 화수분처럼 사람들로 채워지기 마련이다. 영원히 나타나지 않을 것만 같았던 저 55호에도 새 주인이 나타났잖은가. 그렇게 마을은 들고 나는 무한 반복으로 영원을 살아가는 집합체가 된다. 셰에라자드의 끝나지 않는 이야기처럼 변전을 거듭하는 훌륭한 그림책이 되는 것이다. 그렇다면 그 그림책의 주요 등장인물이 있어야 할 테다.

주황주택단지의 변화무쌍한 인물 구성에서 10년 넘게 독보적인 자리를 꿰차고 있는 사람은 단연 식탐대마왕이다. 그리고 현재를 이끌어가는 주요 인물로는 늙고 뚱뚱한 욕쟁이로 불리는 최씨 할아버지가 있다. 그 밖에 말하는 게 귀찮아 벙어리처럼 살아가는, 전직 변호사이자 바리스타인 노대명 씨. 화장실 좌변기에 앉아 써낸 소설이 대박 난 뒤로 집 안의 모든 의자를 좌변기로 바꿔버린 인색한 소설가 남씨 아저씨. 헤어스타일 바꾸는 게 죽기보다 귀찮아 가발을 쓰고 다니는 못생긴 조혜리 누님. 한국 드라마가 좋아 한국으로 시집 왔다는, '욘사마'의 광팬 루미코 씨. 아침 6시 반만 되면 어김없이 나와 조깅을 나가는, 주황주택단지의 칸트 강대평 어르신. '올해도 결혼에 골인 하지 못하면 자살하고 말겠어!'라고 외치고 다니지만 실상은 유쾌한 나날을 보내는 진짜 노총각 승배 형님. 바닥을 기는 수학 성적 때문에 매번 전교 1등을 놓친다는 시니컬한 여고생 추가을 양. 그리고 뽕짝을 좋아하는 아까 그 요리 꽝 현숙 아줌마와 기타 등등으로 처리해도 무방할 조연 급의 사람들까지. 주황주택단지에서의 삶이 지루하지 않는 이유는 바로 그들이었다.

그건 그렇고, 마짱이 집으로 돌아올 때가 됐는데 깜깜무소식이다. 저번처럼 남의 집에 무단 침입했다가 우연히 점심 식사 자리에 합류하게 됐는지도 모른다. 리틀 식탐대마왕은 이 동네에서 알아주는 무전취식자였다. 눈에 보이지 않으면 목소리로 찾아내는 수밖에 없기에 목청껏 마짱을 부른다.

"마짱!"

내 목소리가 닿는 곳에 있다면 녀석은 금세 달려올 것이다. 그러나 내 부름에 답한 이는 마짱이 아닌, 어디선가 들려오는 가느다란 목소리였다.

"저기요."

고개를 돌려봐도 목소리의 출처를 찾을 수 없다. 그때 또다시 들려온 목소리.

"여기예요."

목소리를 따라 고개를 돌린다. 옆집이었다. 목소리는 55호 지붕 위에 얹어진 방에서 들려오고 있었다. 개미 기어가는 소리도 저보다는 크겠다 싶을 정도로 작은 목소리였다. 창문 사이로 살짝 고개를 내밀고 서 있는 한 여자, 김보리라고 했던가? 마짱 덕분에 확실한 구면이 된 그녀가 나를 향해 말한다.

"좀 도와……."

"네?"

잘 들리지 않는 그녀의 목소리에 유인된 나는 휴대폰 DMB 방송을 끄고 자리에서 일어난다. 내가 응원하는 팀이 큰 점수 차로 지고 있는 터라 야구 중계에는 흥미를 잃은 지 오래였다. 나는 절룩거리며 옆집 지붕 가까이 다가간다. 저렇게 자신 없는 목소리라면, 그녀는 이 그림책의 주요 등장인물이 될 가능성이 낮아 보인다. 조연 중에서도 대사 몇 마디밖에 없는 희미한 조연이 되고 말 인물이다. 그녀에게 묻는다.

"뭐라고요?"

"좀 도와주세요. 집에 아무도 없어서……."

"뭘요?"

"옮겨야 하는데……."

"뭘……."

"그게, 그러니까 냉장……."

"냉장, 뭐요?"

답답해서 돌아가실 지경이다. 참다못한 나는 불편한 다리를 이끌고 그녀의 집 지붕으로 건너간다. 창가로 다가가자 그녀가 고개를 외로 튼다. 체크무늬라는 것만 달라졌을 뿐 오늘도 그녀는 긴 플레어스커트 차림이었다. 요즘 세상에 무슨 저런 여자가 다 있나 싶을 정도로 그녀는 낯가림이 심했다. 나는 창 너머 그녀의 방을 둘러본다. 냉장고가 방 한가운데에 세워져 있다. 이사 올 때 본 그 소형 냉장고였다.

"아, 냉장고를 옮겨야 한다고요?"

그녀가 대답 대신 고개를 소심하게 끄덕인다.

"어디로요?"

"그게, 지붕에다……."

"네?"

"지붕요. 혼자 들기엔 너무 무거워서……."

내가 제대로 듣긴 들은 걸까. 냉장고를 지붕으로 옮겨야 한다니, 도대체 왜? 깁스 한 팔을 그녀에게 내보이며 말한다.

"근데 제가 팔다리가 이래서……."

"아, 네……."

곁눈질로 내 팔을 쳐다본 그녀가 미처 그걸 생각 못 했다는 듯 고개를 끄덕인다. 뒤이어 그녀의 얕은 한숨 소리가 새어 나온다. 그 소리가 내 발걸음을 잡아끈다. 아무래도 도와줘야 할 것 같다. 지난번 마짱 때문에 범한 실례도 있고 하니.

"그럼 제가 도와줄 사람 몇 명 불러올게요."

"아니, 괜찮……."

고개를 쳐든 그녀가 처음으로 나를 정면으로 응시한다. 나는 마주친 시선을 피해 우리 집 지붕으로 건너간다. 그러고는 대오와 수영을 목청껏 부른다. 대오와 수영을 불렀는데 저쪽 지붕 끝에서 마짱이 신 나게 달려온다. 뭘 얼마나 얻어 잡수셨는지 양 볼따구니가 다 미어터질 지경이다.

14

나는 한참 냉장고를 바라보고 있다. 지붕 위에 기우뚱 서 있는 냉장고라니. 참으려 해도 괜스레 웃음이 나온다. 대오와 수영의 눈에도 지붕 위의 냉장고가 우스워 보였는지, 냉장고를 옮겨주고 돌아가는 그들의 어깨는 연방 들썩이고 있었다. 아무래도 소형 냉장고를 가장한 금고일지 모른다는 내 추측은 비켜간 듯했다. 저건 누가 봐도 그냥 냉장고였다.

"지붕 위의 냉장고라……."

냉장고의 정체와 냉장고를 지붕 위로 옮긴 그녀의 행위에 대해 물어보고 싶었지만, 그녀는 내게 도와줘서 고맙다는 말만 간신히 뱉어내고는 방으로 들어가버렸다. 문득 그런 그녀를 보면서, 대사 몇 마디 없는 희미한 조연 배우를 예상했던 그녀가 어쩌면 주 조연 급의 역할을 해낼 수 있겠다는 생각이 들었다. 주황주택단지라는 그림책에, 이상하지만 엉뚱한 매력을 지닌 재밌는 인물 하나가 추가되는 것이었다. 게다가 그녀의 냉장고 효과는 벌써부터 나타나고 있었다. 왜냐하면 우리 집 앞을 지나가는 동네 사람들마다 지붕 위의 나를 붙잡고 귀찮게 물어대기 시작했기 때문이다. 마치 일은 그녀가 저질러놓고 그 뒷수습은 내가 하고 있는 듯한 기분이 들었다.

"장호 씨, 저거 냉장고 아니에요?"

"네, 그런 것 같네요."

"근데 저게 왜 저기에 있대요?"

"글쎄, 저도 잘……."

또 한 사람이 지나간다. 눈을 휘둥그레 뜨고는 내게 묻는다.

"어머! 냉장고 같은데, 맞죠?"

"아, 네."

"세상에나, 하늘에서 떨어진 건 아닐 테고. 누가 저래놨대요?"

"그게……."

"진짜 돌아가는 거래요?"

"저도 잘……."

이대로 계속 앉아 있다간 피곤해질 일이다. 그만 자리에서 일어나 내 방으로 올라간다. 엄마한테 가봐야겠다. 저런 이상한 풍경이라면 소파에 앉아 텔레비전만 보는 엄마에게도 분명 색다른 풍경이 될 것이다. 아무리 텔레비전이 요지경 속 세상이라 해도, 지붕 위에 냉장고가 서 있는 모습 같은 건 엄마도 본 적이 없을 테다. 어쩌면 이번에야말로 엄마를 밖으로 유인할 수 있는 절호의 기회일지도 모른다.

"엄마, 엄마!"

목발 짚는 것도 잊은 채 목조 계단을 내려간다. 그런데 '또, 또 호들갑이지!'라고 해야 할 엄마가 이번엔 아무런 응답이 없다. 엄마 소파 옆에는 대오와 수영이 나란히 서 있다. 내가 나타나자 그들의 표정이 난감해진다. 엄마는 고개를 처박으며 열심히 무언가를 하고 있다. 엄마의 등 너머에서 들려오는 접시와 수저 부딪치는 소리. 내가 평가해야 할 저들의 음식을 엄마가 먼저 접수해버린 것이다. 종종 있는 일이었다. 누누이 엄마를 경계하라 일러뒀거늘. 나와 눈이 마주친 대오가 변명부터 늘어놓는다.

"맛만 보신다기에…… 절대 저희가 먼저 갖다 드린 거 아니에요. 안 된다 그랬는데……."

아니나 다를까, 옆에 있는 수영이 끼어든다.

"어머니께서 점심을 안 드신 모양이에요. 화장실 갔다 와보니까…… 맛있었는지 눈 깜짝할 새에 다 드셔버렸지 뭐예요."

"점심을 안 먹긴, 저 아줌마가 점심 거를 사람이냐?"

엄마가 두 개의 빈 접시를 포개어 옆으로 밀쳐둔다. 티슈 한 장을 뽑아 입가를 닦으며 길고 여유 있는 트림을 뱉어낸다. 엄마가 대오와 수영을 올려다보며 말한다.

"오늘은 둘 다 10점 만점에 12점이야. 아주 맛있었어. 쟤보다 낫네."

“왜 이래, 엄마! 평가는 내 몫이거든!”

“시끄러.”

“왜 남의 사부 자리를 가로채고 난리야. 앞으로 한 번만 더 그래봐.”

“맛보는 건 너보다 내가 더 스승이야.”

나는 눈짓으로 대오와 수영을 부엌으로 내몬다. 빈 접시를 들고 사라지는 그들의 뒷모습은 아주 기고만장이다. 정말로 오늘 저들이 만들어낸 음식이 내가 만든 것보다 더 맛있었던 걸까. 괜한 걱정에 엄마에게 귓속말로 묻는다.

“정말이야? 정말로 내가 만든 것보다 더 맛있었어?”

“그래. 너 정신 바짝 차려야겠더라.”

“재료가 뭐였는데? 뭘 만들었는데? 어떤 맛이었냐니까?”

“궁금하면 쟤들한테 직접 물어봐.”

“치사하게. 관둬.”

나는 부엌에서 설거지를 하는 대오와 수영을 향해 소리친다.

“니들 오늘 만든 거 다음 주에 똑같이 만들어내야 하는 거 알지?”

대오와 수영이 ‘왜요?’라고 동시에 불만 섞인 목소리로 묻는다.

“내가 평가를 못 내렸잖아.”

“어머님이 10점 만점에 12점이라잖아요.”

“이것들이!”

“알았어요, 사부.”

엄마가 이쑤시개 하나를 뽑아 이를 쑤신다. 걱정이다. 아니, 나 말고 엄마 말이다. 점심 먹은 지 얼마나 됐다고 그새 접시 두 개를 해치웠는지 모르겠다. 엄마가 저렇게 식탐을 자랑할 때면 나는 죄책감에 시달리곤 한다. 맞다. 엄마가 말한 대로, 엄마는 맛에 관한 한 내 스승이었다. 가끔가다 사람들이 물을 때가 있다. '요리는 누구 밑에서 배웠어요?'라고. 그러면 나는 한 치의 망설임도 없이 독학자라고 대답했다. 그래서 내 요리의 스승은 수많은 시행착오와 책뿐이었노라고. 그런데 그렇게 말하고 나면 꼭 엄마 얼굴이 알전구처럼 깜빡이는 것이었다. 내 이름은 왜 빼느냐고 항변이라도 하려는 듯이. 내 요리의 스승은 엄마라는 걸 내 양심만은 알고 있다는 뜻이었다.

요리사의 길은 내가 택했지만, 그 길을 터주고 닦아준 건 저 식탐대마왕이었다. 아버지는 두 아들 중 하나만은 반드시 법조인으로 만들고 싶어 했다. 재수 없게도 형이 법이 아닌 경영학을 전공하게 되면서 아버지의 꿈은 내 쪽으로 틀어졌다. 이번에도 형이 문제였던 것이다. 그러나 아버지의 뜻을 받들기에 고등학교 입학 무렵의 내 머릿속은 이미 요리로 점령된 상태였다. 어찌어찌 법학과에 들어가 궁합에 맞지도 않은 공부를 계속해야 한다고 생각하자, 이건 살아도 사는 게 아니었다. 나는 나를 구원해줄 구원투수를 찾아야 했다. 그리고 누구에게나 그렇듯 나에게도 그건 엄마뿐이었다.

엄마를 지붕으로 불러내던 날 밤을 떠올리면 지금도 가슴 한쪽이 아련해진다. 나의 도전과 나의 미래에 관해 첫 포문을 연 시간과 장소였으니 어찌 그때를 잊을 수 있겠는가. 고등학교 첫 방학이 끝나갈 무렵이었고 한여름 밤의 지붕이었던 걸로 기억한다. 나는 오래도록 엄마와 함께 지붕 위에 앉아 밤하늘을 올려다봤다. 누군가와 함께 지붕 위에 나란히 앉아본 건 그때가 처음이자 마지막이었을 것이다. 고맙게도 먼저 물음을 던진 건 엄마였다. 그리고 그 물음은 그날 지붕 위에서 엄마가 한 말의 전부이기도 했다.

'무슨 고민 있니?'

나는 한참 머뭇대다 밤하늘의 북두칠성을 올려다보며 입을 열었다.

'있잖아, 엄마…… 법 공부는 나하고 안 맞을 것 같아. 법 전공하기로 한 거 관두고 싶어. 아니, 관둘래.'

그때 엄마의 침묵은 잔잔한 호숫가에 떠 있는 하얀 조각배를 닮아 있었다. '왜?'라고 묻지 않아준 엄마는 역시 나의 '강수지'였다. 아무런 응답이 없었지만 나는 계속 엄마에게 말해야 했다.

'잘못을 저지른 사람들과 평생을 함께해야 하는 직업이라니, 생각만으로도 끔찍해. 물론 억울한 사람들을 위한 직업일 수도 있겠지. 근데 그런 공자 같은 말은 하지 말아줘. 그보다 난…… 요리사가 되고 싶어. 학교는 어떻게든 졸업할게. 그러니까 그때까지만 아버지한테는 비밀로 해줘.'

엄마는, 많고 많은 직업 중에 왜 하필 요리사냐는 질문 같은 것도 하지 않았다. 다만 깊은 한숨을 내쉬며 말없이 밤하늘만 올려다볼 뿐이었다. 그렇게 하얀 조각배를 닮은 엄마의 침묵은 꼬박 하루 동안 이어졌다. 그리고 다음 날 엄마는, 결국 체념 섞인 미소를 지어 보이며 내게 고개를 끄덕여줬다. 엄마의 그때 그 고요하고도 고요한 '허락'은 절반의 '인정'과도 같은 의미였기에, 나는 그에 대한 보답으로 약속을 건네야 했다. 나를 최초로 인정해준 엄마였으니 당연했다.

'두고 봐. 매일 별 다섯 개짜리, 아니 일곱 개짜리 호텔이 부럽지 않은 레스토랑으로 엄마를 초대할 테니까. 나 정말 멋진 요리사가 될 거야.'

물론 나는 그 약속을 철저히 지켜냈다. 그런데 지나친 철저함이 결국 화를 불러오고 말았다. 아버지에게 들키고 만 것이다. 사내자식이 매일 부엌이나 기웃거리고, 시험 기간마다 책상이 아닌 부엌과 식탁에서 시간을 보내고, 틈만 나면 특별식을 만들어주겠다고 야단법석을 떨었으니 뻔한 결과였다. 대략 눈치를 챈 듯한 아버지는 설마 아니겠지, 하는 생각으로 내게 장난스럽게 물었다.

'대체 너 요즘 왜 그러냐? 계집애도 아니고. 뭐, 요리사라도 되게?'

나는 아니라고 말은 못 했다. 아버지에게 모든 걸 부정한다는 건, 입가에 짜장 소스를 묻히고도 짜장면을 먹지 않았다고 발뺌하는 것과 같았다. 언젠가 감수해야 할 일이기에, 차라리 잘됐다 싶었다. 그런데 내 입으로 직접 '요리사'란 말을 꺼내려니 용기가 나지 않는 것이었다. 구원투수를 찾아 헤매던 내 눈은 자연스럽게 엄마에게로 향했다. 그때까지만 해도 보기 좋게 통통했던 엄마 몸으로 숨어드는 순간, 엄마는 나의 대변자가 되어 아버지를 단번에 제압해버렸다. 이렇게 말이다.

'당신이 재 안 받아주면 나도 당신 안 받아줘요.'

'뭐?'

'당신이 반대하면 나 장호 데리고 이 집 나가요. 당신하고 이혼하겠다고요!'

엄마의 열렬한 광팬이었던 아버지. 엄마가 아버지에게 한 이혼 선언—엄마의 이혼 선언은 그전에도 한 번 있었으니, 첫째 아들의 때 이른 성性적 사고로 아버지의 결혼 허락이 필요하던 때였다—은 내 선택을 인정해달라는 말이나 다름없었다. 엄마의 날렵한 창은 언제나 아버지의 종이 방패를 뚫기 마련이어서, 승리는 뻔한 것이었다.

그렇게 엄마를 등에 업고 아버지의 눈치 보기에서 해방된 나는 더 열심히 음식을 만들어내기 시작했다. 그리고 엄마는 내 음식을 평가해주는 유일한 스승이 되어갔다. 내가 강요한 것도 아니었고, 그렇다고 엄마가 자청한 것도 아니었다. 그건 그냥 모자 관계에서 빚어 나온 자연스러운 현상 같은 것이었다. 엄마는 한 번도 내가 만든 음식을 거절하는 법이 없었다. 늘 깨끗이 접시를 비우는 훌륭한 시식자였고, 조금은 까다로운 나만의 손님이기도 했다. 문제는, 엄마가 삼킨 음식이 쓰디쓴 혹평이나 달콤한 호평이 되어 돌아올수록 엄마의 몸이 변해간다는 사실이었다. 그리고 내가 고등학생 신분으로 퐁즈에 취직하고 확고한 요리사의 길을 가게 됐을 때, 엄마는 식탐대마왕이란 별칭과 함께 현재의 이 모습이 돼 있었다. 움직임이 둔해진 엄마가 텔레비전을 친구로 삼게 된 것도 그즈음이었다.

　물론 엄마가 저렇게 된 것이 전적으로 내 탓이었던 것만은 아니다. 아버지 말에 의하면 엄마의 식탐은 결혼과 동시에 발레를 그만두면서부터 아주 조금씩 나타나기 시작했다고 한다. 결정타는 형을 낳고 나서였다. 그때만 해도 엄마는 자기 자신을 잃어간다는 생각에 다시 발레를 해보려 했지만, 출산과 육아로 망가진 몸은 잘 회복되지 않았다. 오히려 불균형한 체형으로 강행된 발레 연습은 엄마의 무릎만 망가뜨릴 뿐이었다. 그렇게 발레와의 재회에 실패한 엄마는 발레에 영원히 안녕을 고한 다음, 형을 낳은 지 8년 만에 나를 낳았다. 발레리나에서 두 아들의 엄마, 그것도 아주 보통의 엄마가 돼버린 것이었다. 그러니 발레가 있던 결핍의 자리에 먹는 즐거움이 스멀스멀 기어들어 올 수밖에. 아버지는 그런 엄마가 안타까우면서도 엄마에게 종종, 처녀 땐 안 그러더니 왜 그렇게 식탐을 부리느냐고 타박을 했다. 그러면 엄마는, 발레 좀 해보겠다고 한창때 먹고 싶은 거 못 먹고 살아온 인생이 억울해서 그런다고 응수했다. 하지만 지금에 와서 그게 누구 탓이든, 나는 엄마의 몸에 기름을 부은 장본인이었다. 그럼에도 엄마는 나까지 모자라 저 두 녀석들의 스승이 되려 하고 있었다. 하지만 그렇게는 안 된다. 나는 그만, 식탐의 놀라운 유혹과 관성의 구렁텅이에서 엄마를 빼내 와야 한다. 엄마를 소파에서 일으켜 세운 다음, 나의 '강수지'로 다시 만들어야 한다. 엄마에게 힘주어 말한다.

　"엄마, 내가 다시 한 번 경고하는데, 쟤들 음식엔 눈도 돌리지 마.

쟤들은 아직 초짜라 칼로리 계산 같은 것도 안 하고 마구 음식을 만들어낸단 말이야."

"음식은 맛만 있으면 돼."

엄마의 이 사이에서 이쑤시개가 빠져나온다. 오늘도 이쑤시개에는 피가 묻어 있다. 엄마는 피가 나올 때까지 이를 쑤셔야 제대로 이를 쑤셨다고 생각한다. 예전에는 없던 엄마의 못된 습관이다.

"우선 칼로리 적은 음식만 골라 먹어도 몇 킬로그램은 뺄 수 있어. 그러니까……."

"음식은 기름져야 제맛이야."

엄마가 피 묻은 이쑤시개를 톡톡 부러뜨리며 말을 잇는다.

"그건 그렇고, 또 뭘 봤기에 호들갑 떨면서 내려온 건데?"

그러고 보니 엄마의 접시 습격 사건 때문에 냉장고를 잊고 있었다. 나는 잠재워둔 호들갑을 다시 떨며 엄마에게 말한다.

"아, 지붕 위에 냉장고가 있다니까."

"우리 지붕?"

"아니, 옆집. 55호."

"그게 뭐?"

"지붕 위에 냉장고라니까? 고양이 말고 냉장고. 이상하지 않아?"

"날이면 날마다 지붕 위에 앉아 있는 넌 안 이상한 줄 알아?"

"지금 그게 중요한 게 아니잖아."

"그렇다고 그 냉장고가 하늘에서 떨어지기라도 했다니?"

"그런 게 아니라, 옆집으로 이사 온⋯⋯."

"배도 채웠으니 이제 낮잠이나 좀 자볼까."

엄마가 텔레비전 볼륨을 낮추고 기역 자 모양의 반대쪽 소파로 힘겹게 자리를 옮긴다. 저 상태로 낮잠을 자버리면 안 된다. 엄마의 비곗살을 저지해야 한다.

"안 궁금해? 진짜 지붕 위에 냉장고가 있다니까. 작은 건데, 기우뚱 서 있는 모습이 아주 웃겨. 빨리 가서 한번 봐봐."

엄마가 천장을 응시하며 골똘히 뭔가를 생각한다. 궁금증이 발동한 걸까. 엄마가 입을 연다.

"근데 내가 이런 상황을 어디서 봤는데, 어디서 봤더라⋯⋯ 아, 어떤 영화였지? 난데없이 하늘에서 떨어진 냉장고에 아내를 잃은 한 남자에 관한 얘기였는데. 제목이 뭐였더라⋯⋯ 너 혹시 아니?"

"몰라."

엄마는 역시 관심 밖이다. 일어날 생각이 전혀 없는 것이다. 엄마를 소파에서 영원히 끌어낼 수 없을지 모른다는 생각에 가슴이 막막해진다. 나는 그만 포기하고 발걸음을 옮긴다. 엄마가 스르르 감길 듯한 눈을 해가며 혼잣말처럼 묻는다.

"어째 오늘은 마짱이 통 안 보이네."

"내 방에서 주무시는 중이니까 걱정 마셔요. 누구처럼 배가 곧 터질 지경이야. 좁은 집구석에 온통 식탐대마왕들뿐이야."

"뭔 대마왕? 근데 그 영화 제목이 뭐였더라⋯⋯ 내 기억력도 다됐

나……."

　엄마가 깊은 낮잠에 빠져든다. 나는 쓸쓸한 외발로 위층으로 올라간다. 방으로 돌아온 나는 창가에 걸터앉아 주황색 지붕들을 내려다본다. 지붕마다 내려앉은 한낮의 일요일들. 그리고 옆집 지붕 위에 태연하게 혹은 무심하게 서 있는 냉장고. 나는 기우뚱하게 서 있는 냉장고를 쳐다보며 묻는다.

　"넌 뭐가 궁금해 고개를 갸우뚱하고 서 있냐?"

　그러나 지붕 위의 냉장고도 엄마처럼 대답이 없다. 모두가 낮잠을 자는 시간이다.

15

어둠 속 휴대폰 벨 소리가 새벽잠을 깨운다. 유리 천장으로 스며든 새벽빛이 어스름하게 벽시계를 비춘다. 새벽 5시 30분. 이 시간에 예의 없이 전화를 해댈 사람은 단 한 사람뿐이다. 나와 다른 시간대를 살아가는, 마짱의 진짜 주인. 휴대폰을 집어 들어 발신자를 확인한다. 역시 마장호다. 통화 버튼을 누른다. 발밑에서 자고 있던 마짱도 벨 소리에 깼는지 몸을 꼼지락댄다.

—이 시간에 왜 또 전화질인데?

—잤냐?

—여기 새벽이거든! 또 술 마셨냐?

—조금. 깁스는?

—아직.

이탈리아로 공부하러 간 뒤로 마장호는 가끔 이렇게 술에 취한 목소리로 전화를 걸어온다. 한국에서는 내가 권하던 술, 담배를 불경스럽게 회피하던 놈이었다. 이럴 때 보면 그는 마치 술을 배우기 위해 이탈리아로 날아간 놈 같다.

—이번엔 또 무슨 일인데?

—오늘은 좋은 일로 마셨지.

—뭐, 연애라도 하냐?

—어떻게 알았냐? 역시 이름이 같은 친구는 다르다니까.

—결국은 자랑질이네. 같은 유학생?

—아니.

—그럼 이태리 여자?

—랭귀지 스쿨 선생. 첫눈에 반한 여자였는데, 오늘 내 프러포즈 받아줬다는 거 아니냐. 그래서 좀 마셨다.

—그럼 연상이잖아.

—그게 뭐 어때서?

—미친놈. 설마, 너 거기서 계속 살 작정인 건 아니지? 마짱은 어쩌고? 너네 부모님은?

—우리 부모 걱정을 왜 해? 잘들 살고 있을 텐데. 그래서 말인데, 나 공부 마치면 아예 직장도 여기서 잡을까 해.

—내 귀엔 평생 거기에서 연애해보겠다는 말로 들린다, 이 새끼야. 언제 결정한 건데?

—방금.

—그럼 그렇지. 그 즉흥적인 버릇은 거기서도 여전하구나. 너네 부모님한테는 얘기했고?

—여기 올 때도 얘기 같은 거 안 하고 왔는데 새삼스레 얘기는. 마짱은 언제 한국 들어가는 대로 데려올까 해. 적적하기도 하고, 클레아가 보고 싶어 해서. 그때까지 봐줄 수 있지?

—일단 알았어.

—그 녀석은 여전하고?

—너무 잘 지내셔서 탈이다.

—좀 바꿔줄래?

—자식, 귀찮게도 한다. 얼른 말해.

나는 발밑에서 자고 있는 마짱의 귀에 휴대폰을 대준다.

—마짱, 형아가 많이 사랑하는 거 알지? 데리러 갈 때까지 장호 형아랑 아줌마 말 잘 듣고 있어. 말썽은 조금만 피우고. 미안하다, 마짱.

휴대폰을 다시 내 귀에 가져다 댄다.

—알아먹지도 못할 말을 뭘 그렇게 길게 하냐. 일단 무슨 말인지 알았으니까 끊어. 통화료 많이 나와.

—고맙다, 친구야. 근데 넌 아직?

—뭐가? 여자? 팔다리 부러진 놈한테 여자가 붙을 시간이 어딨냐. 뼈 붙기도 바쁜 마당에. 끊어.

—잠깐, 우리 평행이론이 맞다면 너한테도 분명 첫눈에 반할 여자

가 나타날 거야. 그것도 연상녀로.

―시끄러. 그럴 일은 눈 씻고 찾아보려도 없을 테니까. 요즘 이 꼴로 만나는 연상녀는 우리 엄마뿐이야. 나 피곤해. 제발 좀 끊자.

―엄마는 건강하시지?

마장호는 자기 엄마보다 우리 엄마를 더 좋아하고 따르던 녀석이었다. 매사에 날카롭고 철두철미한 변호사 엄마가 아닌, 한때 발레리나였던 예술가 엄마를 가진 느낌은 어떨까, 하고 늘 궁금해하던 녀석이었다.

―살이 더 쪄 걱정이시다. 이번엔 진짜로 끊는다.

일방적으로 전화를 끊고 유리 천장의 새벽하늘을 올려다본다. 한국에 있을 땐 이성에는 일절 관심이 없던 녀석이 프러포즈라니. 오죽하면 녀석을 게이로 오해했겠는가. 결국은 이탈리아에서 자신의 행복을 찾은 건가. 그렇다면 다행이었다.

한국을 떠나기 전까지 마장호는 참 불행한 친구였다. 가진 게 없어서가 아니라 가진 게 너무 많아서. 마장호는 나 서장호와 달리 완벽한 법조인 집안에서 나고 자랐다. 좀 심하다 싶을 정도의 법조인 집안이었는데, 검사 아버지와 변호사 어머니에 두 누나들은 현재 사법 연수생이었다. 거기다 양쪽 부모의 방계와 그 방계의 직계까지 내려가면 가관도 그런 가관이 아니었다. 말로만 들어도 징그럽고 숨이 막힐 정도였다. 그런 집안 분위기에서 자란 마장호였으니, 그가 법학과에 진학해 법조인이 돼야 할 이유는 너무나 뚜렷했다. 그러나 마장호는 그 필연성과 당위성을 죽기보다 싫어했다. 불행이란 응당 어찌어찌해야 한다는 데서 온다는 걸 마장호만큼 잘 아는 녀석도 없을 것이다.

마장호와 내가 서로 친구가 된 것도 그런 비슷한 이유에서였다. 그보다 먼저 우리가 친해지게 된 계기는, 같은 이름을 가진 두 동갑내기가 일요일의 공공 도서관에 나란히 앉아 공부할 확률은 얼마나 될까, 하는 의문에서 비롯되었다. 그런데 친해지고 보니 같은 고민까지 소유하고 있는 게 아닌가. 법조인이 아닌 패션 디자이너가 되고 싶었던 마장호와 요리사가 되고 싶었던 나 서장호. 그 사실을 알게 된 순간, 우리가 서로에게 던진 말은 이것이었다.

'남자 새끼가 패션 디자이너가 뭐냐, 패션 디자이너가.'

'그런 넌 요리사가 뭐냐, 요리사가.'

그러고는 서로를 쳐다보며 한참을 웃어댔던 것 같다. 기막히고 기묘한 인연이란 생각이 들었다. 같은 남자였기 망정이지 이성 간이었다면 연인으로 발전할 수도 있는 운명적인 만남이었다. 마장호는 거기서 더 나아가, 우리 둘 사이의 공통점을 평행이론이라는 말로 극대화시켰다.

'평행이론은 무슨. 이건 그냥 조금 지나친 우연일 뿐이야. 우리가 무슨 링컨이냐? 케네디야?'

그렇게까지 확대시키는 건 과장이라고 했지만 마장호는 물러서지 않았다.

‘아니야. 우린 같은 운명을 타고난 게 분명해. 두고 보라고.’

그리고 몇 달 후 마장호는, 우리 둘 사이에 존재한다고 믿었던 그 평행이론을 ‘절친’의 계기를 넘어 서로의 미래를 합리화시키는 데 써먹었다. 아버지로부터 요리사의 꿈을 허락받았다는 사실을 알렸을 때, 마장호가 가장 먼저 내게 한 말은 ‘그럼 나도 패션 디자이너가 되는 거네?’였다. 나에게서 용기와 자극을 받은 탓인지, 아니면 진짜로 평행이론을 믿은 탓인지는 모르겠지만, 마장호는 그 뒤로 공부하는 척 부모를 속이고는 이탈리아 행 비행기 표 값을 모으기 시작했다. 녀석의 얼굴에서 그늘이 거둬지기 시작한 것도 아마 그 무렵이었을 것이다. 한국에서는 꿈도 미래도 사랑도 찾을 수 없을 거라던 놈. 집안 분위기에 영원히 종속된 채 살아갈 것만 같았던 놈의 그런 변화는 나 말고는 아무도 모르는 일이었다.

모든 수속을 마치고 마장호가 이탈리아로 출국하던 날이 생각난다. 병원에서 퇴원해 집에 돌아온 날이었고, 20대의 첫 봄이 시작되는 3월, 그것도 눈이 흩날리는 3월이었다. 희끄무레한 날씨와 달리 녀석은 아주 밝은 얼굴로 나타났다.

‘징그러운 놈. 진짜로 가는 거냐?’

마장호는 대답 대신 품고 온 흰색 원숭이부터 덥석 내게 안겼다. 가족과 함께 일본 여행 갔다가 샀다던, 작은 체구의 브라질산 흰색 원숭이였다. 말로만 들었지 마짱을 실제로 본 건 그때가 처음이었다.

‘당분간 맡아줘. 우리 집에 놔뒀다간 굶어 죽든지 외로워 죽든지

둘 중 하나일 거야. 워낙 바쁜 사람들이잖아. 너라면 두말없이 맡아줄 것 같아 데려왔어.'

뒤이어 마장호는 마짱을 위해 만들었다는 옷 몇 벌과 마짱에 관한 모든 것이 적힌 메모지를 건넸다.

'귀한 종이니까 잘 돌봐줘.'

'어째 떠받들고 살라는 말로 들린다. 얼마나 있을 건데?'

'일단 가봐야지.'

'집엔 어떻게 하고?'

'편지 한 장 써놓고 나왔어. 발견하게 되면 아는 거고, 아님 마는 거지.'

'남자 새끼가 패션 디자이너가 뭐냐, 패션 디자이너가.'

'그런 넌 요리사가 뭐냐, 요리사가.'

마장호와 내가 20대의 시작점에서 나눈 대화는 그게 마지막이었다. 떠나는 자와 남아 있는 자 사이에 오간 작별 인사치고는 꽤 싱겁고 재미없다는 생각이 들었다.

마장호의 집은 마장호가 이탈리아로 떠난 지 이틀 만에 발칵 뒤집혔다고 한다. 착실히 재수 준비를 하고 있는 줄로 알았던 마장호의 부모에게는 날벼락 같은 일이었다. 그것은 형편없이 받아온 수학능력 점수—마장호는 수학능력시험이 치러지던 날, 모든 영역의 정답을 4번으로 찍고 나와버렸다고 했다. 그래도 아예 시험장에 가지 않은 나에 비하면 성실한 놈이었다—로 학교와 집안에 일으킨 난리에 이은 두 번째 충격이었다. 장남을 꼭 판사로 키워 삼박자를 두루 갖춘 집안을 만들고자 했던 검사 아버지와 변호사 어머니의 배신감은 이루 말할 수 없었으리라. 수많은 범죄자와 사기꾼을 상대해온 민완 검사에 민완 변호사였던 당신들이 친아들에게 사기를 당한 꼴이니 말해 뭐하겠는가. 입만 아프지.

어쨌거나 저쨌거나, 이 집이나 저 집이나, 부모란 사람들은 왜 자식들의 미래를 자기 멋대로 고정시키지 못해 안달인 걸까. 그들이 무엇을 원하고 무엇을 좋아하는지 왜 존중하려 들지 않는 걸까. 그건 필시, 자식을 자식으로 보지 않고 명예나 자기과시의 도구로 삼으려 하기 때문일 것이다. 부모는 자식들을 가장 잘 아는 사람인 동시에 가장 잘 모르는, 모순과 딜레마와 아이러니로 똘똘 뭉친 존재들임이 분명하다.

"마장호, 이제 행복하냐? 꿈도 미래도 사랑도 찾았으니 행복하겠지."

마장호에 대한 생각에 빠져든 동안 유리 천장의 새벽하늘이 어스름하게 밝아온다. 때를 가릴 줄 모르는 마장호의 자랑질 때문에 잠은 달아난 지 오래였다. 이럴 때 생각나는 건 담배다. 새벽에 지붕 위에 앉아 아껴 태우는 담배 맛을 그 누가 알까. 나는 반사적으로 입맛을 다시며 침대에서 일어난다. 책상 서랍을 열어 담배 한 개비와 라이터를 꺼내 들고 창문을 연다. 아차, 깁스를 잊을 뻔했다. 자나 깨나 깁스 조심, 뺐논 깁스도 다시 끼워야 한다.

팔다리에 깁스를 끼우고 나서야 새벽의 지붕으로 내려간다. 담배

한 대 피우기 위한 절차치고는 좀 까다롭긴 해도, 새벽과 지붕이 함께하는 흡연이라면 얼마든지 감수할 수 있다.

봄의 새벽 공기는 차갑지만 맑고 상쾌하다. 사라진 소음과 가라앉은 먼지를 대신해 공기 속으로 파고드는 건 벚꽃 향이다. 집집마다에서 뿜어져 나온 벚꽃 향이 십시일반으로 한데 모아져 바람을 타고 나를 스쳐 간다. 봄이 지겹지 않은 이유는 이런 찰나성 때문일 것이다.

지붕 위에 자리를 잡고 앉아 담배에 불을 붙인다. 한 모금의 담배 연기가 맑은 새벽 공기와 함께 폐부 깊숙이 스며든다. 심심해진 눈은 깁스에 쓰인 문구들로 향한다. 마장호의 글귀도 보인다.

우습게도 마장호는 내 교통사고 소식을 접했을 때 자기 안위부터 걱정하던 놈이었다. 말 같지 않은 그놈의 평행이론 때문이었다. '그럼 혹시 나도 사고 당하는 거 아니야? 앞으로 조심해야겠는데'라며 자못 진지해져서는 다친 나는 안중에도 없는 것이었다. 그때는 좀 서운하긴 했지만, 지금 마장호는 사고는커녕 사랑까지 얻어 잘 살고 있으니 그걸로 됐다.

“그래, 나를 거울삼아 너라도 매사에 조심해서 만땅 행복해져라, 이 새끼야.”

“이 새끼라니, 지금 저보고 한 말이에요?”

바닥을 기는 수학 성적 때문에 매번 전교 1등을 놓친다는 시니컬한 여고생 추가을 양이 집 앞을 지나간다. 추가을 양은 늘 교복 치마를 정강이까지 내려 입는다. 그다지 바람직하지 않은 교복 차림의 소유자였다.

“아니, 그냥 혼잣말이었어. 추가을 양한테 이 새끼라니, 이 어미라면 몰라도.”

“재미 하나도 없거든요, 아저씨.”

“오빠라고 부르랬잖아. 겨우 세 살 차인데 아저씨는 좀 너무하지 않니?”

“근데 아저씨, 진짜로 다친 거 맞아요?”

추가을 양이 눈을 흘기며 나를 올려다본다.

“왜 또 시비야?”

“저의 비수학적 견해로 판단컨대, 아무리 봐도 아저씬 진짜 환자 같지가 않아서요.”

속으로 뜨끔한다.

“너의 그 비수학적 견해란 건 또 뭐야? 수학 못하는 사람의 견해라는…… 뭐, 그런 뜻?”

“아주 주관적인 견해란 뜻이지 뭐긴 뭐겠어요.”

"그럼 그렇게 말하면 될 걸, 공부 좀 한다는 것들은 꼭 저렇게 티를 내요. 나 진짜 환자 맞거든."

"환자가 꼭두새벽부터 나와 담배나 피우고. 아저씬 환자치곤 너무 쌩쌩해요."

"한가하면 병원 견학이나 가봐. 깁스 환자는 환자도 아니니까."

"그럼 환자 아닌 거 맞네요."

"환자 맞거든!"

"아님 말고요. 근데 저기 지붕 위의 냉장고는 뭐래요?"

"나도 몰라. 피곤하니까 더는 묻지 마. 지각하겠다. 얼른 가."

"멍청하게 앉아 있는 게, 아저씨랑 꼭 닮았네요."

"뭐?"

추가을 양이 입술을 삐죽거리며 멈춰 선 걸음을 다시 움직이려 한다. 나는 놀려줄 속셈으로 추가을 양을 불러 세운다.

"잠깐, 추가을 양!"

추가을 양이 가자미눈으로 나를 노려본다.

"또 왜요?"

"추가을 양이 수학을 못하는 이유가 뭔지 알아?"

"뭔데요?"

"비수학적이기 때문이야."

"난 또 뭐라고. 제가 수학을 못하는 이유는 수학을 싫어하기 때문이에요. 요리가 싫었다면 아저씨도 아마 요리를 잘하진 못했을걸요."

추가을 양과 대화를 하다 보면 꼭 이렇게 지고 만다. 괜히 불러 세워 말을 걸었나 보다.

"그건 또 무슨 논리야? 싫어도 잘할 수 있는 게 있거든요, 추가을 양."

"예를 들면요?"

"설거지는 싫지만 난 설거지를 아주 잘해. 그리고……."

"난 또 뭐라고. 그런 건 먹고살려면 당연히 해야 하는 거잖아요. 수학하고는 달라요."

어쩔 수 없다. 말을 돌리는 수밖에.

"야, 그리고 그 교복 치마 좀 올려 입어. 다른 애들은 허벅지 자랑 못 해 안달이더만, 너는 답답하게 그게 뭐야? 바닥에 치마 닿는 거 안 보여? 가만 보면 동네 청소는 다 하고 다녀요."

"변태! 아저씨 같은 사람들 때문에 성범죄가 끊이지 않는 거예요. 방금 그 말 성희롱에 해당하는 거 알아요?"

또 당했다.

"아니, 난 그냥 동네 오빠로서 단정한 교복 차림에 대해 조언 좀 한 것뿐이야. 이상적인 치마 길이란 말이지, 무릎 아래를 살짝 덮을 정도라야 하거든. 근데 넌 너무했어."

"계속 이러면 우리 아빠한테 이를 거예요!"

추가을 양이 자기 집 쪽으로 몸을 튼다.

"아, 미안. 잠깐, 추가을 양!"

"또 왜요?"

"추가을 양은 부모님이 원하는 길하고 가을 양이 원하는 길하고 같아?"

문득, 추가을 양 역시 또 다른 '추장호'일지 모른다는 생각이 들었다. 그래서 궁금해졌다. 추가을 양이 난데없이 웃어댄다. 웬만해선 웃지 않은 아이인데 왜 저러는 걸까.

"하하하하, 아저씨 그거 알아요? 방금 그 질문요, 지금까지 아저씨가 그 지붕 위에 할 일 없이 앉아 던진 질문 중에 가장 제대로 된 질문이었다는 거요. 도대체 몇 년 만이야. 심오한 것도 물을 줄 아는 아저씨였구나."

"저걸 그냥! 그래, 제대로 된 질문이니까 빨리 대답이나 해봐."

"달라요."

"어떻게?"

"엄마 아빠는 의사, 전 영화감독. 근데 수학 성적 때문에 진작 포기하셨어요. 제가 문과 체질이라는 걸 아신 거죠."

"그럼 부모님도 알아? 영화감독이 꿈이라는 거."

"당연히 모르죠. 그리고 그딴 거 벌써부터 말해 뭐하게요. 촌스럽고 피곤하기만 하지. 아저씬 모르는 모양인데 꿈이란 건 말이죠, 자기 혼자 간직할 때가 제일 멋있는 거거든요."

"너 혹시 일부러 수학 성적 바닥으로 만드는 거 아니야? 의사 되기 싫어서."

"아저씨 바보 아니에요? 세상에 전교 1등 놓치고 싶은 바보가 어덨어요. 역시 아저씨랑은 코드가 안 맞아. 저 늦었어요. 가봐야 해요. 오늘도 환자 노릇 열심히 하세요."

"나 진짜 환자 맞다니까 그러네."

추가을 양이 약 올리듯 나를 향해 혀를 내밀고는 저만치 멀어져 간다. 나는 자리에서 일어나 소리친다. 담배 끄트머리에 붙어 있던 담뱃재가 지붕 아래로 힘없이 떨어진다.

"제발 치마 좀 올려 입어. 그러니까 네가 수학을 못하는 거야."

"남이사. 저것 봐, 가짜 환자가 분명해."

"근데 어쩌냐. 네 꿈을 나도 공유해버렸으니."

"꿈이란 건 언제든 바뀔 수 있거든요. 변태! 바보! 사기꾼!"

추가을 양이 가운뎃손가락으로 퍽 큐^{Fuck you}를 날리며 주황주택단지를 벗어난다. 괜스레 웃음이 나온다. 설령 저 아이가 '추장호'라 해도, 왠지 저 아이는 부모와의 갈등마저도 시니컬하게 처리해나갈 것만 같다.

"그래, 추가을 양 말대로 나는 변태에다 바보 사기꾼이다."

남아 있는 담배를 알뜰하게 태우고는 빗물받이에 꽁초를 던진다. 아침 6시 반이 된 모양인지 주황주택단지의 칸트, 강대평 어르신이 운동복 차림으로 집에서 나온다. 철저한 시간 관리로 유명했던 철학자 칸트처럼 저 어르신도 우리 동네의 걸어 다니는 시계였다. 어르신이 내게 손을 흔들어 보이고는 새벽의 주황주택단지를 뛰기 시작한다. 어르신의 모습이 멀리 사라지자, 저마다의 삶의 시작을 알리는 새벽 불빛이 곳곳에 켜진다. 그러나 나에게는 마장호 때문에 놓친 새벽잠이 몰려오려고 한다. 다시 자야 할 것 같다. 나는 늘어지게 하품을 하며 방으로 들어간다. 시린 발과 차가워진 몸이 포근한 침대와 만나면 숙면에 들게 된다.

"근데 뭐? 저 냉장고가 나랑 닮았다고?"

태어나 냉장고를 닮았다는 말은 또 처음이다. 흠! 그러거나 말거나.

16

집 안에 고등어 비린내가 진동한다. 내가 세상에서 제일 싫어하는 고등어가 지금 이 집 어딘가에 있다는 뜻이다. 코를 틀어막으며 아래층으로 내려간다. 여지없이 구토증이 일어난다. 소파에 앉아 있어야 할 엄마는 보이지 않는다. 생생하게 살아 움직이는 두 대의 텔레비전을 응시하고 있는 것은 움푹 파인 소파 위의 쿠키 바구니다. 아침에 새로 쿠키를 구웠는지, 바구니에는 바삭바삭한 쿠키가 한가득이다. 나는 엄마 몰래 슬쩍한 세 개의 쿠키 중 두 개를 어깨 위의 마짱에게 건네며 부엌으로 간다. 하나 남은 쿠키는 내 코에 바투 갖다 댄다. 이래야 고등어 비린내를 가릴 수 있다.

부엌에서는 도마질 소리가 한창이다. 엄마가 도마 앞에 서서 고등어를 손질하고 있다. 얼마 만인지 모르겠다. 부엌으로 들어서자 역한 비린내가 내 목구멍을 더 자극해온다. 방금 나는 고등어를 싫어한다고 했다. 얼마나 싫어하느냐 하면, 요리사를 꿈꾸기 시작한 날부터 아예 고등어 요리라곤 해본 적이 없을 정도다. 나도 안다. 요리사가 되려면 특정 식재료에 대한 거부반응을 가져서는 안 된다는 걸. 그리고 본인 입맛보다는 타인의 식성을 고려해야 하는 직업이기에 내 개인의 취향을 뽐내서도 안 된다는 걸. 그럼에도 싫은 건 어쩔 수가 없다. 뒤통수에도 눈이 달린 엄마가 말한다.

"도둑고양이같이 슬금슬금. 내 쿠키에 손대지 말랬지."

"우웩. 비린내 때문이야."

"부지런도 해. 아예 내일 아침까지 자지, 왜?"

"우웩. 나 불렀어?"

"이제나저제나 내려올까."

"나 환자잖아. 우웩웩. 형 오기로 했어?"

"계속 웩웩댈 거면 나가. 거치적거려."

엄마가 손질을 끝낸 고등어를 흐르는 물에 씻어 소쿠리에 펼쳐 담는다. 엄마가 고등어를 손질한다는 건 조만간 형이 집에 올 거라는 예보다. 형이 온다 해도 다시는 고등어 반찬은 하지 않겠다던 나와의 약속을 엄마는 또 어길 작정이다.

어젯밤, 퇴근해 돌아온 아버지의 손에는 검정 비닐봉지가 들려 있었을 것이다. 엄마는 부식거리와 필요한 모든 것들을 퇴근 무렵의 아버지에게 사 오라고 시킨다. 그것이 엄마의 바깥출입이 사라져가는 이유였고, 엄마가 살이 찌는 이유 중의 하나이기도 했다. 엄마의 머릿속에는 이제 움직임에 대한 기억이 별로 없다. 그런 엄마를 염려는 하면서도, 엄마의 전화 한 통이면 아버지는 퇴근길 수산 시장에 들르는 것도 마다하지 않는다. 엄마의 게으름 덕에 아버지는 이제 싱싱하고 맛있는 고등어만큼은 누구보다 잘 고른다. 어떤 게 자연산인지, 들어온 지 하루가 지났는지 이틀이 지났는지까지도 다 알아맞힌다. 엄마는 아버지에게 고등어 심부름을 시킬 때마다 이 말만은 절대 빼놓지 않는다.

'장수한테 먹일 고등어는 소금 간이 안 된 거야 한다는 거 알죠?'

어젯밤, 아버지의 서재에서 비틀스가 흘러나왔던 이유도 그래서였을 것이다. 아버지는, 엄마 심부름으로 고등어를 사 들고 오는 날 밤에는 꼭 비틀스를 듣는다. 첫째 아들에 대한 엄마의 끔찍한 사랑이 빚은 상실감의 보상 차원에서였다. 그래도 하루 종일 헛구역질을 해대야 하는 나에 비하면 아버지는 나보다 낫다.

형은, 우리 집 두 남자가 싫어하는 그 고등어에 묵은지를 넣고 조린 김치조림을 세상에서 제일 좋아한다. 형은 그것만 있으면 밥 세 공기는 기본으로 해치운다. 예전에 지나가는 말로 물었더니, 형은 엄마보다 엄마가 해주는 고등어김치조림이 더 좋다고 했다. 그 사실을 알 리 없는 엄마였다. 형이 그다음으로 좋아하는 반찬은 막 구워낸 고등어구이다. 전자레인지나 프라이팬에 다시 데운 고등어구이는 절대 사양이다. 그래서 엄마가 고등어를 굽는 시간은 형이 현관문을 열고 신발을 벗는 순간과 동일하다. 온기와 함께 고등어 살이 야들 야들하게 살아 있어야만 형이 고등어구이에 입을 댄다는 걸 잘 알기 때문이다.

고등어 반찬을 좋아하는 형처럼 나 또한 그것을 좋아하면 좋으련 만, 무슨 운명의 장난인지 나는 고등어 반찬을 세상에서 제일 혐오 한다. 고등어 자체가 싫어서라기보다는 고등어에서 나는 그 비린내 가 역겹고 싫다. 기막히지 않은가? 한 어미에게서 나고 자란 두 아들 의 이 대척점 말이다. 그래서 나는 가끔 생각해보곤 한다. 형이 나처 럼 고등어를 싫어했다면 어땠을까, 하고. 그랬다면 우리 형제애는 좀 돈독했을지 모르고, 나와 닮은 형에게 유리 표면 어쩌고 하는 말 따 위도 하지 않았을 것이다. 그리고 이틀에 한 번꼴로 식탁에 올라오 는 고등어 반찬을 볼 때마다 두 아들을 향한 엄마의 편애에 대해 오 해하는 일도 없었을 것이다.

고등어를 싫어하게 된 계기는 잘 기억나지 않는다. 어쩌면 단순히 형이 좋아했기 때문에 무턱대고 싫어하게 됐는지도 모를 일이다. 이 틀에 한 번씩 식탁 위에 펼쳐지는 형을 향한 엄마의 애정이 보기 좋 았을 리 없잖은가. 고등어 혐오는 형에 대한 나의 반대급부였고, 엄 마에게 고하는 나만의 작은 투쟁이자 반란 같은 것이었다. 이제는 편애의 상징물이 돼버린 고등어. 고등어가 영원히 내 요리 주제가 되지 못하는 이유는 그것이었다.

"형은 언제 오는데?"

"또 나가게? 그 꼴로 어딜 나가려고. 하나밖에 없는 형인데 뭐가 그렇게 껄끄러운지. 형제끼리 내외하는 놈들은 니들밖에 없을 거야."

형이 집에 오는 날이면 나는 늘 외출을 한다. 고등어 냄새가 싫은 것도 싫은 거지만, 형과 한 공간에 있으면 이상하게 불편해진다. 가족이 불편하면 안 되는 건데도, 나는 그렇다. 아마 형도 마찬가지일 것이다.

"그게 아니라, 고등어 냄새 때문이야. 그럼 고등어 반찬 하지 말아 봐. 안 나갈 테니까."

"핑계는. 그냥 나가. 너 때문에 좋아하는 거 안 먹여? 매일 오는 것도 아니고 어쩌다 한번 오는 애를. 저 둘의 엄마가 같은 줄 누가 알까."

"진짜로 엄마가 같긴 해? 성격도 다르고 입맛도 다른 게 의심이 간단 말이야."

"그럼 지금이라도 네 진짜 엄마 찾아가시든지요."

엄마가 고등어가 담긴 소쿠리에 쟁반을 받친다. 마장호 얘기를 해야 할 것 같아 엄마에게 말한다.

"아, 새벽에 장호한테 전화 왔었는데. 아예 거기서 살 생각인가 봐. 마짱은 한국 들어오는 대로 데려가겠대."

"남의 나라라도 살 만은 한가 보네. 연애라도 한다니?"

"어떻게 알았어? 이태리 여잔가 봐."

"파랑 눈이든 노랑머리든 상관없으니까 너도 일단 데려와봐. 노을이 시집간다는 소리 들려오게 생겼어."

노을이는 형의 첫째 딸이자 아홉 살짜리 내 조카다.

"하여튼 형은 내 일생에 도움이라곤 안 되지. 형이 장가를 비정상적으로 일찍 간 거지 내가 늦은 거 아니거든!"

"갈 거면 일찍 가고 낳을 거면 일찍 나아 키워버리는 것도 나쁘지 않아."

엄마가 고등어 소쿠리와 일회용 비닐장갑을 내게 건넨다. 지붕 위에 갖다 말려놓으라는 뜻이다. 비닐장갑을 챙겨주는 건, 때 되면 고등어를 뒤집어놓으라는 무언의 지시다. 엄마가 내 어깨 위의 마짱을 쳐다보며 말한다.

"마짱 손 못 대게 주의시키고."

"알았어. 우웩."

웬일로 오늘은 엄마가 쿠키를 먹고 있는 마짱에게 아무 말도 않는다. 나는 고등어를 들고 위층으로 올라가는 내내 우웩댄다. 구토증 유발에 괜한 심술이 발동하자 엄마에게 뒤돌아 소리친다.

"엄마 그거 모르지? 형은 엄마보다 엄마가 해주는 고등어김치조림이 몇만 배는 더 좋대."

"저러다 떨어뜨리지. 앞 잘 보고 가."

이런 거나 시키고. 엄마에게는 내 팔다리 깁스가 보이지도 않는 모양이다.

17

　배를 가른 얄미운 고등어가 봄 햇살과 봄바람에 잘 말라간다. 하루 사이에 지붕은 낙화하는 벚꽃 잎들로 분홍 꽃밭이 돼 있다. 어릴 적에는 벚꽃이 흩날리는 이 시기를 오매불망 기다렸더랬다. 지붕 위에 앉아 바람에 흩날리는 분홍 꽃잎을 손으로 받아내기 위해서다. 순진하게도 그때 나는, 내가 받아낸 꽃잎의 개수만큼 소원이 이루어진다고 믿었다. 갖고 싶은 것도 원하는 것도 많았던 나는, 더 많은 꽃잎을 받아내기 위해 고군분투했고, 낙화기의 이런 연례 행동은 재작년까지 이어졌다. 그러나 이제 나는 떨어지는 꽃잎을 그저 바라보기만 한다. 생명이 다한 꽃잎에 기댈 욕망 같은 건 없다는 걸 안 것이다.

　때마침 분홍 꽃잎 하나가 나를 향해 날아온다. 오랜만에 손을 뻗어 꽃잎을 받아낸다. 손안의 분홍 꽃잎을 들여다보는데 나도 모르게 웃음이 나온다. 지나온 삶에서 발견되는, 이런 쓸데없고 부질없는 행동들이 현재의 나를 웃음 짓게 하고 있다. 자신의 과거가 자기만의 코미디언이 되어 돌아오는 순간인 것이다. 그 말은 곧, 지금 나만의 어떤 행동도 미래의 코미디언이 되어 미래의 나를 웃겨주게 된다는 얘기다. 그렇다면 그게 뭘까. 한참을 생각하다 스스로에게 답을 내린다.

"가짜 환자 행세?"

빙고다. 나중에 지금 이 순간을 떠올리게 되면 필시 나는, '아무리 사장과 주방장이 미워도 그렇지, 그런 짓을 왜 했지?'라고 말하며 웃음 짓게 될 것이다. 그러니까 현재가 재밌어야 미래도 재밌어진다는 결론이다. 내가 지금의 환자 행세를 즐겨야만 하는 필연적인 이유다. 그런 의미에서 나는 과장되게 콧노래를 흥얼거리며 손에 비닐장갑을 끼운다. 잠시 숨을 멈추고 고등어를 뒤집는다.

"우웩!"

아무래도 이놈의 고등어는 미래의 내 코미디언이 되어주기에는 글러먹은 것 같다. 어떠한 추억이 섞여 든다 해도, 고등어는 그저 내게 비린내일 뿐이다. 그때였다. 고등어 비린내를 한 방에 날려줄 사람이 저만치에서 걸어온다. 일본인 특유의 밝은 인사성으로 보기만 해도 기분이 유쾌해지는 사람, 가까이 다가가면 꽃향기가 날 것 같은 사람, 루미코 씨다. 그런데 항상 먼저 인사를 건네던 루미코 씨가 오늘은 그냥 지나가려고 한다. 루미코 씨의 시장바구니에는 달랑 스

포츠 신문 한 부가 들어 있다. 나는 루미코 씨에게 먼저 인사를 건네
본다.

"안녕하세요?"

"하, 안녕하십니까?"

"오늘은 평소답지 않게 왜 그래요. 무슨 일 있어요?"

루미코 씨가 시장바구니에서 스포츠 신문을 꺼내 펼쳐 보인다.

"욘사마가 집을 샀답니다. 기사에는 결혼 준비에 들어간 거 아니
냐고 돼 있습니다. 욘사마 진짜 결혼하는 겁니까? 한국 사람들은 결
혼하기 전에 꼭 집을 삽니까? 욘사마는 아니라고 하는데 진짜로 아
닌 겁니까?"

한국 드라마가 좋아 한국으로 시집왔다는, 욘사마의 광팬 루미코
씨에게 욘사마의 결혼은 허락될 수 없는 것이리라.

"그것 때문에 장도 안 보고 그냥 온 거예요?"

"저는 정말로 심각합니다. 욘사마 진짜로 결혼하는 거 맞습니까?"

"언젠가는 하겠죠. 잘생기고 돈도 많은 사람이 뭐가 부족해 노총
각으로 늙어 죽겠어요. 아마 기사에는 지금 사귀는 사람도 없다고
나와 있을걸요, 그죠?"

루미코 씨가 맞습니다, 맞습니다, 하고 힘주어 말하고는 고개를
끄덕인다. 그 사실을 믿고 싶어 하는 눈치였지만, 안타깝고 미안하게
도 현실은 바로 알려야 한다.

"그거 다 뻥이에요."

"뻥이 뭡니까?"

"거짓말이라고요. 애인도 없다는 사람들이 몇 달 지나고 나면 결혼 기사가 뻥뻥 터지거든요. 기본이 2년은 사귀었대요."

"그럴 리가 없습니다."

"그럴 리가 있다니까요."

"그럼 욘사마도…….'"

"분명 감춰둔 애인이 있을 거예요. 이미지로 먹고사는 사람들이라 그건 어쩔 수 없어요. 욘사마는 어차피 결혼할 사람이니까 이미 해버렸다고 생각해버리세요. 그래야 맘 편해요. 루미코 씨, 우리나라에는 말이죠, 3대 거짓말쟁이가 있는데, 누군지 알아요?"

루미코 씨가 고개를 가로젓는다.

"정치인, 연예인, 그리고 식탐대마왕, 아니, 우리 엄마요."

"장호상 어머니가 왜 그렇습니까?"

"다시는 고등어 반찬 안 하겠다더니, 오늘 고등어 손질을 해버렸지 뭐예요. 하하하."

고등어를 손으로 가리키자 우울해하던 루미코 씨의 입가에 미소가 번진다. 그러나 미안함에 웃겨주려던 내 노력은 금세 빛이 바래고 만다. 루미코 씨가 양미간을 찌푸리며 조금 격앙된 어투로 말한다.

"그래도 우리 욘사마만은 거짓말 안 합니다. 저는 애인 같은 거 없을 거라고 확신합니다."

"있다니까요. 근데 그거 모르죠? 루미코 씨 남편이 욘사마보다 더 잘생긴 거요. 루미코 씨는 참 욕심도 많으셔."

"하, 그렇습니까? 그래도 전 욘사마가 더 좋습니다. 욘사마와 대적할 사람은 지구상에 하나도 없습니다. 그래서 지금 제 마음은 저 사쿠라처럼 떨어지고 있습니다."

욘사마에게 완전히 영혼까지 빼앗긴 루미코 씨였다. 모두가 가짜에 매료되는 세상이다. 그 가짜를 좇아 고국을 버리고 타국으로 시집까지 온 루미코 씨의 안타까운 환상을 욘사마는 알고 있을까. 돌아봐주지도 않을 사람을 향해 무한한 사랑을 쏟아내는 게 얼마나 바보 같은 짓인지 루미코 씨 본인은 알고 있을까. 과도한 열정이 부른 건강한 자기만족일 뿐이니 본인만 행복하다면 그걸로 된 거 아니냐며 반박해온다면 나 또한 할 말은 없다. 어차피 모든 행복은 스스로의 몫이니까. 하지만 자기만족이 타인에게 피해를 입힌다면 어떨까. 루미코 씨에게는 루미코 씨의 남편이 될 것이고, 식탐대마왕에게는 나나 아버지가 될 것이다. 그런데 갑자기 거기에서 왜 엄마가 튀어나오느냐고? 엄마야말로 가짜와 환상을 조장해내는 텔레비전의 위대한 숭배자이니까.

엄마는 연출의 승리가 낳은 드라마에 흥분하고, 위세와 허위뿐인 예능 프로그램에 박장대소를 보낸다. 정말로 싸고 좋은 물건만 판매한다고 믿는 홈쇼핑 채널에 현혹당하느라 아버지와 나 같은 건 거들떠볼 겨를조차 없다. 진짜여야 할 뉴스마저도 가짜와 왜곡이 존재한다는 것도 모르고 엄마는 '텔레비전 교주'를 맹신하느라 광분의 나날을 보낸다. 텔레비전은 엄마의 비곗살을 늘려놓은 것으로도 모자라, 아버지와 나를 고독 속에 매장시켜버렸다. 텔레비전의 위상이 커지면 커질수록 사리지는 건 우리의 대화다. 나는 루미코 씨에게 말한다.

"떨어지는 사쿠라는 다시 피게 돼 있어요. 욘사마가 떠난 자리엔 더 젊고 싱싱한 남자가 채워질 테니까요. 그때가 되면 욘사마를 왜 좋아했는지 모르게 될걸요."

"정말로 그럽니까?"

"그렇다니까요. 아, 그리고 루미코 씨는 일본 어디에서 왔다고 했죠?"

"후쿠오카입니다."

내 어깨 위의 마짱을 손으로 가리키며 말한다.

"요 녀석도 일본에서 왔거든요."

"하, 마짱이라고 했었습니다. 마짱은 일본 어디에서 왔습니까?"

마장호가 어디라고 했는데 기억이 안 난다. 생각나는 대로 아무 지명이나 대본다.

"삿포로."

"하, 그렇습니까? 삿포로는 저희 어머니 고향입니다. 겨울이 아름다운 곳입니다."

"대단한 인연이네요. 그건 그렇고 루미코 씨, 오늘 결론은 이거예요. 욘사마는 곧 결혼한다! 그러니까 앞으로 맘 단단히 잡수셔야 해요."

"하, 알겠습니다. 충고 고맙습니다."

텔레비전의 폐해는 현실을 잠식한다. 스펙터클인 주사선과 조밀해진 망점에 홀려 사는 엄마에게도 현실은 이제 아무것도 아닌 세상이 돼버렸다. 다이내믹한 텔레비전에 중독된 눈은 상대적으로 재미없는 세상만 보일 뿐이다. 현실에서는 불가능할 것 같은 것들을 모두 가능하게 해주는 신비로운 마술 상자의 마력을 누가 감히 넘본단 말인가. 그래서 루미코 씨의 눈에는 욘사마보다 잘생긴 남편이 그저 그런 남자로 보이듯, 엄마의 눈에도 슈렉 같은 아버지는 말 그대로 슈렉처럼 보일 뿐이고 내 깁스는 그저 장식품처럼 보일 뿐이다. 그러니 지붕 위에 냉장고가 있다는 말 따위가 엄마의 호기심을 자극할 리 없는 것이다. 모든 상상력은 텔레비전에 의해 망가지고 우스워져 간다. 때마침 루미코 씨가 묻는다.

"그런데 장호상, 저 냉장고는 뭡니까? 한국에서는 냉장고도 지붕 위에 말립니까? 고등어만 말리는 게 아닙니까?"

"저건……."

루미코 씨의 눈에도 지붕 위의 냉장고가 의문과 낯선 이미지로 다가온 모양이다. 아직은 욘사마란 환상 말고는 텔레비전으로 부풀려진 상상력이 얼마 되지 않는다는 뜻일 테다.

"저 냉장고는…… 글쎄요. 일단 제가 확인해보고 나중에 말씀드리면 안 될까요?"

"하, 그래주시겠습니까? 그리고 우리 욘사마는 당장 결혼 같은 거 안 할 겁니다. 맞습니다."

그럴 거라는 내 억지스러운 대답에, 루미코 씨는 그제야 안도의 한숨을 내쉰다. 그러고는 기분이 유쾌해져서는 다시 장을 보러 가야겠다며 왔던 길을 되돌아간다. 루미코 씨가 사라지자 내 관심은 지붕 위의 냉장고로 향한다. 정말로 저 냉장고가 진짜인지 가짜인지 확인하고 싶어진다. 나는 '텔레비전교敎'의 광신도도 아니고, 리얼리티라곤 찾아볼 수 없는 드라마를 동경하지도 않으며, 가짜로 치장된 연예인에 열광하지도 않으니, 저 냉장고에 대한 궁금증은 당연하다. 내가 지금 발 딛고 서 있는 이곳이 마술 상자 속이 아니라면 저 냉장고는 진짜일 확률이 높다. 현실 논리를 따르는 현실이 진짜가 아니라면 도대체 뭐가 진짜여야 한단 말인가.

비닐장갑을 벗고 자리에서 일어난다. 방금 루미코 씨와 한 약속대로 냉장고를 확인해보기 위해 발걸음을 옮긴다. 주변 동정부터 살핀 후 55호 지붕으로 다가간다. 다행히 지나가는 사람은 없다. 집 안에서 밖을 내다보는 사람도 없는 것 같다. 나를 지켜보는 건, 세상 물정이라곤 털끝만큼도 모르는 마짱뿐이다.

55호 지붕으로 무사히 발을 옮긴 나는 냉장고 가까이 다가간다. 그리고 조심스럽게 냉동실 문부터 열어본다. 문을 여는 순간, 냉장고 위에 쌓여 있던 분홍 꽃잎 몇 개가 지붕으로 떨어진다. 동시에 싸늘한 냉기가 거짓말처럼 내 얼굴을 때린다. 게다가 냉동실 깊숙한 곳에는 하얀 성에까지 끼어 있다.

"진짜로 돌아가잖아."

진짜일 거라고 생각은 했지만, 막상 진짜라는 게 확인되니 더 가짜 같다는 생각이 드는 건 왜일까. 이번엔 냉장실 문을 열어본다. 바깥 공기보다 훨씬 차가운 기운이 냉장실에서 느껴진다. 문을 닫고 냉장고 몸체에 귀를 대보자 윙윙, 하는 소리가 들려온다. 흔히 냉장고에서 나는 소음과 비슷했다.

냉장고 아래쪽으로 시선을 옮긴다. 그러나 응당 삐져나와 있어야 할 플러그는 보이지 않는다. 냉장고와 연결된 전선 같은 것도 없다. 그러니까 이 지붕 위의 냉장고는 플러그만 없다 뿐이지 진짜로 돌아가는 진짜 냉장고였던 것이다. 그렇다면 무슨 원리로 돌아가는 걸까. 자가 동력? 태양열? 건전지? 신기해서 냉동실 문을 한 번 더 열어보려는데, 하필 그때 그녀의 방 창문이 열린다. 오늘도 그녀는 방에 있었던 모양이다. 괜한 오해를 받을까 봐, 일단 냉장고 뒤로 몸을 숨긴다. 그런데 내내 내 어깨 위에 얌전히 앉아 있던 마짱이 지붕으로 뛰어내리는 게 아닌가. 말썽은 늘 저 녀석 몫이지! 녀석을 향해 조용히 소리친다.

"마짱, 이리 안 와!"

녀석이 내 말을 들을 리가 없다. 이탈리아에서 연애하느라 바쁜 마장호가 더 빨리 왔으면 왔지 저놈은 오란다고 올 놈이 아니었다. 하는 수 없이 나는 뒤쪽 지붕으로 몸을 감춘다. 도둑놈 취급당하는 건 싫다. 남의 집이나 기웃거리는 한심한 놈으로 오해받는 건 더더욱 싫다.

18

김스 때문에 앉아 있는 자세가 불편하다 보니 금세 다리가 저려온
다. 마짱은 내 시야에서 벗어난 지 오래다. 유리창 닫히는 소리는 아
직까지 들려오지 않는다. 그렇다고 이대로 계속 숨어 있을 수만은
없다. 나는 우리 집 지붕으로 건너갈 타이밍을 잡기 위해 몸을 움직
여보기로 한다. 그런데 지붕가에 몸이 다다를 무렵이었다. 그녀의 목
소리가 들려온다.

"어머, 안녕. 우리 구면이지?"

아무래도 마짱이 그녀의 눈에 띈 것 같다. 녀석에게 하는 말인 듯
한데, 어째서 오늘은 개미 기어가는 목소리가 아니다. 오히려 낭랑하
기까지 하다.

"이렇게 작고 귀여운 걸 보고 놀라다니. 나도 참 바보라니까. 그

치? 근데 주인은 어디 가고 너 혼자 다니니?"

"끼끼끼끼."

"마짱이라고 했지? 마짱은 지붕을 참 좋아하나 봐. 지붕 말고 좋아하는 건 또 뭐가 있을까."

안 되겠다. 이렇게 위축된 자세로는 오늘 안으로 집에 돌아가기는 글러먹었다. 자리에서 일어나 냉장고 가까이 다가간다. 냉장고 너머로 그녀가 보인다. 방에서는 언제 나왔는지, 그녀가 지붕 위에 쭈그리고 앉아 있다. 자잘한 꽃무늬가 프린트된, 그녀의 긴 플레어스커트 자락을 마짱이 밟고 앉아 있다. 지붕 위에 흩뿌려진 분홍 꽃잎과 그녀의 노란 플레어스커트는 제법 잘 어울린다. 덕분에 녀석은 꽃밭에 앉아 제대로 된 꽃놀이를 즐기고 있는 것처럼 보인다. 원숭이 주제에 복도 많지. 그나저나 무슨 핑계로 모습을 드러낸다? 저 녀석은 원래 그런다 치고, 나까지 그녀의 지붕 위에 있다는 사실을 알면 정말로 날 이상하게 생각할 텐데. 고민 끝에 바지 주머니에 뭘 넣는 척하며 냉장고 뒤쪽에서 걸어 나간다. 동시에 혼잣말에 가까운 말을 그녀 귀에 들리게끔 중얼거린다.

"이제야 찾았네."

내 목소리에 놀란 그녀가 나와 눈이 마주친다. 그녀는 마주친 눈을 피해 고개를 바닥으로 떨군다. 나는 그런 그녀에게 인사와 함께 변명을 늘어놓는다.

"안녕하세요? 또 이렇게 뵙네요. 저 녀석이 제 손목시계를 들고 도망가는 버릇이 있어서요. 간신히 찾아냈지 뭐예요, 하하하."

"아, 네."

다시 기어들어가는 그녀의 목소리였다. 그런데 허무하다 싶을 만큼 축 가라앉는 이 분위기는 뭘까. 저 작은 목소리 때문인가? 무슨 말이든 꺼내는 게 좋을 것 같아, 나는 그녀가 방금 마짱에 대해 궁금해하던 것을 말해준다.

"마짱이 지붕 말고 좋아하는 건 토스터예요. 특히 토스터가 식빵을 밀어낼 때 내는 소리 있죠? 녀석은 그 소리만 나면 두 번이고 세 번이고 재주를 넘죠. 그래서 토스터 구경꾼이라고 불러요."

"네."

웃어줄 거라 생각하고 꺼낸 얘기였는데 왜 반응이 없는 거지? 내 말을 제대로 듣긴 한 걸까. 목소리가 작아서 그런지, 그녀의 귀에는 내 목소리도 그녀의 목소리만큼 작게 들릴 것만 같다. 나는 그녀의 표정을 확인하기 위해 상체를 수그린다. 그녀는 뭔가를 찾고 있는 듯, 떨군 고개로 주변을 자꾸 두리번거린다.

"뭐 찾아요?"

"네?"

"뭐 잃어버렸어요?"

"그게……."

"뭘 찾는데요? 제가 도와줄까요?"

"아니에요."

나는 그녀 곁으로 다가간다.

"말해봐요. 뭔데요?"

"그게…… 손톱…….’

"뭐라고요? 잘 안 들려서 그러는데 목소리 좀 크게 해줄 수 없어
요?"

"아, 손톱요."

"손톱? 깎은 손톱요?"

그녀가 고개를 끄덕인다. 대답은 어찌어찌 하는데, 그녀는 나를
좀체 쳐다보지 않는다. 마치 우리 엄마 같다. 엄마도 대화 중에는 나
를 별로 쳐다보지 않는다.

"그걸 왜요? 손톱은 버리는 거지 찾는 게 아니잖아요."

"저는 찾아야…… 그게 그러니까, 모아야 해서…….’

그녀의 목소리는 다시 작아진다. 가까이 다가가는 수밖에 없겠다.

"손톱을 모은다고요?"

"네. 발톱도 같이…….’

"남들은 버리는 걸 왜요?"

"그게…….’

"아, 신체발부수지부모…… 뭐, 그런 거요?"

"그게 아니라…… 엄마 때문에…… 아무튼 찾아야…….’

일순간 발동된 흥미는 나를 그녀 가까이 바짝 끌어당긴다. 그녀
는, ‘창가에 앉아 손톱을 깎는 게 아니었는데’라고 말하며 두 번이나 자신의 불찰

을 탓한다. 정말로 꼭 찾아야 하는 것인가 보다. 하지만 방 안에 떨어진 것도 찾아내기 힘든 마당에, 지붕 위로 떨어진 손톱 조각을 어떻게 찾아낸단 말인가. 게다가 그 손톱이 꼭 지붕 위로 떨어졌다는 보장도 없는 상황이었다. 손톱이란 늘 예상 범위를 벗어나 처박히는 못된 재주를 지녔으니 알 게 뭔가, 저 마당으로 떨어졌는지. 아마 노스트라다무스도 깎여 나가는 순간의 손톱 방향만큼은 알아맞히지 못할 것이다. 이거 괜히 도와주겠다고 덤벼들었다가 나만 곤란해지는 거 아니야? 그녀에게 묻는다.

"지붕 위로 떨어진 건 확실해요?"

"아마도……."

"어떤 손톱인데요?"

"새끼손가락……."

한숨이 절로 나온다. 엄지손톱이길 바랐더니만. 하는 수 없이 나는 지붕 위에 엉덩이를 깔고 앉아 그녀를 돕는다. 우선은 그녀처럼 널브러진 꽃잎부터 주워 모아 지붕 아래로 던진다. 그런데 그녀 옆에 앉아 있는 마짱이 신경에 거슬린다. 녀석이 생각 없이 지붕을 헤집고 다니기라도 하면 곤란하다. 나는 내 어깨를 손으로 가리키며 마짱에게 이리 와 앉으라고 말한다. 녀석은 말똥말똥 나만 쳐다본다.

"이리 오라니까."

마짱과의 실랑이를 지켜보던 그녀가 어깨를 들썩이며 조용하게 웃는다. 좀 전에도 저렇게 웃었는데 내가 알아채지 못했던 걸까. 아무튼 꽤나 답답한 여자임은 확실해 보인다. 다행히 청개구리 같은 마짱이 결국 그녀 곁에서 멀어지더니 지붕과 지붕을 타고 멀리 달아나 버린다. 결과적으로는 이 지붕에서 쫓아낸 셈이니 그걸로 됐다. 마짱이 걱정됐는지 그녀가 달아나는 마짱을 돌아보며 묻는다.

"저렇게 놔둬도 되나요?"

"괜찮아요. 때 되면 알아서 들어오니까요."

"영리한가 봐요."

"완전 미련퉁이는 아니에요. 이름이 보리 씨라고 했죠?"

"아, 네."

"나이는 어떻게…… 아, 저는 스무 살이에요."

"저는 스물일곱……."

"진짜요? 저는 저랑 동갑쯤 되는 줄 알았는데. 그럼 누나라고 불러도 돼요?"

"저기 그게……."

"왜, 싫어요?"

"아니…… 편할 대로……."

"저 알아요, 누나가 무슨 일 하는지. 한번 맞혀볼까요?"

"네?"

"말 편하게 해요. 한참 동생뻘인데."

"초면이라……."

"피아니스트죠, 그죠?"

"아, 아닌데요."

"그래요? 이사 올 때 보니까 그랜드피아노가 있던데…… 그럼 그 건 누가 쳐요? 그 꼬맹이?"

"아닌데……."

"아, 그럼 그 젊은 엄마로군요."

"아니에요. 아빠가……."

이런! 아버지가 피아니스트였다니.

"근데 피아노 소리가 한 번도 안 들리던데……."

"연주하러 다니시느라 집에 있는 날이 별로 없어요. 그리고 연습실이 따로 있어서……."

"그렇구나. 그 꼬맹이는 밖에서 잘 안 놀아요? 이사 온 뒤로 한 번 도 본 적이 없네요."

"어려서 그런지 엄마하고 떨어지는 걸 싫어해요. 엄마가 아빠 매니저 일을 도맡아 하느라 엄마도 집에 있는 날이 별로 없어서……."

"그럼 누난 하는 일이 뭐예요? 아, 초면에 너무 꼬치꼬치 캐묻나요?"

"아니에요. 전…… 디자이너였어요. 문고리 디자이너."

"그런 직업도 있어요? 하긴 문고리도 모양은 다양하니까. 근데 과 거형이네요?"

"관뒀어요, 오래전에."

"왜요?"

"일보다 사람들이 힘들어서…… 따돌림을 좀 당했거든요."

"저도요. 저는 특히 사장이란 작자한테서요."

동지라도 만난 듯 그녀가 고개를 들어 나를 쳐다본다. 그러나 고개는 이내 다시 수그려진다.

"힘들었겠네요."

"그렇죠, 뭐. 그럼 지금은 뭐 해요? 다른 일을 하나 보죠?"

"네. 연극배우……."

"네? 연극배우라고요?"

당신처럼 목소리도 작고 수줍음도 많아 보이는 사람이 대중 앞에 나서는 배우라니요? 하고, 속으로 덧붙인다. 그녀의 대답이 돌아온다.

"아, 아니요, 연극배우가 아니라 연극배우가 되는 게 꿈이라고요……."

그럼 그렇지, 난 또 뭐라고.

"그렇게 수줍음이 많아서 어떻게……."

"그, 그렇죠. 맞아요…… 저도 그렇게 생각해요……."

낙담해하는 그녀의 표정이었다. 그러고 보니, 그때 그녀의 책상 앞에 써 붙여진 큼지막한 문구가 떠오른다. 나 김보리는 해낼 수 있다던, 느낌표가 세 개나 붙은 문장이었는데, 아마도 그것이 연극배우가 되고자 하는 그녀만의 의지의 표현이었던 모양이다. 생각 없이 뱉어낸 내 말이 그녀의 의지를 꺾어버린 건 아닌가 싶어, 서둘러 이렇게 말한다.

"그래도 의지만 있으면 뭐든 못 하겠어요. 정 안 되면 수줍음이 많은 역할을 맡아 하면 되죠. 하하하."

"아, 네."

"저는 요리사 지망생이에요. 네까짓 게 무슨 요리사냐는 의심의 눈초리를 무찌르고 당당히 요리사의 길로 들어섰죠. 그것도 독학으로."

"정말요?"

그녀가 또 다시 고개를 들고 대단하다는 듯 나를 쳐다본다. 그러나 그녀의 고개는 이내 손톱을 찾는 행위로 돌아간다. 나에 관해 좀더 심도 깊은 질문을 할 줄 알았더니만 그녀는 고작 정말이냐고 묻다 말 뿐이다. 하긴, 아직 요리사가 된 것도 아니고 요리사가 되겠다고 마음먹기까지의 지지부진한 과정 따위가 뭐가 중요하겠는가. 사실 나의 '나 홀로 개척기'는 대오와 수영한테나 가치 있을 뿐이다. 그 둘을 제외한 사람들에게 내 치열했던 시간들은 들어주기에는 귀찮고 그렇다고 들어주지 않기에는 좀 미안한 것이어서, 눈치껏 생략시켜야 할 대상이었다. 타인의 인생과 성공이 쉽고 간단해 보이는 이유는 아마도 그 생략 때문이리라.

오고 가는 질문 속에 꽃피는 게 대화일진대, 일방통행만 이루어지다 보니 분위기는 멋쩍어진다. 벚꽃이 지는 화창한 봄날에 남의 지붕 위에 쭈그리고 앉아 손톱 조각이나 찾고 있는 신세라니. 손톱 찾기에 열중하기 시작하면서부터 그녀와 나 사이의 대화도 침묵으로 뒤바뀐다. 이럴 때 손톱이라도 '짠' 하고 나타나주면 좋으련만, 실종된 손톱은 좀체 돌아올 생각을 않는다. 아! 인생은 짧고 예술은 긴 게 아니라, 대화는 짧고 지루함은 길다.

19

지리멸렬한 시간 속으로 간간이 벚꽃 비가 떨어진다. 실종된 손톱 소식은 아직이다. 지붕 위에 쌓여가는 침묵을 견뎌내지 못하고 나는, 그녀에게 다시 말을 걸어보기로 한다. 정말 엄마 말대로 나는 뼈가 부러진 뒤로 말이 많아진 걸까. 입을 다물고 있으려니 가슴이 답답해진다. 오랜 병원 생활의 후유증이었다.

"저기요."

"네?"

"궁금해서 그러는데요, 누나네 부모님은 아직 사이좋으세요? 혹시 이 집으로 이사 온 뒤로 맥없이 싸운다든가 하지 않던가요? 아니면 하는 일이 잘 안 된다든가."

난데없는 질문이라고 생각했는지 그녀가 나를 슬쩍 쳐다본다. 그러더니 머리를 숙인 채로 고개를 가로젓는다.

"그럼 이사 올 때 가져온 화분들은 잘 커요?"

"그런 건 왜……?"

그녀가 살짝 고개를 들어 의아하다는 눈으로 날 쳐다본다. 화분의 안녕을 묻는 사람은 세상에 태어나 처음이라는 듯이.

"봐요, 이 좋은 봄날에 누나네 벚나무만 시들시들하잖아요. 꽃도 몇 송이 안 피고."

"그래서요?"

"이런 얘기 해도 될지 모르겠는데, 이 집 되게 재수 없거든요. 그거 알고 들어왔어요? 여기 살았던 사람들 대부분……."

그녀가 내 말을 자른다.

"그딴 건 안 믿어요. 어쩌면 이 집보다 제가 더 재수 없는지도 모르니까요."

"누나가 왜요?"

"손톱 잃어버린 것만 봐도 그렇고……."

"손톱은 원래 잃어버리는 거예요. 그렇게 따지면 세상 사람들 죄다 재수 없게요."

"아무튼 전…… 재수 없는 사람이에요. 그래서 사람들이 절 싫어하나 봐요."

손톱 하나 잃어버린 걸 가지고 자신이 재수 없다고 생각하다니, 정말 이상한 여자다. 아니면 손톱이 그만큼 그녀에게 소중한 거란 얘긴가. 내가 깊숙이 파고들까 봐 그랬는지, 그녀가 처음으로 내게 질문을 한다. 화제를 돌리기 위한 방편인 것 같았다.

"이름이 장호 씨라고……."

"네, 서장호."

"장호 씨는…… 뭐 모으는 거 없어요?"

"모으는 거? 아, 지금은 아니지만 한때 가름끈을 모았어요. 왜, 양장본 책에 달린 끈 있잖아요."

"그런 걸 왜요?"

이상하다는 듯 살짝 웃는 그녀. 그리고 요구하지 않았는데도 자연스럽게 커진 그녀의 목소리였다. 호기심이 발동했다는 방증일 테다. 게다가 방금 안 사실은, 줄곧 바닥에 처박혀 있던 그녀의 시선이 내 쪽을 향하고 있다는 것이었다. 언제부터 그랬는지는 모르겠다. 그제야 나는, 그녀가 말할 때마다 양미간이 약간 찌푸려진다는 사실과 웃으면 오른쪽 입술 꼬리가 올라간다는 사실을 알아낸다.

"왜요, 많이 이상해요?"

"아니, 꼭 그런 건 아니지만……."

"이상한 걸로 치면 손톱이 더 이상하죠."

"그런가요……."

"아니, 그렇다고 누나가 비정상이라는 말은 아니고요."

"알아요. 그럼 계기가……."

"누구 좀 골탕 먹이려고 시작한 일이었어요. 아, 날 따돌린다는 그 사장요. 출입증 없이 들어갈 수 있는 도서관이란 데는 다 들쑤시고 다녔던 것 같아요. 근데 하다 보니까 재미도 있고 스릴도 있는 거예요. 저는 태어나 몰래 뭘 훔치는 기분이 그렇게 짜릿하고 좋은 건지 처음 알았어요. 도둑놈들이 이래서 도둑질을 하나 싶었으니까요. 팽 팽한 긴장감은 물론이고, 무사히 훔치고 났을 때의 안도감과 그 쾌감이란……. 근데 나쁜 짓을 하고 나면 벌을 받는 모양인지, 결국은 그것 때문에 이 모양 이 꼴이 됐지 뭐예요."

그녀에게 깁스한 팔을 들어 보인다. 혀를 찬 건 아니었지만, 그녀는 '저런, 쯧쯧쯧!'이란 표정을 지으며 묻는다.

"그래서 얼마나 모았는데요?"

"많이. 아마 상상도 못 할걸요. 궁금해요?"

"조금……."

"앗! 잠깐만요!"

"왜요?"

"찾은 거 같아요."

"네?"

"누나 새끼손톱요. 움직이지 말고 가만히 있어봐요."

"어디요?"

그녀가 주변을 두리번거린다. 지붕 바닥에 닿아 있는 그녀의 스커트 자락 옆에 초승달 모양의 작은 손톱 조각이 보인다. 바로 자기 옆에 두고도 못 찾다니. 나는 손가락 끝에 침을 묻혀 손톱을 집어 올린 후 그녀에게 건넨다. 그녀가 확인하더니 '맞아요, 맞아요!'가 아니라 '맞아요, 맞아요!'라고 소리치며 안도 섞인 웃음을 짓는다. 역시나 살짝 올라가는 오른쪽 입술 꼬리였다.

손톱을 입에 문 그녀가 곧장 자리에서 일어난다. 거치적거리는 긴 치맛자락을 잡아 쥐고는 창문턱을 넘어 방으로 들어간다. 그녀를 따라간 나는 그녀의 방을 기웃거린다. 창 안쪽으로 고개를 들이밀자, 투명한 아크릴 상자에 손톱을 넣는 그녀가 보인다. 그 상자는 이사 올 때 그녀의 손에 들려 있던 것이었다. 그렇다면 지금 저 안에 절반가량 차 있는 게 모두 손톱과 발톱이라는 얘기였다. 가까이에서 보고 싶어서 그녀에게 말한다.

"그거 저도 좀 보여주면 안 될까요?"

"그게……."

"싫어요?"

"그게 아니라…… 그다지 유쾌하진 않을 거예요."

"괜찮아요."

좀 망설이는 듯하더니 그녀가 상자를 들고 창가로 다가온다. 수북이 쌓여 있는, 수많은 초승달 모양의 손톱 조각을 확인하는 순간 터져 나온 건 '아!'라는 감탄사뿐이었다. 그녀 말대로 유쾌하진 않았지만 그렇다고 불쾌한 것도 아니었다. 다만, 인간의 몸에서 손톱이 자란다는 사실이 그 순간만큼은 이상하고 신기하게 느껴졌다. 그걸 모으는 그녀는 더 기묘해 보였다. 손톱 조각에는 매니큐어가 묻어 있는 것도 있었고, 봉숭아물을 들인 것도 있었다. 그래서 그녀의 손톱은 하나의 예술품처럼 보였다. 별난 예술가가 만들어낸 전위적이며 그로테스크한 예술품. 그녀에게 물어야 했다.

"얼마 동안 모은 거예요?"

"태어나 지금까지……."

"정말요?"

내 얼굴에서 믿지 못하겠다는 표정을 읽은 그녀가 상자에서 자그마한 지퍼 백 하나를 꺼내 내게 보여준다. 백에는 아주 작은 손톱 조각들이 따로 보관돼 있었다. 배냇손톱이라고 그녀가 작은 목소리로 말한다. 그러니까 그녀가 태어나 처음으로 깎은 손톱이라는 말이었다. 내 입에서는 또 한 번 '아!'라는 감탄사가 터져 나왔다. 자기 생애의 첫 손톱을 바라보는 기분은 어떨까. 응당 버려졌어야 할 자신의 신체 일부와 살아가는 것은 또 어떤 느낌일까. 신체의 흔적이라기보다는 세월의 흔적에 가까운 손톱들. 저 손톱 중에는 그녀가 처음으로 누군가를 사랑했을 당시의 손톱도 있을 것이다. 처음으로 부모와 싸웠을 때도, 처음으로 친구와 헤어졌을 때도, 처음으로 자전거를 배웠을 때도, 처음으로 여행을 가고, 처음으로 공포를 느꼈을 때의 손톱도 있을 것이다. 성공과 실패의 한때와 슬픔과 기쁨의 한때와 성장과 쇠락의 한때도 묻어 있을 것이다. 그녀의 모든 '첫'을 기억하고, 그녀의 모든 '끝'을 함께해왔을 손톱이었다. 그렇게 생각하자 처음엔 기묘하게만 보였던 그녀의 손톱이 그녀의 회고록처럼 보이는 것이었다. 더불어 그녀가 모은 것은 그냥 손톱이 아닐지도 모른다는 생각이 들었다. 그것은 생의 철학이었고, 살아온 시간에 대한 그림자였고, 기억과 나이 먹음과 살아 있음에 대한 일종의 보고報告였다.

"굉장해요."

"저, 정말요?"

"네. 순간 저도 모아보고 싶은 충동이 일었어요. 진짜 이게 다 누나 손톱이에요? 여태 잃어버린 적도 없었고요?"

"종종 잃어버릴 뻔한 사고가 있었는데, 다행히 그때마다 찾아냈어요. 그래서 말인데요…… 오늘 손톱 찾아줘서 정말 고마워요."

그녀가 수줍게 고개를 숙여 내게 고마움을 표한다. 처음엔 이해 불능이었던 손톱에 대한 그녀의 집착을 이제는 이해할 수 있을 것 같다. 태어날 때부터 모으기 시작했고 지금까지 한 번도 잃어버린 적 없다면 나 또한 그랬을 것이다. 의무란 완벽한 지속성에서 발생하는 것이니까.

"굉장하다는 말…… 저, 처음 들어봐요. 손톱 모으는 거…… 이해해주는 사람 하나도 없었거든요. 엄마, 아빠조차도……."

"근데 아까 손톱을 모아야 하는 이유가 엄마 때문이라고 하지 않 았어요?"

"아, 그건 진짜 엄마였고…… 지금 엄만……."

새엄마라는 뜻이었다. 어쩐지 그녀의 아버지에 비해 젊어 보인다 했다.

"그럼 누나 진짜 엄마하고 손톱 모으는 거하고 무슨 상관인데요?"

"미안해요. 저 나가봐야 할 시간이라……."

그녀가 벽시계를 힐끔 쳐다본다. 어디 가냐는 것까지 물어볼 필요는 없었는데, 나도 모르게 묻고 만다.

"그게, 연기 학원 알아보러……."

정말로 연극배우가 되고 싶은 모양이었다. 창문을 닫으려는 그녀의 몸짓에 창가에서 멀어진다. 아직 궁금한 게 남아 있어서 그런지 이대로 물러서기가 좀 아쉬웠다. 어떤 여지라도 남겨두는 게 좋을 것 같아 그녀에게 이렇게 말한다.

"저기, 다음번엔 제가 모은 거 보여줄게요."

"네?"

"가름끈요."

"아, 네."

"그럼 약속한 거예요, 누나?"

수줍게 고개를 끄덕인 그녀는 다시 한 번 내게 고맙다고 말하고는 창문을 닫는다. 창문 닫히는 소리도 그녀의 목소리를 닮아 조용하다. 그렇게 수줍어하는 그녀의 얼굴이 커튼 사이로 사라질 때였다. 어디서 날아왔는지 분홍 꽃잎 하나가 내 앞에 떨어진다. 나는 반사적인 손놀림으로 꽃잎을 받아낸다. 손안의 작은 봄을 들여다보고 있는데 문득 소원 한번 빌어볼까, 하는 생각이 스친다. 그래서 나는, 이루어지면 좋지만 이루어지지 않아도 크게 상관없는 소원을 빌어보기로 한다. 소원이란 모름지기 이루어지지 않아도 되는 것을 빌어야한다. 그래야 나중에 실망할 일이 생기지 않는다.

"이루어지지 않아도 상관없는 소원이라면…… 아, 김보리란 여자의 목소리가 좀 커지게 해주세요. 답답해 미치겠어요."

나름 괜찮은 소원이라고 생각하며 나는, 우리 집 지붕으로 건너가기 위해 발걸음을 옮긴다. 잊고 있던 냉장고가 그제야 눈으로 들어온다. 가장 먼저 물어봤어야 할 냉장고였는데 손톱 때문에 잊고 만 것이다. 다시 열어본 냉장고 안에는 여전히 냉기가 살아 움직이고 있었다. 나는 그 속에다 머리를 들이밀고는 묻는다.

"네 정체는 뭐냐? 다음엔 알려주는 거냐? 지붕 위에 서 있는 너도 이상하지만, 네 주인은 더 이상한 것 같다."

그래서 재밌었다. 손톱을 모으는 여자에 관한 얘기라면 엄마는 흥미를 가져줄까. 그러고 보니, 퇴원해 집으로 돌아온 이래 처음으로 지루하지 않은 하루를 보낸 것 같았다. 그런데 누나라니…… 문득 연상녀 클레아와 사귄다는 마장호 생각이 났다.

20

토요일이다.

아침부터 몰려들기 시작한 먹장구름이 하늘 전체를 뒤덮고 있다. 흐린 날은 여러모로 달갑지 않다. 유리 천장의 파란 하늘이 온통 잿빛으로 변하는 시간이니 아름다울 리 없다. 이런 날은 침대에 누워 유리 천장을 바라보고 있으면 십중팔구 우울해진다. 누군가의 울적한 속마음을 헤엄치고 있는 것 같아서다. 그래서 나는 하늘이 잿빛일 때만큼은 침대에 잘 눕지 않는다.

흐린 날이 싫은 또 하나의 이유는 비에게 지붕을 빼앗겨야 할지 모르기 때문이다. 특히 지붕 위에 앉아 있고 싶은 날에 비가 쏟아지면 정말 환장한다. 왜, 누구에게나 그런 날 있잖은가. 미치도록 커피를 마시고 싶다거나, 곧 죽어도 담배를 피우고 싶은 날 말이다. 나에게는 오늘이 바로 꼭 지붕으로 나가고 싶은 날이다. 레시피를 짜야 하는 날이기 때문이다.

요리사에게 레시피란 가장 기초적이고 중요한 창작 과정이다. 물론 예술가들이 흔히 쓰는 표현대로 뼈를 깎는 창작의 고통에는 미치지 못하지만, 레시피를 짜는 과정에도 따끔한 통증 정도는 존재한다. 세상에 없는 것들을 써내고 짓고 그려내야 하는 뭇 예술가들처럼 요리사 또한 세상에 없는 맛과 음식을 만들어내야 하기에 그렇다. 그런 당위성이 적잖은 부담과 스트레스로 다가와 레시피를 짜는 날은 다른 날에 비해 신경이 좀 예민해진다. 그렇게 날카로워진 신경을 다독여주는 건 언제나 지붕이다. 산들산들한 바람을 맞고 맑은 하늘을 쳐다보며 짜낸 레시피는 한 번도 날 배신한 적이 없었다. 그리고 지금까지 나만의 독보적인 레시피는 모두 지붕에서 탄생했다는 사실을 알고 난 뒤부터, 지붕은 레시피를 잘 짜기 위한 나만의 비밀(?) 장소가 돼버렸다. 좌변기 위에 앉아야 소설이 가장 잘 써진다는 인색한 소설가 남씨 아저씨처럼.

지금 내 레시피 노트는 온통 낙서투성이다. 우중충한 날씨에게 지붕을 빼앗겼으니 레시피가 잘 나올 리 만무하다. 전에 짜둔 레시피를 한 시간째 넘겨봐도 나를 설레게 할 아이디어는 떠오르지 않는다. 실전에서 멀어진 몸이 머릿속까지 둔감하게 만들고 있는 것이었다. 퇴원해 집으로 돌아와 짜둔 레시피는 꽤 된다. 그러나 직접 만들어보지 않은 레시피는 맛의 성공 여부를 상상하기 힘들었다. 이게

다 환자 행세 때문이다. 식탐대마왕이라도 집을 비우면 그사이 깁스를 빼고 어떻게든 만들어볼 텐데, 그마저도 틈이 나지 않는다. 엄마의 무거운 엉덩이가 장시간의 외출을 감행하지 않는 이상, 그리고 내 환자 행세가 끝나지 않은 이상, 내 레시피는 그저 노트 안에 갇힌 레시피일 뿐이다.

"환자는 역시 우울해."

손에서 레시피 노트와 펜을 내려놓는다. 침대 밑에서 놀고 있던 마짱이 빼꼼히 얼굴을 내밀더니, 먼지 뭉치를 몸에 잔뜩 묻혀가지고 나온다. 녀석은 저 몸뚱이로 침대와 내 몸을 더럽힐 것이다. 청소라도 해야지 안 되겠다. 머리 회전이 안 되면 몸이라도 움직여야 한다. 레시피 노트를 아예 덮어버리고 충전된 소형 청소기를 집어 든다. 작동된 청소기로 마짱의 몸에 묻은 먼지 뭉치부터 빨아들인다. 청소기 소리를 별로 좋아하지 않는 녀석이 끼끽대며 창가로 도망간다.

"넌 먹을 거 말고는 무조건 싫지."

침대 밑으로 청소기를 깊숙이 찔러 넣는다. 안쪽에 처박아둔 골판지 상자에도 먼지 꽃이 피어 있다. 잠시 청소기를 꺼두고 골판지 상자를 끄집어낸다. 따라 나온 먼지 뭉치들이 공중으로 부유하려다 만다. 나는 오랜만에 상자를 열어본다. 골판지 상자 안에는 또 하나의 큼지막한 상자가 들어 있다. 그 안을 가득 메우고 있는 것은 가름끈이다. 상자 속의 상자를 열자 색색의 끈 타래들이 모습을 드러낸다. 정확히 세어보진 않았지만 족히 2만 개는 넘을 것이다. 정말 정신없이 모아댔던 것 같다. 궁금했는지 창가에 앉아 있던 마짱이 침대 위로 올라가 상자 안을 내려다본다.

"먹을 거 아니야, 인마."

가름끈 사이로 녹슨 손톱깎이가 보인다. 가름끈을 잘라낼 때 쓰던 도구였다. 그때를 생각하자 피식, 웃음이 나온다. 책을 고르는 척하며 가름끈을 잘라내는 맛은 지금 생각해도 스릴 만점이었다. 들킬 거라는 걱정은 한 번도 한 적이 없다. 도서관이란 데는 워낙 사각지대가 많다 보니 모든 행동이 은밀하게 보장되었다. 그것이 2만 개의 가름끈을 잘라낼 수 있었던 원동력이라면 원동력이었다. 하지만 뭐든 꼬리가 길면 밟힌다고 했던가. 사립 대학교 도서관이었던 걸로 기억한다. 한 뭉텅이의 가름끈을 무사히 잘라낸 후, 평범한 도서관 이용자로 보이기 위한 위장용이자 빌린 책을 반납하러 오는 날 가름끈을 잘라 가기 위한 핑계의 도구로써 소설책 몇 권을 빼 들고 나오는데 한 젊은 여자가 나를 향해 소리치는 것이었다.

'찾았어요!'

여자 사서에게 들키고 만 것이다. 내 멱살을 잡아채던 사서의 손이 바지 주머니 속 가름끈으로 향하는 순간 나는 이미 도둑이 돼 있었다. 더럭 겁이 났다. 도망밖에는 생각나지 않았다. 그래서 나는 젊은 여자를 밀쳐내고 도난 방지 검색대를 뛰어넘어 줄행랑을 쳤다. 뒤따라오던 한 다른 여자가 '거기 안 서! 이 도둑놈아!'라고 마구 소리를 쳐댔다. 나이 먹은 여자의 목소리는 캠퍼스를 질주해 나가는 내내 귓가에 들려왔다.

'야, 이 새끼야! 거기 안 서! 콱 팔다리나 부러져버려라!'*

그때를 생각하자 또 한 번 웃음이 나온다. 그런데 그렇게 한 번 혼이 났으면 관뒀어야 했는데, 나의 만행은 도서관을 수시로 바꿔가며 계속 이어졌다. 그러다 또다시 어떤 사서에게 덜미를 잡히는 일이 발생했고, 결국은 콱 팔다리나 부러져버리라고 외치던 그때 그 나이 먹은 여자의 말대로 나는, 도망 나오다 차에 치이고 만 것이다. 스무 살을 사고로 시작하다니, 완벽한 액땜이 아닐 수 없었다.

요리밖에 할 줄 모르던 내가 '가름끈 도둑'을 거쳐 '깁스 환자'가 된 배경에는 사장이란 작자가 있었다. 사장은 우리 레스토랑에서 알아주는 독서가였다. 사장이 밥 먹고 하는 일이라곤 책상머리에 두 다리를 올리고 앉아 거만하게 책을 읽는 것이었다. 책은 장르를 가리지 않고 닥치는 대로 읽는 모양이었다. 집에 돈이 많아 레스토랑 사업을 하지 않았다면 소설가가 됐을 거라나 뭐라나. 아무튼, 책을 많이 읽어서 그런지 사장은 말할 때 보면 아주 논리 정연했고, 유식한 티가 났다. 말로는 누구도 당해낼 수 없는 사람이었다. 하지만 지성을 읽어낸다고 해서 덤으로 인성까지 따라오는 건 아닌지, 인간성은 제로였다. 그럼에도 그런 사장을 몰래 연모하고 흠모하는 사람이 있었으니, 그때 말한 홀 매니저 김대무 씨였다. 어느 날, 그 김대무

---

* 이 상황은 김희진의 장편소설 『옷의 시간들』에서 더 상세히 만나볼 수 있다.

씨와 레스토랑에 늦게까지 남아 김대무 씨의 술친구가 돼준 적이 있는데, 그가 나에게 이런 말을 했다. 적당히 취기가 오를 무렵이라 김대무 씨의 기분은 방방 떠 있었다.

'서 보조님, 우리 사장은 말이죠……'

김대무 씨는 그 인간을 꼭 '우리 사장'이라고 불렀다. 그래, 당신 사장이 뭐 어쨌는데요? 나는 속으로 물으며 심드렁하게 콜라 잔을 기울였다. 김대무 씨가 흐뭇한 표정을 지으며 말을 이었다.

'세상에서 제일 화나는 일이 뭔지 아십니까? 글쎄, 양장본으로 된 책 있잖습니까, 그 책에 가름끈이 없으면 그렇게 화가 난답니다. 우리 사장 정말 귀엽지 않아요? 그 얘길 듣고 얼마나 웃었던지요, 하하하하. 서 보조님, 저는 말입니다, 우리 사장이 보는 책에 몽땅 가름끈을 달아주고 싶어요.'

콩깍지가 쓰인 김대무 씨의 눈에는 사장의 모든 행동과 사고가 사랑스럽게 보였을지 테지만, 나는 그 반대였다. 그래서 김대무 씨에게 이렇게 말했다. 물론 속으로였다.

'웃기고 자빠졌네요. 화나는 일이 그리 없대요? 김대무 씨한테는 미안한 얘기지만, 나는 당신 사장이 보는 책이라면 그 책에 달린 가름끈을 몽땅 잘라주고 싶어요.'

그런데 그 일이 있고 얼마 지나지 않아 진짜로 기회가 찾아왔다. 상의할 문제가 생겨 사장실을 찾았는데, 사장이 자리를 비우고 없는 것이었다. 사장의 책상 한쪽에는 시립 도서관에서 빌려 온 책 열 권이 놓여 있었다. 믿을 수 없겠지만, 몇십 억 자산가인 사장은 책을 공공 도서관에서 빌려 보는 인간이었다. 책은 일회용이고 그렇기 때문에 책은 머릿속에 소장해야 한다는 게 사장이란 작자의 이상한 사고방식이었다.

'책 자체를 소장하는 건 말이야, 허세 부리기 좋아하는 작자들이나 할 짓이라고.'

꽤 그럴싸하게 둘러댄 말이었지만, 나는 알고 있었다. 사장은 책을 사서 보는 그 돈마저 아까워한다는 걸. 하지만 김대무 씨는 사장의 그런 인색함을 검소함으로 착각하고 있었다. 역시 눈에 쓰인 콩깍지는 '인색'과 '검소'의 구분조차 못하게 만들어버리는 오류를 범한다. 사랑이 무서운 건 그래서다. 아무튼, 사장의 빈자리와 책상 위의 책을 보고 있는데, 그때 김대무 씨가 술자리에서 했던 말이 생각나는 것이었다. 게다가 마침 연필꽂이에는 문구용 칼이 꽂혀 있었다. 유혹에 넘어가지 않을 수 없는 상황이었다. 호기를 놓쳐서는 안 된다는 일념에 나는, 지체 없이 칼을 빼 들었고 모두 일곱 개의 양장본 가름끈을 잘라 가지고 나왔다. 내가 봐도 책의 머리 부분은 원래 가름끈이 없는 것처럼 깔끔해 보였다. 그리고 며칠 뒤, 사장실에서 들려온 목소리는 이것이었다.

'뭐야, 씨발! 어떻게 돼먹은 책이 가름끈이 하나도 안 달렸어! 내가 미쳐!'

그러더니 하루 종일 신경질을 부리는 것이었다. 책을 읽을 때마다 짜증을 부리는 사장의 모습에 그렇게 통쾌할 수가 없었다. 광분하는 사장의 반응에 고무된 나는, 그 짓을 더 해보는 것도 나쁘지 않겠다는 생각이 들었다. 그러기 위해서는 가름끈을 단번에 잘라낼 수 있는 방법이 필요했고, 몇 가지 고안된 생각과 몇 번의 시뮬레이션 끝에 녹슨 손톱깎이가 도구로 낙점되었다. 너무 잘 드는 손톱깎이는 자를 때 '딱' 하는 소리가 나서 위험했다. 그렇게 나름의 치밀성을 갖춘 나는, 틈만 나면 사장이 책을 빌려 본다는 시립 도서관으로 달려가 가름끈을 잘라 오기 시작했다. 그리고 사장이 도서관을 옮길지 모른다는 노파심에 인근 도서관이란 데는 모조리 들쑤시고 다녔다. 가름끈 하나를 잘라낼 때마다 내 얼굴엔 미소가 드리워졌고, 악행은 나의 일상이 되어갔다. 스릴과 카타르시스와 환희가, 잘라낸 가름끈의 개수만큼 넘쳐나고 있었다. 기분이 최고조에 달할 때면 나는 속으로 이렇게 말했다.

'돈 좀 있다는 놈이 책은 왜 빌려 보는데? 너 같은 놈들 때문에 작가들이 굶어 죽잖아. 두고 봐. 앞으로 네놈이 빌려 볼 책에는 가름끈이라곤 하나도 없을 테니까. 그러니까 돈 아끼지 말고 책은 꼭 사서 보라란 말이다. 너 같은 부자 새끼가 책을 안 사면 누가 사서 보겠냐!'

그때 그 희열을 어떻게 설명해야 할까. 지금 생각해보면, 정말 유치하고 무모하고 바보 같은 짓이었다는 생각도 든다. 하지만 다시 그때로 돌아간다 해도 나는 똑같이 했을 것이다. 그런 식으로라도 복수를 했기에 망정이지, 안 그랬다면 나는 김대무 씨가 사랑하는 그 사장 새끼를 어떻게 해버렸을지 모른다.

사장은 언제나 내 반대편에 서 있는 사람이었다. 마치 반反서장호를 부르짖기 위해 이 세상에 태어난 사람 같았다. 정당한 절차와 적합한 테스트를 거쳐 당당히 퐁즈에 들어왔지만, 정식 요리 학교를 나오지 않았다는 것과 해외 유학파가 아니라는 이유로 날 못마땅해했다. 직원으로 채용하기엔 경력도 짧고 나이도 어리다다는 게 사장 눈에 비친 나의 불안 요소였다. 남에게 내세우기 좋아하는 사장에게 나란 놈은 강남 고급 레스토랑의 직원으로서 도저히 허락될 수 없는 조건이자 존재였던 것이다. 사장은 마치, 네 발로 안 나가겠다면 내가 나가게 해주마, 하고 작정한 사람처럼 날 괴롭히기 시작했다. 하루 열네 시간 근무는 기본이었고, 마지막 문단속은 늘 내 몫으로 돌렸다. 주방 전 직원에게 주어진 메뉴 개발권임에도, 사장은 유독 내가 개발한 메뉴에만 악의적인 불만을 제기했다. 주방장 의견은 물어보지도 않은 채, 향신료가 너무 약하다는 둥, 이런 식의 재료 배합으로는 수지가 안 맞다는 둥 해가면서 말이다. 어디서 그렇게 많은 이유들이, 그것도 매번 다르게 튀어나오는지 경이로울 지경이었다. 맛에 대한 표현력은 또 얼마나 추상적이고 모호한지 모른다. 가령 이런 식이었다.

'맛은 그런대로 봐줄 만해. 근데 옷 벗고 바다로 뛰어들고 싶은 맛이 나야 하는데, 그게 좀 부족해. 내 말 무슨 뜻인지 모르겠어, 서 보조?'

'맛은 쓸 만해. 근데 삼켰을 때 엘레강스한 맛이 살아나지 않잖아.

이런 고급 재료를 사용했으면 영국 왕실의 맛 정도는 나야 하는 거 아니야, 서 보조?'

'서 보조, 이건 아니지. 이건 마치 줄넘기 한 번 하고 났을 때 먹는 짜장면 맛이잖아. 줄넘기 쉰 번 하고 났을 때 먹는 짜장면 맛으로 만들 수 없어?'

책을 너무 많이 읽어서 생긴 부작용이 분명했다. 도대체 영국 왕실의 맛은 어떤 맛이며, 줄넘기 쉰 번 하고 났을 때 먹는 짜장면 맛이란 건 또 어떤 건지, 아직도 나는 그게 궁금하다. 그뿐이 아니었다. 어떤 안건에 대해 속으로 그렇게 생각했다가도 나와 의견이 같다는 걸 알고 나면 바로 방향을 틀어버리기 일쑤였다. 주방 보조 주제에 까불지 마라, 나서지 마라, 실수 좀 작작 해라 등등, 한마디로 반대를 위한 반대만을 일삼는 청개구리형 사장이었다. 투자에는 또 얼마나 인색한지 모른다. 언젠가 한번은 일부 식재료를 중국산으로 바꾸자고 생떼를 부리는 것이었다. 주방장도 반대하고 나서길래 나도 거들자 싶어, 그건 말도 안 된다고, 고급 레스토랑의 이미지와 신뢰에 어긋나는 짓은 하면 안 된다고 감히 나섰더니, 나보고 어려서 사업을 모른단다.

'주방장도 가만히 있는데 네까짓 게 뭔데 나서고 지랄이야! 식재료를 온통 국내산에다 유기농만 써대면 그게 사업이야? 봉사지!'

'사업은 신뢰와 신용입니다. 먹는장사라면 특히요. 당장은 좋을지 모르지만 나중엔 독이 되어 돌아올 겁니다. 그런 건 책에서 안 가르

쳐주던가요?'

'뭐? 쥐방울만 한 게! 너, 내 장사 망치려고 아주 작정을 했지! 당장 관둬, 당장!'

하지만 나는 꿋꿋이 버텨냈다. 저런 인간을 버텨내지 못하면 앞으로 아무것도 해낼 수 없을 거라 생각하고 버텨낸 시간이었다. 그러니 가짜 환자 행세로 얻어낸 이 휴가는 나의 정당한 휴가인 셈이었다. 그동안 내가 받은 스트레스와 고된 노동에 비하면 이깟 복수는 복수도 아니었다. 옹고집의 사장은 아직도 그 시립 도서관에서 책을 빌려 본다고 했다. 가름끈 없는 책 때문에 종종 짜증을 부리는 것도 여전하단다. 얼마 전에는 글쎄, 시립 도서관 사서를 찾아가 항의성 문의를 했다고 한다.

'혹시 이 도서관에선 일부러 가름끈을 잘라버리나요? 근데 하나같이 가름끈이 없는 이유는 뭔가요?'

사장을 연모하는 김대무 씨로부터 전해 들은 말이었다. 사장의 모습을 떠올리자 통쾌함에 웃음이 쏟아진다. 침대 위의 마짱이 고개를 갸웃거리며 날 올려다본다. 나만이 아는 복수를 그 누가 알겠는가.

오랜만에 짜릿한 복수의 쾌감에 다시 젖어볼까, 하고 가름끈을 헤집어보려는데 훼방꾼이 나타난다. 양미간을 찌푸리며 코를 킁킁거린다.

"무슨 냄새지?"

어디선가 비릿한 냄새가 올라온다. 그게 고등어 냄새라는 걸 알아

채는 순간, 웃음뿐이던 입가에 구토증이 파고든다. 나는 상자를 닫
아 정리한 후 마저 청소를 끝내고 팔다리에 깁스를 끼운다. 목발 하
나를 챙겨 들고 아래층으로 내려간다. 내려갈수록 비릿한 냄새는 더
진해진다. 뒤늦게 따라 나온 마짱이 나를 앞질러 내려간다. 아무래도
오늘이 형이 오기로 한 날인 모양이다. 아래층을 휘감은 고등어김치
조림 냄새 때문에 숨을 쉴 수가 없다. 그저 김치찌개 냄새일 뿐이라
고 생각하려 해도, 그 속에 고등어가 들어가 있다고 생각하면 금세
구토증이 올라온다.

21

거실은 조용하다. 두 대의 텔레비전은 꺼져 있고, 소파와 분리된 식탁대마왕은 보이지 않는다. 거실이 텔레비전 소음으로 오염되지 않고 이렇게 조용해본 게 언제였던가. 형이 집에 오는 날이면 으레 달라지는 거실 풍경이지만, 그렇기 때문에 더더욱 나는 이 조용한 거실이 싫다. 형 때문에 텔레비전을 보지 않는 엄마도, 형 때문에 부엌에서 바빠지는 엄마도, 형 때문에 치장을 하는 엄마도 싫다. 그래서 나는 리모컨을 집어 들어 텔레비전을 켠다. 화장실에서 변기 물을 내리고 나온 엄마가 한마디 쏘아붙이고는 부엌으로 들어간다.

"꺼."

거실은 다시 무소음에 젖어 든다. 무안해진 나는 식탁대마왕에게 아버지의 소재에 대해 묻는다. 엄마가 흘려놓고 간 분 냄새가 잠시

나마 고등어 비린내로부터 나를 위로한다.

"아버지는?"

"토요일이잖니."

아버지는 토요일만 되면 낚시를 간다. 1년 전까지만 해도 아버지의 유일한 취미는 비틀스를 듣는 것이었다. 그런데 이젠 토요일엔 낚시를, 일요일엔 등산을 간다. 엄마가 텔레비전에 미쳐 사느라 아버지와 놀아주지 않은 뒤부터 생긴, 아버지 나름의 외도였다.

아버지는 그때 엄마에게 두 대의 텔레비전을 사주지 말았어야 했다. 1년 전에 일어난 텔레비전 폭발 사고는 아주 끔찍했다. 텔레비전 과다 시청으로 인한 과열 사고였는데, 텔레비전이 그렇게 위험한 폭발물일 줄은 몰랐다. 아버지는 이참에 엄마에게서 텔레비전을 떼어 놓을 수 있겠다 싶어 좋아했지만 엄마는 달랐다. 이미 텔레비전에 중독될 대로 중독된 엄마는 텔레비전 없이는 하루도 살아갈 수 없는 사람이 돼 있었다. 결국 아버지는, 공중파 드라마 속 주인공에 대한 엄마의 궁금증이 히스테리로 바뀌어가는 걸 참아내지 못하고 두 대의 텔레비전을 사줘야 했다. 텔레비전 폭발 사고가 난 지 이틀도 안 돼서였다. 그러나 과열되지 않게 두 대의 텔레비전을 번갈아 보라고 사 온 아버지의 의도는 오히려 엄마의 텔레비전 시청 시간을 늘려놓고 말았다. 포기해도 될 채널과 보지 않아도 될 프로그램이 두 대의 텔레비전으로 모두 포용되고 만 때문이었다. 게다가 그 전의 구닥다리 텔레비전으로는 접할 수 없었던 디지털 방송의 세계는 엄마를 멋진 신세계로 안내했다. HD 텔레비전의 와일드하고 뚜렷한 화면은 황홀경 그 자체였고, 선명하고 화려한 색상은 매일같이 엄마의 눈을 매료시켰다. 텔레비전을 사랑하지 않는 사람이라도 텔레비전에 빠져들게 되는 조건과 환경이 텔레비전에 의해 형성돼가고 있었으니, 엄마가 HD 텔레비전의 마력과 마성에 빠져들지 않을 이유란 없었다. 그러니 손톱을 모으는 여자에 관한 얘기 따위에 귀가 솔깃할 리 없는 것이다.

엄마는 두 대의 텔레비전을 타고 매일 세계 여행을 떠나느라 바쁘다. 유럽이든 오지든, 엄마는 이제 세계 곳곳 안 가본 데가 없다. 세렝게티의 넓은 평원을 치타와 함께 질주하고, 아마존의 밀림을 탐험하나 싶으면, 어느새 드라마의 남자 주인공과 불륜에 빠져든다. 아쉽기만 한 불륜의 시간이 끝나면 잠시 오페라와 연극 관람에 들어갔다가, 그마저 지루해지면 유치한 유머로 한바탕 웃어젖힌다. 그러다 금세 눈물을 흘리고 분노를 하다 또 어딘가로 멀리 떠난다. 진짜보다도 더 진짜 같은 두 대의 세상은 엄마의 의식을 비곗덩어리로 만들어버린 지 오래다. 매일 지구 하나를 통째로 소화시키느라 엄마의 두뇌는 늘 포화 상태여서, 이웃과 친구는 물론 가족조차 받아들일 여유가 없다. 우리의 눈과 상상을 우주 밖에까지 확장시켰다고 주장하는 텔레비전. 하지만 정작 텔레비전은 우리 모두를 작은 방 안에 가두는 사기꾼일 뿐이다. 미디어를 통해 인간은 방 안에서 한 발짝도 밖으로 나갈 수 없다고 단언하던 누군가의 말처럼, 엄마가 그 표본이 돼가고 있었다. 그것도 모르고 엄마는 저게 없었으면 이 재미

없는 세상을 어떻게 살았을까, 하고 매일 텔레비전을 예찬한다. 달나라까지 갔다 왔다고 착각하는 엄마의 시공간이 사실은 지금의 이 거실인 것처럼, 텔레비전의 이기적인 폐쇄성은 교묘하고도 무섭게 작동되고 있었다.

엄마는 알까. 사람에게서 사람을 떼어놓는 저 텔레비전의 나쁜 습성을. 인간을 인간에게서 떼어놓는 건 나날이 발전해가는 기술이라는 걸. 그리고 엄마에게 필요한 건 몸의 다이어트뿐 아니라 머릿속의 다이어트라는 것도. 엄마의 몸이 빨리 결핍을 알아챘으면 좋겠다. 텔레비전 너머에 걸린, 저 커다란 액자 속의 낯선 여자처럼.

나는 꺼진 텔레비전 대신, 그 너머에 걸린 액자를 바라본다. 분홍색 발레복에 분홍색 토슈즈를 신고 유연한 발레 동작을 취하고 있는 과거의 엄마가 액자 밖으로 튀어나와 발레를 한다. 항상 분 냄새를 풍기던 엄마가, 젓가락 같은 몸매와 분홍색의 젊음을 간직한 엄마가 하늘을 난다. 내 눈은 엄마의 움직임을 따라 우아하게 허공을 헤맨다. 발레복에 감춰진 엄마의 조그마한 젖가슴이 보이자 그 속으로 얼굴을 파묻는다. 그런데 양껏 들이마신 숨으로 엄마의 분 냄새를 만끽하려는 순간, 웬 시꺼먼 얼굴 하나가 나타난다. 열린 현관문 앞에 서 있는 사람은 재수 없게도 엄마가 기다려 마지않는 형이다. 허공을 날던 엄마가 바닥으로 낙하해 엉덩방아를 찧는다. 엄마는 얼굴을 찌푸린 채 엉덩이를 어루만지며 헐레벌떡 액자 속으로 다시 들어가고, 나는 목발을 짚고 소파에서 일어난다. 몇 개월 만에 보는 얼굴인데도 어째 저 인간은 볼 때마다 별로 반갑지가 않다. 나는 형이 오기로 한 사실을 몰랐다는 듯 묻는다.

"웬일?"

"오늘 들르겠다고 했는데, 어머니가 얘기 안 했어?"

"징그럽게, 어머니는."

부엌을 쳐다보며 엄마에게 외친다.

"엄마, 형 왔어."

듣지 못했는지 엄마가 대답이 없다.

"강수자 씨, 형 왔다니까!"

아니나 다를까, 형이 묻는다.

"엄마가 왜 강수자야?"

"그럼 저 몸매에 강수지란 이름이 어울려?"

"아버지 아시면 혼날 텐데."

"남이사."

부엌에서 얼굴을 내민 엄마가 환하게 웃으며 '오, 왔니? 배고프지? 조금만 기다릴래' 연거푸 말하고는 프라이팬에 식용유를 두른다. 고등어가 구워지기 전에 여길 벗어나야 한다. 근데 저건 뭐지? 형의 뒤를 이어 건장한 사내 두 명이 커다란 박스를 들고 들어온다. 형에게 뭐냐고 묻는다.

"러닝머신 하나 샀어. 집에서라도 어머니 운동 좀 하시라고."

순간 메가톤 급으로 뒤통수를 한 대 얻어맞은 기분이다. 왜 나는 지금까지 저런 생각을 못 한 걸까. 엄마한테 말로만 운동하라고 할 줄 알았지, 저런 걸 사다 줄 생각은 왜 못 했느냔 말이다. 텔레비전 보면서 하는 운동이라면 엄마도 하려는 들 것이다. 나도 저런 것쯤은 사줄 돈은 있다. 이번에도 내가 지고 말았다는 생각에 얼굴이 확 달아오른다. 그렇다고 패배를 인정할 수는 없다.

"형 덕에 돈 굳었네. 나도 요즘 저거 가격 알아보는 중이었거든."

"그래? 모처럼 통했네."

"오래 살다 보니, 뭐…… 그럼 이 몸은 이만 빠져줄 테니 형 어머니랑 잘 놀다 가."

"어디 가는데? 점심 같이 안 먹어?"

"나 고등어 싫어하는 거 알면서 꼭 저러지. 그리고 이 꼴이라고 어디 갈 데 하나 없을까 봐?"

"지붕? 야, 그 버릇은 아직도 못 고쳤어? 애도 아니고 언제까지 지붕에서 놀 건데? 스무 살이면 이제 너도 어른이야."

"신경 꺼."

"아, 참! 들어오다 보니까 옆집 지붕 위에 웬 냉장고가 있던데, 그건 뭐야? 보고 한참 웃었네."

"내가 그걸 어떻게 알아?"

"다쳐서 그런가, 많이 까칠해졌네."

"누구보다 까칠할까."

"여자친구는?"

"누구? 나?"

"그럼 이 집에서 여자 필요한 사람 너 말고 또 있어?"

저 인간은 곧 죽어도 날 장호라고 안 부르지! 나는 어금니로 볼살을 꽉 깨물며 대답한다.

"마짱 있잖아."

"재미없거든."

저 인간은 무슨 의도로 만날 때마다 내 여자친구의 유무를 묻는 걸까. 괘씸해 이렇게 대답해버린다. 형 앞에서는 그게 무엇이든 간에 지고 싶지가 않다. 일단 저지르고 보는 거다.

"생겼어."

"진짜? 예뻐?"

"별일이네, 형이 궁금한 것도 다 있고."

"진짜 생겼나 봐?"

"속고만 살았나."

뒤집개를 든 엄마가 부엌에서 얼굴을 내밀며 내게 정말이냐고 묻는다. 고등어 냄새가 작정을 한 듯 내 코앞까지 달려든다.

"뼈도 시원찮은 게 여자는 언제 사귀었대? 엉큼하기는. 재주가 미제야. 집에 한번 데려와봐."

"나, 나중에. 아직 그럴 단계가 아니라…… 나 올라가. 우웩!"

우웩거리며 서둘러 위층으로 자리를 피한다. 따라 올라오는 마짱이 있어 그나마 다행이다.

22

뭐? 애도 아니고 언제까지 지붕에서 놀 거냐고? 그래, 태어날 때
부터 형은 어른이었으니까 내 행동은 죄다 어린애 같아 보이겠지.

"재수 없는 인간!"

책상 서랍에서 담배 한 개비를 꺼내 물고 지붕으로 내려가 앉는
다. 하늘은 곧 비를 뿌릴 태세다. 나는 담배 필터를 잘근잘근 씹어대
며 찌뿌둥한 하늘을 올려다본다. 형이 재수 없는 이유는 형은 늘 형
같다는 데 있었다. 여덟 살이란 생물학적 나이 차이에는 분명 8년이
라는 시간 차가 존재함을 모르는 바는 아니다. 하지만 나는 그 8년이
라는 시간을 뛰어넘어 언젠가는 형의 형다움을 따라잡고 싶었다. 하
지만 그러지 못했다. 내가 겨우 한 살을 더 먹을 때 형은 두세 살은
더 먹어버린 것처럼 행동하고 사고했다. 어른 같은 말투와 어른 같

은 복장은 물론 어른 같은 예의까지, 언제나 형은 내가 따라잡지 못할 만큼 앞서갔다. 그렇게 태어날 때부터 나보다 앞서 어른이 돼가더니 형은 열아홉 살에 진짜로 어른이 돼버렸다. 그리고 고작 내가 요리사를 꿈꾸며 생의 첫 고민다운 고민을 하고 있을 때, 형은 이미 가장에, 남편에, 아빠까지 돼 있었다.

대학입학시험을 치르기 전에 애부터 만든 당시에도 형은 겁을 집어먹기는커녕 오히려 당당했다. 너무 어려서, 어린 나이에 가장이 된다는 게 어떤 건지 몰라서 나온 당당함은 아니었던 걸로 기억한다. 형의 그런 당당함은 대학 입학과 동시에 아버지의 반대를 무릅쓴 결혼으로까지 이어졌다. 책임질 일을 저질렀으니 책임지는 건 당연하다는 듯, 형은 결혼도 어른처럼 해버린 것이었다.

결혼 후에도 형의 삶은 철저하게 치열했다. 아버지로부터 대학 등록금을 받아 쓴 것 말고는, 애 우윳값도 기저귓값도 모두 자기 손으로 벌어 썼다. 그리고 군대를 다녀오고, 회계사가 되고, 지금의 안정을 이뤄내기까지, 형은 그 누구에게도 투정 한 번 부리지 않았다. 나보다 먼저 어른의 세계에 입문한 형은 끝까지 어른으로 남아 끝까지 나를 열등감과 열패감에 빠뜨리고 만 것이었다. 나는, 지독하다 싶게 냉철하고 흔들림 없이 어른의 삶을 살아낸 형을 보고 있으면, 어른이란 만들어지는 게 아니라 태어날 때부터 갖고 나온다는 착각에 빠져들곤 한다. 그러면서 태어날 때부터 어른이었던 인간을 무슨 수로 이기겠어, 하며 아직 어른이 되지 못한 나를 위로하려 든다.

그나저나 형은 그때 그런 상황에서 어떻게 감정 동요 하나 없이 수학능력시험을 치를 수 있었던 걸까. 그리고 결혼을 결정할 당시의 심정과 여자친구의 임신 소식을 알았을 때 형의 머릿속은 어땠을까. 그것은 형에게 꼭 한 번 물어보고 싶은 질문이었다. 그러나 그 질문이 지금까지 유예된 이유는 괜한 자존심 때문이었다. 형에게 그 질문을 던지고 나면, 나는 왠지 성인식을 치른 형을 우러러보는 일곱 살 꼬마 아이가 될 것만 같았다. 형만 한 아우는 없다는 말이 괜히 있는 게 아니었다.

"한바탕 쏟아질 기센데, 거기 앉아 뭐 해?"

어른이 되지 못한 또 하나의 어른이 내게 말을 걸어온다. 노총각 승배 형님이다. 형님은 결혼 못한 남자는 영원히 어른이 될 수 없다고 생각하는 사람이었다. 나는 하나도 줄지 않은 담배를 비벼 끄고는 지붕 아래로 던진다. 담배도 기분이 나야 맛이 나는 모양이다.

"오랜만이에요, 형님. 집이 온통 고등어 냄새라 그거 피하느라고요. 근데 형님이야말로 이런 날씨에 그렇게 빼입고 어디 가세요?"

쑥스러운 듯 승배 형님은 그냥 배시시 웃는다. 그렇다면 선보러 가는 것이다. 어른이 되기 위한 부단한 노력을 멈추지 않는 승배 형님이었다. 형님에게 말한다.

"이번엔 애프터 신청 꼭 받아오세요."

승배 형님이 알았다며 손을 흔들고 발걸음을 재촉한다. 외로운 노총각의 고군분투를 비웃기라도 하듯, 저만치에서 한 쌍의 남녀가 손을 맞잡고 따라온다. 앗! 그런데 저 두 사람은? 말하는 게 귀찮아 벙어리처럼 살아가는 전직 변호사이자 바리스타인 노대명 씨와 헤어스타일 바꾸는 게 죽기보다 귀찮아 가발을 쓰고 다니는 못생긴 조혜리 누님이다. 두 사람의 눈이 나와 마주친다. 순간 맞잡은 그들의 손이 화들짝 놀라더니 이내 떨어진다.

"뭐야, 거기 두 사람 사귀어요?"

"아니야!"

"아니에요!"

두 사람이 동시에 강하게 부정한다.

"진짜 사귀는구나. 그렇게 되면 주황주택단지 제1호 커플이 되는 건가요?"

"아니라니까 그러네."

조혜리 누님의 얼굴이 뽀로통해진다. 나는 찌뿌둥한 하늘을 올려다보며 놀리듯 덧붙인다.

"데이트하기 정말 좋은 날씨네요. 그렇죠, 누나? 근데 오늘은 가발 안 썼네요? 하긴 데이트하는 날 가발 쓰면 좀 우스울 거예요, 그죠?"

당황하는 노대명 씨를 조혜리 누님이 곁눈질로 살피고는 나에게 말한다.

"비 맞은 생쥐 꼴 되기 전에 그만 들어가시지."

"염려 마세요. 동네에 소문 안 낼 테니까."

"사귀는 거 아니라니까!"

"그렇게 부인하니까 꼭 연예인 같은 거 알아요, 누나?"

"너 나중에 보자. 가만 안 둘 거야."

나는 두 사람을 향해 휘이익, 하고 휘파람을 불어준다. 조혜리 누님과 노대명 씨가 간격을 두고 주황주택단지를 벗어나자, 이번엔 소설가 남씨 아저씨와 김대무 씨가 나타난다. 화장실 청소액을 사 들고 온 남씨 아저씨가 한심하다는 표정으로 나를 올려다본다. 인사를 해도 받지 않을 게 뻔해, 고개를 외로 틀고 김대무 씨를 향해 손을 흔든다. 남씨 아저씨는 내 귀에 들리게끔 헛기침을 크게 한 번 하고는 휭하니 자기 집으로 들어가버린다. 싸가지 없는 저 성질머리는 인색한 인간들에게 꼭 덤으로 따라다니는 건가 보다. 글 좀 읽었다 하는 놈들은 죄다 저 모양이니 누가 책을 읽으려 들 텐가.

저 남씨 아저씨가 지붕 위에 앉아 있는 나를 못마땅해하는 이유는, 나를 음흉한 염탐꾼으로 오해하고 있기 때문이다. 아저씨는, 화장실 좌변기에서 써낸 소설이 대박 난 뒤로 집 안의 모든 의자를 좌변기로 바꿔버렸다는 소문을 모두 내가 퍼뜨렸다고 단정 짓고 있었다.

'쯧쯧쯧쯧, 도둑고양이같이 앉아서는. 이 동네 소문은 다 자네 입에서 나온다는 거, 내 다 아네. 젊은 사람이 그러면 쓰나.'

하지만 난 아니다. 굳이 그 소문의 진원지를 찾자면 남씨 아저씨 본인이었다. 열 개가 넘는 좌변기가 한 집에 무더기로 배달돼 들어가는 촌극을 과연 나 혼자만 봤을까? 담도 없는 이 주황주택단지에서? 본인이 다 흘리고 다녀놓고는 누굴 탓하는 거야! 저 머리로 소설은 어떻게 쓰는지 모르겠다. 아무튼, 그 소문이 돈 뒤로 동네 사람들은 남씨 아저씨 집을 귀찮게 기웃거렸다. 거실에 푹신한 소파 대신 좌변기가 놓여 있는 모습은 상상만으로도 재밌는 구경거리였다. 나 또한 남씨 아저씨 거실이 궁금해서, 그의 집 앞을 지나칠 때면 걸음이 느려지곤 했다. 소변기에 〈샘〉이라는 제목을 붙여 기존의 예술을 비웃었던 마르셀 뒤샹처럼, 아니면 담배 파이프를 그린 그림에 〈이것은 파이프가 아니다〉라는 제목을 붙여 이미지의 반란을 꽤했던 르네 마그리트처럼, 남씨 아저씨의 좌변기에는 〈소파〉 혹은 〈이것은 좌변기가 아닙니다〉라는 제목이 붙어 있을 것만 같았다. 나는, 방금 사 들고 간 화장실 청소액으로 변기 의자를 닦는 남씨 아저씨의 모습을 상상하며 김대무 씨에게 말을 건다. 이렇게 늦게 출근할 사람이 아닌데 좀 이상하다.

"무슨 일이에요, 매니저님? 어디 아프세요?"

"어제 우리 사장하고 새벽 늦게까지 한잔하는 바람에……."

드디어 당신, 당신이 그렇게 원하던 당신 사장하고 단둘이 술을 마셨군요. 어째 표정이 다른 날에 비해 좀 좋아 보인다 했더니 그래서였군요. 나는 속으로 축하의 말을 전하며 김대무 씨에게 묻는다.

"술이라뇨? 사장한테 무슨 일 있어요?"

"그게……."

요지는 이렇다. 어제 단체 손님 예약이 들어왔는데 바로 취소가 됐단다. 역대 최고의 예약이 물 건너간 이유는 메뉴판에서 지워지고 없는 '순대야채매콤이'라는 메뉴 때문이었다. 순대야채매콤이는 쫄깃쫄깃한 순대에 각종 야채를 넣고 나만의 매콤한 특제 소스로 버무린, 퐁즈 입사 이래 내가 개발한 것 중 유일하게 정식 메뉴로 채택된 음식이었다. 원래 순대를 좋아하지 않던 사장에게 그 메뉴는 출시될 때부터 혐오의 대상이었다. 순대를 길거리 음식쯤으로 치부하던 사장 눈에는, 순대는 그저 '싼 티' 이미지의 대명사일 뿐이었다.

'이런 고급 레스토랑에서 순대를 먹다니. 머리가 어떻게 된 거 아니야, 서 보조? 여긴 단란주점이 아니라고!'

그 음식을 처음 만들어 내가던 날 사장이 내게 한 말이었다. 꼬부랑 음식명을 선호하는 사장 귀에는 '순대야채매콤이'라는 이름도 못마땅하기만 했다. 그러나 주방장과 손님들의 반응은 나쁘지 않았다. 꽤 많은 손님들이 와인 안주로 즐겨 찾았고, 오히려 레스토랑과 어울리지 않는 순대의 등장을 흥미로워했다. 그러던 중에 차 사고로 내가 자리를 비우게 되자 사장은 기다렸다는 듯 메뉴판에서 그 메뉴를 퇴출시켜버렸고, 그리고 어제의 일이 발생한 것이었다.

"순대가 안 된다니까 바로 예약을 취소했단 말이죠?"

"네."

나는 곧 터져 나올 것 같은 웃음을 간신히 참아낸다. 자신의 편협한 사고와 고정관념으로 몇백만 원이 날아갔으니 술이 고팠을 사장이었다. 사장은 알아야 한다. 정답은 수학에나 필요한 것이지, 세상 모든 일에 정답이 필요한 건 아니라는 걸. 레스토랑에서 막걸리를 마신들, 포장마차에서 와인을 마신들, 못 할 게 뭔가. 사업이란 모름지기 무모하다 싶을 정도의 도전 정신과 발상의 전환 없이는 안 되는 것이었다. 내 언젠가 사장의 그 고지식함이 탈을 일으킬 줄 알았다. 점점 나를 그리워하게 될 사장의 모습이 보이는 것 같아 내 입가엔 흐뭇한 미소가 번진다.

"뭐 또 별다른 일은 없죠?"

"아, 그거 모르시죠? 우리 사장 다리 다치신 거."

"네?"

이건 또 무슨 희소식이란 말인가. 형 때문에 불쾌했던 기분이 한 방에 날아가는 순간이었다. 나는 애써 웃음을 감춘 뒤, 얼굴에 놀라움 반 안쓰러움 반을 적당히 섞어가며, 어쩌다 그리됐느냐고 묻는다.

"계단 내려오시다 발을 헛디딘 모양이에요. 적어도 한 달 넘게 깁스를 해야 한다네요. 그래도 우리 사장, 얼마나 성실하신지 그 몸으로 레스토랑엔 하루도 안 빠지고 나오신다니까요."

그게 성실한 겁니까, 지독한 거지! 라고 내지르고 싶은 말이 목구멍까지 올라왔다 내려간다.

"사장 깁스는 깨끗하죠?"

"네?"

김대무 씨가 무슨 말인지 못 알아먹은 것 같아 나는, 내 다리 깁스에 돼 있는 형형색색의 낙서들을 가리킨다.

"아! 우리 사장, 워낙에 장난 같은 거 싫어하시잖습니까."

"그래도 매니저님이라도 한마디 적어주세요."

그 깁스에 장난스러운 문구를 써줄 사람은 김대무 씨 말고 단 한 사람도 없을 테니까요. 이제 사장은 곧 알게 될지도 모른다. 세상에 아무것도 쓰이지 않은 깁스만큼 고독하고 초라한 건 없다는 걸. 어쩌면 아무것도 적혀 있지 않은 깁스보다 딸랑 하나만 적혀 있는 낙서가 더 고독해 보일지 몰라, 김대무 씨를 더 부추겨보기로 한다.

"원래 다들 그렇게 하는 거예요. 그래야 빨리 낫는다던데……."

"아, 그렇답니까? 그럼 한번 시도해봐야겠네요."

김대무 씨가 손목시계를 들여다보며 이만 가봐야겠다고 말한다.

"근데 저거 저렇게 놔둬도 되나요? 비 맞으면 안 될 텐데."

"뭐요?"

"냉장고요."

김대무 씨가 지붕 위의 냉장고를 손으로 가리키며 발걸음을 재촉한다. 흐린 날에 서 있는 지붕 위의 냉장고는 왠지 더 고독해 보인다. 그리고 그때 김대무 씨의 염려대로 빗방울 하나가 콧잔등으로 떨어진다. 김대무 씨가 우산을 펼쳐 들고 주황주택단지에서 멀어져간다.

23

　부슬부슬, 봄비가 내린다. 비에 젖은 벚나무의 푸른 잎사귀와 주황색 지붕들이 본연의 색보다 더 진하게 세상 밖으로 노출돼 나온다. 주황주택단지의 맑고 투명해진 거리를 색색의 우산들이 무심히 지나쳐간다. 비가 오는 날은 아무도 지붕을 올려다보지 않는다.

　비에게 지붕을 빼앗긴 나는 창가에 서서 메슥거리는 속을 달래고 있다. 방 안에 얕게 밴 고등어 비린내는 좀체 사라지지 않는다. 아래층에서는 간헐적으로 엄마와 형의 자지러지는 웃음소리가 올라온다. 나를 향한 후각과 청각의 동시다발적인 테러는 봄비의 온도만큼이나 날 울적하게 만든다. 이런 나를 구원해줄 누군가를 찾아야 한다. 사람을 찾을 수 없다면 어떤 장소여도 좋다. 이 고등어 비린내와 저 웃음소리로부터 날 해방시켜줄 장소를 떠올려보는 거다. 카페에 몇 시간 앉아 있다 올까? 아님 피시방이나 찜질방? 어디가 좋을까, 생각을 거듭하는 사이, 그녀가 디졸브되어 나타난다. 아, 그러고 보니 그때 그녀에게 가름끈을 보여주기로 한 약속이 생각난다.

“옳지. 그거야.”

그녀는 지금 방에 있을까. 있든 없든 일단 가보는 거다. 그리고 가름끈을 핑계 삼아 그녀의 방으로 피난을 가는 거다. 침대 밑에서 가름끈 상자를 꺼낸다. 그러고는 낮잠 중이던 마짱을 깨운다. 녀석은 분위기 메이커로서의 역할을 톡톡히 해낼 것이다. 가름끈 상자를 옆에 끼우고 창문을 넘어 지붕으로 내려간다. 우리 집 지붕에서 그녀의 집 지붕으로 건너뛰는 사이, 옷과 머리와 상자는 금세 비에 젖는다. 비 맞고 서 있는 냉장고를 지나 그녀의 창문 앞에 선다. 창문을 급하게 두드리는 게 좋을 것 같아 그렇게 한다.

“누나, 안에 있어요? 빨리요, 빨리.”

다행히 커튼이 열리고 창 너머로 그녀가 모습을 드러낸다. 비에 젖은 내 몰골에 그녀는 조금 당황해한다. 창문이 열리자 그녀에게 말한다.

“그때 보여주기로 한 가름끈이에요.”

“네? 아, 네.”

“실례가 안 된다면 잠깐 들어가도 될까요? 집에 아무도 없죠? 이러다 상자 다 젖겠어요.”

“그게……”

일단 그녀에게 가름끈 상자를 들이민 다음, 창문을 넘어 그녀의 방으로 무작정 들어간다. 아, 그런데 이 향긋한 향의 정체는 뭘까. 고등어 비린내와 대척점에 있는 이 향 말이다. 마치 꽃밭에, 아니 천국에 와 있는 기분이다. 그녀에게 향의 출처에 대해 묻자, 그녀는 무슨 향을 말하는 거냐며 의아해한다.

"이렇게 좋은 냄새가 안 난다고요?"

"아, 섬유유연제 냄샌가 봐요."

그녀가 침대와 의자 등받이에 널어둔 옷을 가리킨다. 궂은 날씨 때문에 방 안에 널어둔 옷이었는데, 천국의 향은 거기에서 나고 있었다. 마짱도 그 향에 매료된 듯, 내 어깨에서 내려서더니 곧장 그녀의 침대로 뛰어올라간다. 마짱의 무례한 행동을 혼내자 그녀가 소심한 목소리로 괜찮다고 말한다.

"그럼 제 무례한 행동도 봐주는 건가요?"

"아니⋯⋯."

"못 봐준다고요?"

"그게 아니라⋯⋯."

적절한 대답을 찾지 못하던 그녀가 냉큼 옷걸이에 걸린 수건을 내게 건넨다. 젖은 머리카락과 옷이 적잖이 신경 쓰였던 모양이다. 나는 고맙다는 말 대신 '수건이 예쁘네요'라고 말하고는 수건을 받아든다. 꽃무늬가 프린트된 그녀의 수건에서는 아니나 다를까 은은한 비누 향이 난다. 지상낙원이 따로 없다. 꽃 수건으로 몸에 묻은 빗물을 닦아내는 동안 그녀는 궁금했는지, '열어봐도 되죠?'라고 소심하게 묻고는 가름끈 상자를 열어본다. 그러더니 그 작은 목소리로 감탄사를 뱉어낸다.

"와! 이게 다 몇 개예요?"

"2만 개는 넘을걸요. 그러고 보니 누나하고 전 공통점이 있네요, 뭘 모은다는 거요."

"그러네요."

"말 낮추라니까요. 거리감 생기잖아요."

"제가 말을 잘 못 놔요. 나중에 차차……."

"아무튼 궁금하죠, 제가 왜 가름끈을 모으게 됐는지?"

"조금……."

"애개, 조금? 그럼 말 안 할래요."

"아니, 많이……."

나는 깁스 때문에 불편한 다리를 이끌고 그녀의 책상 의자에 가 앉는다. 그녀의 책상 위에는 인쇄된 대본 하나가 놓여 있다. 대본은 낙서로 지저분했고, 얼마나 많이 봤는지 너덜너덜해져 있었다. 궁금해 미치겠다는 그녀의 표정에 나는, 가름끈의 수집 동기였던 사장 얘기부터 사고가 나기까지의 전 과정을 나열하기 시작한다. 내 얘기를 귀담아듣는 동안 그녀가 보인 표정 변화는 그녀의 수줍은 말투와 달리 입체적으로 살아 움직이고 있었다. 오히려 듣는 그녀보다 화자인 내가 더 흥미로울 정도였다. 얘기를 다 끝내고 났을 때 나는 조금 부끄러워져 그녀에게 이렇게 물어야 했다.

"저 정말 유치하죠."

"아니, 그럴 만했네요. 그렇게 못된 사장이라면 저라도 그랬겠어요."

좀 전보다 약간 커진 그녀의 목소리였다. 내가 정말로 그렇게 생각하느냐고 묻자 그녀가 수줍게 고개를 끄덕인다. 날 이해해주는 사람을 만난 것 같아 기분이 좋아진다.

"그리고 이건 좀 전에 들은 희소식인데요, 그 사장 며칠 전에 계단을 헛디뎌 저처럼 깁스를 하고 다닌다네요. 하하하하."

"어머, 통쾌해라. 남 괴롭히는 사람은 그래야 해요."

"맞아요. 그럼 누나는 계기가 뭐예요? 손톱요. 그때 친어머니 때문이라고 했던 거 같은데……."

"별거 아니에요."

"별거 아니라니까 더 궁금해지잖아요."

"그게…… 엄만 그냥 처녀 때부터 궁금했대요. 태어나 늙어 죽을 때까지 한 사람한테서 생기는 손톱과 발톱 양이. 그래서 아이를 낳아 기르게 되면 시도해보리라 다짐한 거예요. 그리고 절 낳자마자 제 손톱과 발톱을 모으기 시작한 거고요. 제게 남긴 엄마의 습관인 셈이에요."

"재밌네요."

"그래서 저 역시 습관처럼, 늘어난 손톱과 발톱을 카메라로 찍어 엄마한테 보내고 있어요. 말하고 보니 좀 웃긴 모녀 같네요. 그죠?"

"아니에요. 그럼 어머닌 지금……."

"아르헨티나에요. 사랑을 따라갔어요. 사랑은 다른 사랑을 배신하기도 하잖아요."

"맞아요. 저희 엄마도 형만 사랑하느라 늘 아버지와 절 배신하죠. 지금도 배신 중이에요. 그래서 여기로 피신 온 거고요."

그녀가 푸웁, 하고 웃는다. 그녀는 입을 벌리지 않고 웃으면 눈이 반달이 된다. 그녀가 매번 저렇게 입을 벌리지 않고 웃어주었으면 좋겠다는 생각이 든다.

"떠나는 사람들은 남아 있는 사람들에게 무언가 하나쯤은 남겨두고 가나 봐요. 그게 증오이든 약속이든 후회든 분노든, 남겨진 것들은 남겨진 자에게는 습관이 되는 것 같아요. 벌써 저 녀석도 저한테는 습관이거든요."

나는, 그녀의 침대에 앉아 털을 고르고 있는 마짱을 쳐다보며 마장호에 관한 얘기를 꺼낸다. 문득, 내가 누군가에게 털어놓을 얘깃거리가 이렇게 많았나, 하고 새삼 깨닫게 된다. 같은 이름에서 비롯된 마장호와의 우정 스토리는 그녀의 표정을 또 한 번 입체화시킨다.

"주인이 따로 있었군요. 토스터 앞에서 재주넘는 모습 보고 싶어요."

"지금 당장 보여주죠, 뭐. 토스터하고 식빵 있어요?"

"토스터는 있는데 식빵이……."

"그럼 나중에. 이래 봬도 식빵 없는 토스터 앞에서는 안 통하거든요."

"정말 영리한가 봐요. 호호호호."

가늘었던 빗줄기가 갑자기 굵어진다. 굵어진 빗소리가 모처럼 치

아를 드러낸 그녀의 작고 여린 웃음소리를 삼켜버린다. 쏟아지는 창밖의 비는 자연스럽게 지붕 위의 냉장고를 떠올리게 만든다. 걱정스러운 마음에 밖에 있는 냉장고는 저렇게 놔둬도 되냐고 묻자, 그녀가 뜬금없이 '아이스크림 먹을래요?'라고 묻는다. 내 대답이 떨어지기 무섭게 그녀가 발목까지 내려온 치마를 걷어 올리더니 창밖으로 나간다. 빗속에 서 있는 지붕 위의 냉장고를 열어 그녀가 브라보콘 두 개를 꺼내 들고 방으로 돌아온다. 그녀는 불편한 내 한쪽 손을 대신해 두 개의 브라보콘 껍질을 벗겨 나와 마짱에게 각각 건넨다. 저 지붕 위의 냉장고는 빗속에 놔둬도 아무렇지 않다는 걸 행동으로 보여주고 있는 그녀였다. 아이스크림을 한입 베어 먹으며 그녀에게 묻는다.

"무슨 원리예요?"

"태양열요. 몸체에서 태양열을 흡수한대요. 흡수된 에너지는 따로 저장이 된다나 봐요. 그래서 흐린 날에도 쉬지 않고 계속 돌아갈 수 있는 거고요. 마치 살아 있는 사람처럼."

그녀의 간접화법 속에 존재하는 누군가가 궁금했지만 참는다. 대신 이렇게 묻는다.

"저 냉장고 때문이었나 봐요. 이 집으로 이사 온 이유요."

"어떻게 알았어요?"

"사랑스러운 경사도라 부르거든요. 여기 지붕들요. 깁스 환자인 저도 아무 위험부담 없이 나다닐 수 있게 하는, 관용과 이해가 넘치는 지붕요. 그러니 저런 냉장고쯤이야 아무것도 아니죠."

“정말 맘에 드는 말이네요. 사랑스러운 경사도…… 이 지붕을 찾아준 건 새엄마였어요. 새엄만 늘 제 편이거든요. 아빤 저딴 냉장고 때문에 이사를 가야 한다는 걸 이해조차 해주지 않았어요.”

“아, 네.”

“연기를 해보라고 처음 용기를 준 것도 지금 엄마였어요. 새엄마는 정말 착한 사람이에요.”

갑자기 나도 모르게 터진 웃음에, 그녀가 왜 웃는 거냐고 조금 풀이 죽어서는 묻는다.

“그게, 계모가 착하다는 말이 좀 어색하게 들려서…….”

“진짜 착한데…….”

“미안해요.”

“아빤 제가 연기하는 것에 반대가 심했어요. 너 같은 애가 어떻게 그런 걸 하냐면서, 바보 같은 짓이라고 단정 지었죠. 근데 새엄마는 달랐어요.”

“누나도 서장호, 마장호, 추장호에 이어 김장호네요.”

“그게 무슨…….”

“부모들은 왜 그렇게 반대를 좋아하는 걸까요?”

“부모니까.”

“그러네요. 부모니까…… 근데 여전히 누나네 집엔 아무 일 없어요? 부모님은 여전히 사이가 좋고요? 사고는요? 아픈 사람은요?”

“없어요. 그때 말했다시피 제가 더 재수 없다니까요.”

“왜요?”

"아무튼 전 그래요…… 저기, 궁금한 게 하나 있는데…… 장호 씨는 어쩌다 요리사를 꿈꾸게 됐어요?"

내 얼굴에서 그게 왜 궁금하냐는 뜻을 읽은 그녀가 덧붙여 말한다.

"그러니까 직업은 왜, 운명 같은 거잖아요. 운명을 만나는 순간, 사람들은 그 운명을 어떻게 알아봤는지 궁금해서……."

"중학교 3학년 때였어요. 식탐대마왕, 아니 엄마가 몸살감기로 며칠 누워 있었어요. 그때 엄마 대신 부엌일을 했죠. 청양 고추에 감자와 두부를 넣고 된장찌개를 끓이고, 어묵도 볶고, 계란말이도 만들었어요. 근데 그걸 만드는 동안 잡념이 하나도 안 드는 거예요. 그때 처음 알았던 것 같아요. 어쩌면 이게 내 길일지도 모르겠다고요."

"자기 몸에 맞는 운명적인 직업이 되려면 잡념이 안 들어야 하나 보네요."

"아, 참! 그때 연기 학원 알아본 건 어떻게 됐어요?"

그녀가 한숨을 길게 내쉬고는 대답한다.

"저처럼 재능도 없고 부끄럼도 많이 타는 사람은 처음이라며…… 도대체 무슨 생각으로 연극배우가 되려는 건지 모르겠다고……."

"그럼 누나 생각은요?"

"저도 그렇게 생각해요. 저 같은 애가 어떻게 그런 걸 하겠어요. 아빠 말이 맞는지도 몰라요."

"그럼 문고리 디자인이나 계속하지 왜 연극배우가 되려는 건데요?"

"그건……."

그녀가 대답을 아낀다. 말하기 싫으면 하지 않아도 된다고 하자,

그녀는 진짜로 관둔다. 게다가 목소리까지 작아져버린다. 나는 절반 가까이 남은 아이스크림을 한입에 밀어 넣으며, 그녀의 책상 위에 놓인 대본을 집어 든다. 그리고 그녀에게 연기 한번 해보라고 말한다. 생각지 못 한 내 권유에 그녀가 당황해하며 얼굴을 붉힌다.

"연기 한번 해보라고요."

"네?"

"제가 봐줄게요. 전문가는 아니지만 재능이나 가능성 정도는 보고 판단할 수 있거든요. 해봐요."

"어떻게……."

"아무도 없다 생각하고 편하게 해봐요."

"자신이……."

"어느 정돈지 궁금해서 그래요. 빨리요."

"그게……."

그녀의 손에 억지로 대본을 쥐여준다. 대본을 받아 든 그녀가 한참을 망설이더니, 내 눈치를 살피며 연기를 하기 시작한다. 자신감 없는 목소리와 기복이라곤 찾아볼 수 없는 대사 처리가 내 눈에 드러났다. 그리고 좀 전에 내 얘기를 들을 때 그녀가 보여주었던 입체적인 표정 변화도 나타나지 않았다. 마치 표정 없는 '마론 인형'이 눈과 입만 끔뻑이는 것 같았다. 국어책을 읽어도 저보다 낫지 싶었다.

"잠깐만요. 설마 학원 원장 앞에서도 그런 식으로 했어요?"

"그게……."

"심각하네요."

"그렇죠……."

"대책을 좀 세워야겠어요."

"관두는 게 대책이라면……."

"농담 말고요. 지금 누나한테 필요한 게 뭐 같아요?"

"자신감……."

"물론 것도 필요하지만, 연기할 상대예요. 연기는 호흡이거든요. 방에서 혼자 하는 연기는 발전도 의미도 없어요."

"그럼 어떻게……."

현재 그녀에게 필요한 건 실제와 다름없는 어떤 상황이었다. 어떻게 하면 그녀를 도와줄 수 있을까, 궁리하려는 순간 번뜩이는 제안 하나가 떠오른다. 그건 식탐대마왕이었다. 그녀에게 묻는다.

"가령 이런 건 어때요? 낯선 사람을 상대로 연기해보는 거요."

"못해요."

"배우가 돼야 한다면서요."

"그렇긴 한데……."

"연기자가 되려면 우선은 뻔뻔하고 싸가지가 없어야 해요."

"그게 무슨……."

"가짜를 진짜처럼 믿게 만들어야 한다는 거죠. 그래서 말인데…… 제 여자친구 한번 돼볼래요?"

그녀가 고개를 쳐들고 나를 똑바로 응시하며 '네?'라고 놀라 묻는다. 얼마나 놀랐는지, 그녀를 만난 이래 내 앞에서 가장 커진 목소리였다.

"아니, 진짜로 돼달라는 게 아니라 제 여자친구인 척 연기를 해보라고요. 저희 엄마 앞에서요. 누난 낯선 사람 앞에서 연기를 해봐야지 안 되겠어요. 어때요, 한번 해볼래요?"

"아니, 못해요. 제가 어떻게……."

"배우가 되려면 나중에 오디션도 봐야 할 텐데, 그땐 어쩌려고요."

"그렇긴 한데……."

"누나는 소질이 아주 없지는 않아 보여요. 배우는 표정으로 내면의 온갖 것을 끄집어낼 줄 알아야 하는데, 누나한테서는 그게 엿보였거든요. 아까 제 얘기 들을 때 누나 표정이 얼마나 다양했는지 모를걸요."

"정말요?"

"그러니까 한번 해봐요."

"생각을 좀……."

"생각은 무슨, 무조건 하는 거예요."

"그게……."

"우리 엄만 발레리나였어요……."

나는 발레리나였던 엄마 얘기를 시작으로 엄마에 관한 모든 것을 그녀에게 말하기 시작한다. 〈보랏빛 향기〉를 부르던 진짜 강수지를 닮은 엄마가 슈렉을 닮은 아버지와 어떻게 만나 결혼을 하고 두 아들의 엄마가 됐는지, 그리고 현재의 식탐대마왕이 되기까지의 전 과정을 대본에 쓰인 빽빽한 지문처럼 조근조근 나열한다. 뒤이어 엄마의 성격과 말투를 내 나름대로 재현해보기도 하고, 엄마가 좋아하는 텔레비전에 대해, 엄마의 기호와 취미에 대해 모두 보고한다. 그녀는 사장과 마장호에 관한 얘기를 들을 때보다 더 재미와 흥미를 가지고 경청한다.

"캐릭터는 이렇게 잡아봐요. 정말 뻔뻔하고 싸가지 없는 여자친구로요."

"그렇게 어려운 걸 제가 어떻게……."

"누나하고 반대되는 역할을 해야 제대로죠. 누나 성격대로 하면 그게 연기예요? 그건 그냥 생활이고 성격인 거죠. 연기는 일상과 닮아서는 안 돼요. 자기가 아닌 완벽한 다른 사람이 돼야 하니까요. 즉 홍연기가 돼야 할 텐데, 할 수 있겠어요?"

"아니요."

"흠, 할 수 없어도 해야 해요."

"아직 저는……."

"쇠뿔도 단김에 빼렜다고 내일 당장 해봐요."

"네?"

"내일은 제 제자들도 오거든요. 그때, 냉장고 옮길 때 도와준 애들 생각나죠?"

"그럼 제 얼굴을 알 텐데……."

"요리에 미쳐 사는 녀석들이라 다른 사람한텐 별 관심이 없어요. 장담컨대 기억 못 할걸요. 저희 아버진 일요일마다 등산을 가시니까 일이 커지진 않을 거예요."

"벌써부터 가슴이 답답해지는 게……."

"하겠다는 뜻이죠?"

"아니, 못해요."

"그럼 우리 결속을 다지는 의미에서 암호 하나 정할까요?"

왜 이렇게 막무가내냐는 듯 미간을 찌푸린 그녀, 그리고 그런 게 왜 필요하냐는 듯 의아한 표정을 짓는 그녀였다.

"그냥 재미 삼아서요. 둘만의 암호가 생기면 좋잖아요. 암호란 자기편이라는 뜻이니까. 가령 이런 건 어때요? 음, 목욕할 때 물이 나오지 않으면?"

"네?"

"그다음은 누나가 이어서 말해봐요. 아무 말이나 좋으니까. 자, 다시! 목욕할 때 물이 나오지 않으면? 빨리요."

"글쎄요…… 음…… 물을…… 틀지…… 않으면 된다?"

"목욕할 때 물이 나오지 않으면, 물을 틀지 않으면 된다. 나름 괜찮은데, 어때요?"

"좀 이상한 것 같기도 하고……."

"상관없어요. 둘만 아는 거니까. 내일 연기를 마치고 나면 제 방으로 올라갈 거예요. 저희 엄만 몸이 무거워서 제 방엔 얼씬도 안 해요.

180

그러니까 누나는 제 방 창문으로 나가 지붕을 거쳐 이 방으로 돌아오면 돼요. 아마 그때 되면 제 보물 1호를 볼 수 있을 거예요.”

“보물요? 그게 뭔데요?”

“천장에 있는 건데, 보면 알아요.”

“천장에 있는 거라면…….”

“궁금해도 안 가르쳐줄 거예요. 이건 떡밥이니까.”

빗소리 너머로 차 시동 켜는 소리가 들린 건 그때였다. 자리에서 일어나 창밖으로 고개를 내민다. 형의 차가 빗속을 뚫고 주황주택단지를 벗어난다. 고등어 냄새와 식탐대마왕의 자지러지는 웃음소리를 싣고 이제야 사라져가는 것이었다. 아마 남은 고등어김치조림은 반찬 통에 넣어 형의 손에 들려 보냈을 것이다. 고로 형이 가고 나면 집 안의 고등어 냄새 또한 사라진다는 뜻이다.

나는 이만 가봐야겠다며 자리에서 일어선다.

“벌써요?”

“왜, 더 있을까요?”

“그게 아니라…….”

그녀가 얼굴을 붉힌다. 아이스크림으로 배를 채운 뒤 계속 잠만 자던 마짱이 내 움직임을 알아채고는 눈을 뜬다. 오늘 여러모로 고마웠다는 말과 함께 창문을 넘어서자, 그녀가 가름끈 상자를 챙겨 나한테 건넨다. 돌아서기 전에 나는, 그녀와 일방적인 시간 약속을 정하고는 그 약속에 대한 다짐을 받아낸다.

"저희 엄마한테는 말해놓을게요."

"그렇다고 꼭 해야 하는 건…… 아니죠……."

"그럼 내일 봐요."

"네…… 내일……."

나는, 어쩔 수 없어 하는 그녀의 표정을 뒤로한 채, 그녀의 지붕을 지나 우리 집 지붕으로 건너간다. 가름끈 상자를 제자리에 넣어두고 아래층으로 내려가자, 예상대로 식탐대마왕의 잔소리가 시작된다.

"모처럼 집에 온 형인데 같이 얘기 좀 하면 좀 좋아."

"남자끼리 얼굴 맞대고 할 얘기가 뭔데?"

"아까 한 말은 진짜야? 여자친구 생겼다며."

"그렇다니까. 못 믿겠으면 조만간 집에 한번 놀러 오라 그러지, 뭐. 아, 그냥 내일 당장 오랠까?"

"그래보든지."

"알았어."

"진짜야?"

"이 집 사람들은 다 속고만 살았나. 몸이 찌뿌둥한 게 샤워 좀 해야겠다."

"그 꼴로 샤워가 제대로 되겠어?"

"걱정 마셔요. 다 방법이 있으니까."

속옷을 챙겨 들고 욕실로 들어간다. 그녀가 뻔뻔하고 싸가지 없는 연기를 어떻게 해낼지 궁금하다. 빨리 내일이 왔으면 좋겠다.

　브런치를 먹은 나는 커피를 들고 위층으로 올라간다. 만찬에 가까운 아침에다 간식까지 넉넉히 챙겨 먹고 난 식탐대마왕은 형이 사다 준 러닝머신 위로 힘겹게 올라가는 중이다.

　형이 집에 오던 날, 엄마는 몸무게를 재본 모양이었다. 몇 달 만인지 모른다. 내 말은 귓등으로도 안 듣던 엄마는 형의 말 한마디면 뭐든지 한다. 도대체 그 인간은 무슨 수로 엄마를 체중계로 인도한 걸까.

　아무튼, 엄마의 몸무게는 몇 달 새에 10킬로그램이나 불어나 있었다. 수치로 시각화된 몸무게는 양보나 봐주는 것 없이 명확성이란 이름으로 엄마에게 공포감을 안겨다줬다. 이성에서 탄생한 학문답게 숫자는 감상이나 감정 따위를 어린애 취급해버리기 때문일 것이다. 그만큼 숫자 과학의 힘은 매정하고 무서웠다. 숫자에 의해 모든 비시각적인 영역은 정확한 시각적인 영역으로 번역 전환되어 인간을 초조하게 만들고, 환자와 미달자와 탈락자로 분류해버린다. 그리고 실패와 성공을 가르고, 해야 할 것과 하지 말아야 할 것을 가르친다. 특히 수치화된 건강과 질병은 사람을 행동하게 만든다. 그러니까 엄마를 저렇게 움직이게 만든 것은 엄밀히 말해 형이 아니라, 그 위대하고 명확하고 발칙하기까지 한 숫자인 것이다.

물론 숫자에는 부작용을 비롯한 착각과 오해도 존재한다. 자각하는 몸이 아무리 이상을 자각해도 그 이상을 감지해내는 수치가 정상이면 정상으로 간주돼버리는 게 숫자가 지배하는 또 다른 이면이다. 이성은 감성을 완벽하게 나타 수 없음에도 우리는 숫자 대한 맹신을 강요당하고 숫자의 권력 앞에 무릎을 꿇는다. 그래서 모든 공포는 숫자에서 비롯되는 것인지도 모른다. 하지만 그 위대한 숫자마저도 엄마를 굴복시키지는 못할 모양이다. 엄마는 무릎이 시큰거린다며 10분도 안 돼 러닝머신에서 내려오고 만다. 운동량에 비해 땀은 한 바가지를 흘리면서.

"그 정도로 살이 빠지겠어? 한 시간은 뛰어야 운동이 되지."

"시끄러. 뺑쟁이하고는 말도 섞기 싫으니까."

오늘은 일요일이다. 그러나 일주일이 지난 일요일이다. 지난 주 식탐대마왕 앞에서 연기를 해 보이겠다던 그녀의 약속은 지켜지지 못했다. 준비 부족과 자신감 부족을 이유로 그녀가 한발 물러서고 말았기 때문이었다. 기회는 이때다 싶었는지 엄마는 나를 거짓말쟁이로 몰아세웠다.

'그럼 그렇지. 팔다리 시원찮은 애한테 여자가 붙을 리가 없지. 금방 들통 날 거짓말을 왜 해?'

나는 아무런 대꾸를 할 수 없었다. 그녀는 나타나지 않았고, 나는 거짓말쟁이가 확실했으니까.

엄마가 이마에 흐르는 땀을 손등으로 훔친 다음 소파에 앉으며 묻는다. 순간 푹, 하고 소파가 꺼졌다.

"오늘 네 애제자들은 왜 이렇게 늦는다니?"

"애제자는 무슨. 사고라도 났을까 봐? 때 되면 어련히 알아서 올까."

"오늘은 그 예쁜 것들이 뭘 만들어 내 혀를 즐겁게 해주려나."

"누가 보면 걔들이 엄마 전속 요리사인 줄 알겠네."

"커피 식으면 맛없어. 잔소리 그만하고 올라가."

고작 10분간의 운동을 끝내고 관성처럼 텔레비전에 빠져든 엄마였다.

25

커피를 홀짝이며 내 방으로 돌아와 침대에 걸터앉는다. 고개를 쳐들자 유리 천장으로 일요일 한낮의 햇살이 쏟아져 내린다. 눈이 부시다. 까만 커피 속으로 일요일을 닮은 햇살이 조용히 스며든다. 유리 천장은 지금 잘 닦인 안경알처럼 맑고 투명하다. 벚꽃이 지고, 봄비가 왔다 간 흔적을 닦아낸 건 지난 토요일 새벽이었다. 그녀에게 맑고 투명한 유리 천장의 하늘을 보여주고 싶어서였다. 내 보물 1호다운 면모를 자랑하고 싶었던 것이다. 그래서 아무도 깨어 있지 않은 새벽 시간을 훔쳐 유리 천장을 닦아냈건만 그녀는 오지 않았다.

"사부, 저희 왔어요."

창밖에서 대오와 수영의 목소리가 들려온다. 기다리는 사람은 오지 않고 애물단지들만 제 시각에 척척 나타나지. 커피 잔을 들고 창가로 다가가 아래를 내다본다. 그들이 실습 재료로 지정해준 김을 사들고 들어온다. 저 녀석들이 오늘 만들어내야 할 음식은 김을 이용한 핑거 푸드다. 오늘은 딱히 할 일도 없고 하니, 간만에 내려가 녀석들의 요리 과정이나 지켜볼까 하고 창가에서 등을 돌리려는데 창문 두드리는 소리가 난다. 그리고 들려오는 가느다란 목소리, 그녀였다.

"목욕할 때 물이 나오지 않으면?"

나는 창문을 열어주며, 생각지 못한 그녀의 등장에 웬일이냐고 묻는다.

"왜 대답 안 해요? 목욕할 때 물이 나오지 않으면?"

"아, 물을 틀지 않으면 된다. 웬일이냐니까요? 일주일간 통 안 보이더니."

"이제 준비가 돼서요. 연습과 연구가 좀 필요했거든요."

"무슨 연구요?"

"지금이 아니면 영원히 못 할 거 같아서요. 저 바로 장호 씨네 집으로 갈게요."

"네?"

"그때 연기해보기로 한 거요."

"갑자기 이러면……."

"뻔뻔하고 싸가지 없게만 하면 되는 거죠? 껌을 씹는 설정은 어때요? 그게 낫겠다, 그죠?"

"저기, 누나!"

내 말은 아예 들리지 않은 사람처럼 그녀가 자기 집 지붕으로 건너가 방으로 사라진다. 채 1분도 되지 않아 그녀가 껌 하나를 벗겨씹으며 자신의 집에서 나온다. 그리고 우리 집 쪽으로 걸어온다. 큰일이다.

창가에 커피 잔을 내려놓고 목발 짚는 것도 잊은 채 아래층으로 내려간다. 말투와 달리 행동은 얼마나 빠른지, 그녀는 이미 신발을 벗고 거실에 들어와 있었다. 텔레비전을 보고 있던 식탐대마왕이 쿠키를 입에 문 채, 대체 댁은 누구냐는 눈빛으로 그녀를 빤히 쳐다본다. 게다가 내 뒤를 그림자처럼 따라다니던 마짱이 기회는 이때다 싶었는지 엄마의 쿠키 바구니로 돌진해 들어가는 게 아닌가. 엄마의 시선이 온통 낯선 여자에게 가 있는 틈을 이용해 쿠키를 몽땅 훔쳐 내려던 마짱은 바구니를 통째로 엎어버리는 지경까지 연출해낸다. 사방으로 흩어진 쿠키로 거실은 난장판이 되고, 거실 바닥에 흩어진 쿠키를 손에 쥘 수 있는 데까지 쥐고 도망가는 마짱을 보고는 그녀가 어깨를 들썩이며 애써 웃음을 참는다. 아참, 빨리 설명해야 한다. 저놈의 원숭이 때문에 엄마에게 그녀를 설명하는 걸 잊을 뻔했다. 그런데 내가 먼저 입을 떼려는 순간 그녀가 목을 가다듬고 엄마에게 말한다.

"안녕하세요. 저…… 저는 김보리라고 합니다."

"네? 누구요?"

"저기 그러니까……."

"집을 잘못 찾아오신 거 같은데…….."

역시나 그녀의 목소리는 잘 들리지 않는다. 나는 손으로 입 모양을 만들어 그녀를 향해 뻐끔대며, 목소리를 좀 키우라고 손짓으로 말한다. 무슨 뜻인지 알아챈 그녀가 조용히 침을 삼킨다. 제대로 결심이 선 듯, 다시 큰 목소리로 말한다. 오물거리고만 있던 껌도 다방 종업원처럼 질겅질겅 씹어대기 시작한다. 그녀가 연기에 돌입하려는 순간이다.

"처음 뵙네요. 장호 씨 여자친구 김보리라고 해요. 급하게 오는 바람에 빈손으로 왔는데 이해해주실 거죠?"

"아, 네…… 일단 이쪽으로…… 앉아요."

당황해하는 엄마가 눈으로 자신의 몰골을 훑으며 머리를 매만진다. 그녀가 껌으로 똑똑 소리를 내며 소파에 와 앉는다. 나한테로 쏠린 엄마의 가자미눈이 속사포로 이렇게 말하는 것 같다.

'갑자기 이게 무슨 짓이니! 너는 이 어미 골탕 먹이려고 아주 환장을 했지. 땀내 풀풀 풍기며 손님 맞는 꼴이라니, 쯧쯧쯧.'

무슨 구경이라도 난 듯, 대오와 수영까지 부엌에서 나와 상황을 주시한다. 나는 마실 것 좀 내오라는 부탁을 핑계로 두 녀석을 부엌으로 내몬다. 그리고 바닥에 떨어진 쿠키를 주워 바구니에 담으며 그녀 옆에 가 앉는다. 그녀는 다리를 꼬고 앉아 등을 소파 깊숙이 파묻고는 발끝을 한 번씩 까닥거린다. 싸가지 없는 자세로는 제대로다. 일주일간 꽤나 많은 연구를 한 모양이었다. 나는 그런 그녀의 모습이 좀 불안하면서도 한편으론 재밌어지려 하고 있었다. 그녀의 의외성과 무슨 일이 벌어질지 감조차 잡을 수 없는 상황이 달콤한 긴장으로 다가와 나를 흥분시키고 있었다. 엄마가 그녀에게 묻는다.

"이름이 김보리라고……."

"네. 근데 이름을 왜 그딴 식으로 지었냐는 질문 같은 건 하지 말아주세요. 저한텐 아주 지겨운 질문이거든요. 스트레스예요, 스트레스."

그녀가 진절머리가 난다는 듯 머리카락을 헝클어뜨리며 에이 씨, 하고 말한다. 엄마는 설마 내가 잘못 들었나, 하는 표정으로 그녀를 빤히 쳐다본다.

"나이가……."

"스물일곱요."

엄마가 소리 없이 입을 벌린다. 그에 아랑곳없는 그녀는 여전히 발끝을 까닥이고 껌을 질겅질겅 씹어대고는 거실을 두리번거린다. 텔레비전 너머에 걸린 엄마 사진을 올려다보며 그녀가 말한다.

"어머머머, 정말 저 사진 속 여자가 어머니 맞으세요? 근데 어쩌다 이 지경이 됐대요. 쯧쯧쯧, 장호 씨가 속 많이 썩혔죠. 장호 씨 말이 강수지에서 강수자가 됐다더니 정말이네요, 호호호호. 운동 많이 하셔야겠어요. 오래 사셔야죠. 혈압하고 당뇨 생기면 엄청 골치 아파지는 건 알고 계시죠?"

그러더니 그녀가 난데없이 휘파람을 분다. 할 말을 잃은 식탐대마왕이 멍하니 그녀만 쳐다본다. 얼마나 어처구니가 없었는지 엄마의 입에 물린 쿠키가 바닥으로 툭, 떨어진다.

"어머니 취미는 텔레비전 보는 거라면서요. 제 취미는 손톱 모으는 거예요. 어머닌 그딴 거 안 모으죠?"

엄마가 역시나 가자미눈으로 나를 쏘아보며 묻는다.

"그때 네가 손톱 어쩌고 하더니 저 아가씨 얘기였니?"

"어? 응."

나는 목덜미를 긁적이며 배시시 웃는다. 그녀는 내가 보기에도 아주 뻔뻔하다 싶을 만큼 계속 말을 쏟아낸다. 입체감이 느껴지는, 버릇없는 캐릭터였다.

"제가 손톱을 모으게 된 건 말이죠, 아르헨티나에 있는 제 진짜 엄마 때문이에요. 아, 지금 엄만 계모예요. 계모는 모두 신데렐라 엄마 같을 거라 생각하지만 제 새엄마는 진짜 착해요……."

줄줄이 사탕으로 엮어져 나오는, 그녀의 진짜 얘기와 가짜 얘기에 엄마의 신경이 곤두서기 시작한다. 엄마의 양미간으로 몰려든 신경줄은 내 천㎖ 자를 그리며 깊은 골을 만들어낸다. 기막혀 할 말을 찾지 못한 엄마는 이제, 지껄일 테면 맘껏 지껄여라 난 들을 테니, 하는 자세로 바뀌어가고 그럴수록 그녀의 연기는 무르익어간다. 어쩌면 그녀는 진짜 명배우가 될 자질을 충분히 갖춘 사람인지도 모른다. 그렇다면 수줍음 덩어리로만 보이던 그녀의 내면에 저런 놀라운 기질이 숨어 있다는 사실은 누가 알아낸 걸까. 갑자기 나는 그게 궁금해졌다.

그녀의 얘기가 계속되는 가운데 대오와 수영이 차와 함께 오늘 실습 재료인 김을 이용해 만든 핑거 푸드를 내온다. 대오의 핑거 푸드는 새알 모양의 밥에 김 가루로 옷을 입힌 것이었고, 수영의 핑거 푸드는 충무 김밥을 연상시키는 것이었다. 대오와 수영이 차와 핑거 푸드를 내려놓자마자, 그녀가 씹고 있던 껌을 뱉어 커피 테이블에 붙여두고는 엄마보다 먼저 음식에 손을 댄다. 그들의 핑거 푸드를 차례로 집어 들어 씹어 삼키더니 그녀가 인상을 구기며 말한다.

"이것도 음식이라고…… 하긴 그 스승에 그 제자겠지. 장호 씨 음식도 내 입맛엔 영 아닌 거 알고 있죠?"

"그, 그랬나?"

"보니까 오늘 과제가 김을 이용한 핑거 푸드를 만들어내라는 거 같은데, 김에 꼭 밥이 따라붙어야 할 이윤 없어요. 봐요, 전혀 창의적이지 않잖아요. 이건 그저 작은 주먹밥에 불과하고, 그리고 요건 미니 김밥에 불과하잖아요. 제 말 무슨 뜻이지 알겠어요?"

그녀의 말에 당황해하는 대오와 수영이었다. 하지만 방금 그녀가 한 말은 내가 그들에게 충고하고 싶었던 말이기도 해서 나는 고개를 끄덕인다. 갑자기 그녀가 답답하고 짜증스럽다는 표정을 지으며 소파에서 일어난다. 테이블에 붙여 둔 껌을 다시 떼어 질겅질겅 씹으며 그녀가 나에게 말한다.

"장호 씨 방이나 구경시켜줘요. 어머닌 텔레비전 볼 때 누가 방해하는 거 정말 싫어하신다면서요. 요즘 텔레비전은 채널만 많았지 볼

건 하나도 없던데. 다들 사기꾼이라니까요. 그죠, 어머니? 아참, 장호 씨한테 들었는데 과열로 텔레비전이 폭발한 적도 있었다면서요. 영화 오래 보기 대회 나가면 1등은 따놓은 당상이겠어요. 호호호호, 어쩜 좋아. 전 폭발할 정도로 텔레비전을 봤다는 사람은 태어나 처음이에요. 뭐든 적당한 게 좋아요. 먹는 것도 적당히, 보는 것도 적당히, 심지어 사랑도 적당히 해야 하는 걸요. 어머, 제가 초면에 말이 좀 많았네요. 그럼 전 이만 꺼져드릴게요."

"그, 그래요."

엄마가 이제 살았다는 듯 어깨에 주고 있던 힘을 빼고는 긴 한숨을 토해낸다. 그녀는 씹던 껌을 손가락으로 길게 늘여 뺐다 넣기를 반복하며 위층 계단을 찾아 발걸음을 옮긴다. 그녀의 뒤를 따라 위층으로 올라가는 나를 대오와 수영과 엄마가 쳐다본다. 특히 엄마는 저런 싸가지, 하는 표정이 역력하다. 그들은 어디서 뺨이라도 한 대 얻어맞은 사람처럼 황당해한다. 어안이 벙벙해져 있는 그들 때문에 자꾸만 웃음이 나온다.

26

내 방으로 올라오자마자 다리에 힘이 풀린 그녀가 방바닥에 그대로 주저앉는다. 이마에 맺힌 식은땀이 그녀의 열연을 보증이라도 하듯 흘러내린다. 다시 수줍음의 결정체로 돌아온 그녀가 참아왔던 한숨을 토해내며 말한다.

"태어나 이렇게 긴장해보긴 처음이에요. 저 손 떨리는 거 봐요."

파르르 떨리는 그녀의 손과 고무줄처럼 바로 작아져버린 그녀의 목소리였다.

"와우! 기대 이상이었어요."

나는 박수를 쳐준다.

"정말요?"

"진짜로 뻔뻔하고 싸가지 없는 줄 알았어요. 혹시 그게 진짜 모습

아니에요?"

그녀가 수줍음을 한가득 입에 담아 말없이 웃는다. 아래층에서의 그녀와 내 방에서의 그녀는 눈빛부터가 달랐다. 기대 이상의 놀라운 변신을 보여준 그녀가 빨갛게 달아오른 자신의 뺨을 어루만지며 대답한다.

"저도 무슨 짓을 하고 올라온 건지 모르겠어요. 진짜 미쳤나 봐요."

"미쳤다는 건 자질이 있다는 뜻인지도 몰라요."

"이 정도면 연기 학원에서도 받아줄까요?"

"연기 학원이 문제가 아니라 당장 오디션에도 합격하겠는걸요."

"호호호호, 과장이 좀 심하네요."

"과장이 아니라 진짜로요. 누나한텐 분명 숨겨진 재능이 있다니까요."

"재능까지는 모르겠지만…… 자신감이 좀 생긴 거 같아요. 그래서 말인데…… 고마워요. 이런 기회 만들어줘서."

갑자기 쑥스러워진 나는 과장되게 웃으며 이렇게 말한다.

"천하에 재수 없어 하는 표정들 봤어요? 하하하하."

"그랬어요? 전 정신이 없어서……."

"특히 우리 엄마요."

"재생해볼 수 있다면 좋았을 텐데…… 아쉽네요. 호호호호."

한바탕의 웃음으로 긴장을 잠재우고 난 그녀가 내 방을 둘러본다. 책장에 꽂힌 요리책과 음식 관련 책들을 보더니 그녀의 입이 벌어진다. 짐작대로 그녀의 눈은 내 보물 1호인 유리 천장과 유리 천장으로 쏟아지는 햇살에 가 머문다. 그녀가 후들거리는 다리로 자리에서 일어나 침대로 다가간다. 침대에 걸터앉은 그녀가 고개를 쳐들어 유리 천장을 올려다본다. 그녀의 한쪽 눈이 햇살에 찡긋거린다.

"와! 멋진 천장이네요. 천장에 있다던 보물 1호가 이거였어요?"

"네."

"여기라면 밤하늘의 별을 침대에 누워볼 수 있다는 거잖아요."

"맞아요. 그래서 전 결혼해서도 꼭 이 집에서 살 거예요. 그리고 제 아이들이 태어나면 그 아이들에게 이 유리 천장을 물려줄 생각이고요. 매일 밤 별을 보고 자라는 아이들은 분명 꿈도 커질 거예요."

"멋진 아빠가 되겠는걸요. 밤의 유리 천장은 지금하고는 많이 다르겠죠?"

"궁금하면 밤에 한번 들러요. 언제든 환영이니까."

"그래도 돼요?"

"대신 관람료 들고 와야 해요."

"네, 알았어요."

농담인 줄도 모르고 그녀는 정말로 관람료를 들고 올 생각인 것 같았다. 그녀가 내 방 벽시계를 쳐다본다. 그만 가봐야겠다며 침대에서 일어난다. 더 있다 가도 상관없다고 했지만 그녀는 서둘러 자리를 옮긴다. 아직 그녀에게 내 방은 오래 머물기엔 불편한 장소인 모양이었다. 나는, 아래층으로 내려가려는 그녀를 지붕으로 안내한다.

"그래도 어머니께 인사는 드리고 가야 하는데……."

"괜찮아요. 어차피 싸가지 없는 역할이었으니까. 신발은 이따가

제가 누나네 마당으로 던져줄게요."

"그럼 전 이만……."

그녀가 다시 한 번 내게 고맙다고 말하고는 긴치마를 잡아 올린다. 보는 눈은 없는지 확인하고는 창문을 넘어선다. 뒤돌아 나를 한 번 쳐다보고 갈 줄 알았던 그녀는 그대로 등을 보인 채 자신의 방으로 사라져버린다. 뒷모습에서도 느껴지는 수줍음이라니. 그녀는 영원히 벗어 던질 수 없는 수줍음을 간직한 여자임이 분명했다. 여자들의 수줍음이란 시스룩 속에 비친 은밀한 살결과도 같음을 그녀는 알고 있을까. 팜파탈 못지않게 치명적인 수줍음의 매력을 나는 오늘에서야 그녀를 통해 발견한다. 그런데 왜 이렇게 갑자기 얼굴이 달아오르는 걸까. 아까 창가에 놓아둔, 식어버린 커피가 보이자 그것을 냉큼 집어 든다. 온기가 사라진 커피는 혼자 마시는 커피보다 쓰디썼다.

커피의 쓴맛 때문이었을까. 문득 마장호의 그녀, 클레아는 어떤 성격일지 궁금해졌다. 하지만 '클레아'라는 이름은 왠지 수줍음과는 어울리지 않아 보였다. 마장호에게 물어봐야겠다.

27

유리 천장으로 유난히 많은 별들이 쏟아져 들어온다. 자정이 넘어가는 시간이지만 잠은 오지 않는다. 별이 많은 날 밤은 으레 그렇다. 그녀가 싸가지 없는 연기를 끝내고 집으로 돌아가던 날, 대오와 수영은 걱정스럽게 내게 물어왔다. 특히 수영은, 정말로 그런 여자랑 사귈 거냐고 단도직입적으로 질문을 퍼부어댔다. 수영이 날 좋아하는 것 같아, 예전부터 고백이라도 해오면 뭐라고 답해줘야 하나 고민해오던 터라, 차제에 잘됐다 싶어 수영에게 말했다.

'그렇게 걱정하는 걸 보니 수영이 너 이 자식, 나 좋아하냐?'

'네?'

'너하고 나는 사부와 제자 사이야. 사적인 감정은 곤란해.'

'제가 사부를 왜요? 양다리 걸치시게요?'

'응?'

'저희 나중에 결혼할 건데요, 정식 요리사 되면.'

'저희라니, 누구랑?'

'누군 누구예요. 대오죠.'

옆에 있는 대오가 씩, 하고 웃는데 쥐구멍이라도 있으면 숨어들어가고 싶었다. 두 녀석이 그런 사이였다니. 정말 눈치라곤 찾아볼 수 없는 나란 작자였다. 지질한 제자들 앞에서 헛물컨 사실을 들키고만 내 얼굴은 붉게 달아올랐다. 그래서 나는, 아직 민증도 안 나온 것들이 벌써부터 까분다며, 소꿉장난 그만하라는 투로 말했다. 그 틈에 수영은 계속해서 물어왔다.

'사부, 도대체 어디가 맘에 들어 그런 여잘 사귀는 거냐니까요? 사부가 걱정돼서 그래요.'

'신경 꺼라. 그리고 오늘 만든 핑거 푸드는 둘 다 빵점인 거 알지? 창의력, 모양, 맛 모두.'

자신들의 요리에 대한 혹평에는 아랑곳없이 대오는 고개를 자꾸 갸웃거리며 내게 이렇게 물어왔다.

'근데요, 사부, 그 여자 어딘지 좀 낯이 익던데요.'

'낯이 익긴. 네가 전에 사귄 여자하고 닮았나 보지.'

나는 고작 그렇게 쏘아붙이고는 그들 앞에서 사라져야 했다. 그리고 내가 맞닥뜨려야 할 인물은 식탐대마왕이었다. 그녀가 돌아간 뒤부터 엄마는 나와 눈을 마주치려들지 않았다. 엄마는 저녁 식사 시간에 음식을 목구멍에 밀어 넣느라 바쁘더라도 내게 말을 걸어주던 사람이었다. 엄마의 무섭고도 무거운 침묵은 저녁 식사가 끝나고 엄마가 텔레비전 앞으로 자리를 옮길 때까지 계속 이어졌다. 아버지가 양치질을 위해 욕실로 들어가자 나는 엄마가 앉은 소파 팔걸이에 엉덩이를 걸치고 앉았다. 그리고 엄마의 오랜 침묵을 깨기 위해 입을 열려는 순간, 엄마가 먼저 텔레비전을 노려보며 아주 울적한 목소리로 이렇게 묻는 것이었다.

'너 그 아가씨랑 계속 사귈 거니?'

'헤어졌어. 방금 전화로.'

텔레비전에 붙박여 있던 엄마의 눈이 기쁨과 환희로 가득 차서는 나에게로 향했다. 엄마가 텔레비전에서 눈을 뗀 채 날 쳐다보며 내 얘기를 들어준 건 아마 그때가 처음이었을 것이다. 그만큼 그녀의 행동이 엄마에겐 충격적이었다는 뜻이다.

'정말?'

'그렇게 싸가지 없는 누난 줄은 나도 오늘 처음 알았다니까. 놀란 걸로 치자면 엄마보다 내가 더 했을걸. 전화로 헤어지자고 했더니 누나도 그러재.'

'그거 하나는 시원시원해서 맘에 드네. 아니 근데 네가 어디가 어때서?'

아들 가진 엄마의 속마음이란 또 저렇다. 여자의 마음이 갈대가 아니라 아들 가진 엄마의 마음이야 말로 갈대인지도 몰랐다.

‘뚱뚱한 시어머니는 감당 못 하겠대.’

‘뭐? 그 싸가지는 끝까지 싸가지가 없네. 아니, 갈 때 인사도 없이 가는 사람이 어디 있어. 대체 그런 애는 어디서 만난 거야?’

‘어? 어…… 병원에서. 나 입원했을 때.’

‘그럼 그렇지. 그런 꼴로 사귄 애가 온전할 리가 없지. 걔 혹시 정신과 병동에 있었던 애 아니야?’

‘아니야.’

‘아무튼 그런 애 데려올 바엔 차라리 말 안 통하는 노랑머리가 나으니까 앞으로 명심해.’

‘알았어요, 강수자 씨.’

‘생각하니까 또 열 받네. 어쩌다 이 지경이 됐냐고? 살다 살다 어이가 없어서. 젊은 애 말버릇이 뭐 그런다니? 오래 사시려면 운동 많이 하셔야겠어요? 어린 게 어따 대고.’

‘엄마, 근데 그건 맞는 말이잖아.’

‘시끄러.’

그날 그녀와 관련된 일은 그렇게 일단락되었다. 그래도 그녀 덕분에 한 가지는 알게 된 것 같아 뿌듯했다. 엄마를 비롯해 대오와 수영까지, 나를 진정으로 걱정해주는 사람이 적어도 셋은 된다는 사실 말이다.

잠이 오지 않는 나는 유리 천장의 별들을 바라본다. 무질서하게 흩어져 있는 수많은 별들을 보고 있노라면 ‘자의^{恣意}’란 낱말이 떠오른다. 아무 의미 없이 마구잡이로 흩뿌려진 별들에 선을 그어 규칙에 가까운 질서를 찾아내고, 그것으로도 모자라 수많은 형상과 그 형상에 얽힌 무수한 이야기를 만들어내는 인간의 창조성이야 말로 자의적이란 생각이 들기 때문이다. 그러고 보면 우리도 무질서해 보이는 저 별들처럼 그렇게 태어난 것인지도 모르겠다. 언어와 사고와 분별의 카오스를 갖고 태어나, 점차 나이를 먹어가면서 코스모스의 세계를 갖게 되는 게 인간의 성장 과정이 아니고 뭐란 말인가. 나는 인간이 꿈을 좇아 질주하는 건 무질서에서 질서를 찾아가는 저 별자리와 같다고 늘 생각해왔다. 똑같이 흩어진 별자리에서 누구는 사자를 그려내고, 누구는 토끼를, 또 다른 누구는 엉뚱하게 의자를 그려낸다. 그래서 나는 요리사가 되려 하고, 마장호는 패션 디자이너가 되기 위해 이탈리아로 날아갔고, 추가을 양은 영화감독을 꿈꾸며, 그녀는 연극배우를 꿈꾸는 것이리라. 무한 변주가 가능한 별자리의 형상은 지구상에 존재하는 모든 이들의 꿈을 닮았다. 내가 무질서해 보이는 별을 좋아하는 이유는 그것이었다. 열려 있는 가능성.

별자리에 관한 내 고상한 사유를 휴대폰 벨 소리가 방해한다. 이 시간에 울리는 전화라면 마장호가 틀림없다. 휴대폰 통화 버튼을 누른 나는 발신자 확인도 하지 않고 다짜고짜 퍼부어댄다.

—돈도 많지. 왜 또 전화질이야?

—나 어제 끝내줬다는 거 아니냐.

—그 이태리 여자랑 침대로 들어가 뒹굴기라도 했냐?

—빙고!

침대에서 일어나 창가로 걸어간다. 역시 클레아라는 이름과 수줍음은 어울리지 않았다.

—미친 새끼. 너는 거기 디자이너가 되려고 갔냐, 이태리 여자하고 그 짓 하려고 갔냐?

—겸사 겸사지. 아무튼 테크닉이 장난 아니더라니까.

—너네 부모님이 아시면 아주 좋아하시겠다.

—왜 또 거기에서 우리 부모 얘기가 나오냐? 넌 꼭 내가 전화할 때마다 우리 부모 얘기를 들먹이더라. 전화 맛 떨어지게.

창문을 열자 5월의 선선하고 포근한 바람이 들어온다. 창밖으로 고개를 쑥 내미는데 그녀의 지붕 위에 누군가가 앉아 있는 게 보인다. 자정의 어둠 사이로 어렴풋이 보이는 건 분명 그녀의 실루엣이었다. 눈이 어둠에 익숙해지자, 무릎을 세우고 앉아 한 손에 캔 맥주를 든 채 밤하늘을 올려다보고 있는 그녀의 모습이 차츰 뚜렷해지기 시작한다. 긴 통화로 이어질 것만 같은 마장호의 말이 시작된다.

—테크닉이 어느 정도냐 하면…….

—야, 그만 끊자. 네 그 시답잖은 섹스 얘기 들어줄 시간 없거든?

—야야!

일방적으로 통화를 끝낸 나는 급한 대로 휴대폰을 추리닝 바지 주머니에 찔러 넣고는 깁스를 팔다리에 장착시킨다. 그러고는 창문을 넘음과 동시에 그녀에게 말한다.

“목욕할 때 물이 나오지 않으면?”

그녀가 내 쪽으로 고개를 돌린다. 수줍게 웃었는지는 자정의 어둠 때문에 잘 보이지 않는다. 들릴 듯 말 듯한 그녀의 조용한 목소리가 대답한다.

“물을 틀지 않으면 된다.”

그녀의 지붕으로 건너 간 나는, 왜 나와 있느냐는 물음과 함께 그녀 옆에 슬그머니 앉는다.

“별이 많아서요. 도시에서 별을 볼 수 있다니, 정말 멋진 동네 같아요.”

“멋진 지붕이기도 하고요.”

“맞아요. 아, 맥주 할래요?”

고개를 끄덕이자 그녀가 자리에서 일어나 지붕 위의 냉장고를 열어 캔 맥주를 꺼낸다. 그녀에게서 건네받은 차가운 캔 맥주를 볼에 한 번 댔다 떼고는 따개를 잡아당긴다. 나는 그녀의 캔 맥주에 내 캔 맥주를 갖다 부딪쳐 건배를 하며 맥주를 한 모금 들이켠다. 5월의 따뜻한 자정의 공기와 몸속을 시원하게 적셔주는 맥주가 섞여 바다 색깔의 행복한 칵테일이 된다.

“저 냉장고 꽤 쓸 만한데요. 저희 같은 지붕족에겐요.”

“지붕족…… 재밌는 말이네요.”

“오늘은 집에 계셨던 모양이에요. 누나 아버님요.”

오늘은 처음으로 그녀의 집에서 피아노 선율이 흘러 나왔다. 클래식 음반을 틀어놓은 것처럼 하루 종일 명곡들이 연주되어 나오는

데, 귀가 행복해 죽는 줄 알았다. 서툰 솜씨로 쳐대는 피아노 소리는 간혹 소음으로 간주될 때가 있다. 하지만 피아니스트가 치는 피아노 소리는 역시 남달랐다. 제발 피아노 뚜껑 좀 닫아줘, 가 아니라 제발 멈추지 말아줘, 라는 말이 절로 나왔고, 창가에 앉아 마시는 오후의 커피도 그렇게 클래식할 수가 없었다. 그녀의 아버지가 자주 집에 계셔주셨으면 하는 생각이 들 정도였다.

"주중엔 종종 연주가 없거든요."

"피아노 정말 잘 치시던데요."

그녀가 피식, 하고 웃는다. 피아니스트에게 피아노를 잘 친다는 칭찬은 내가 생각해도 바보 같은 말이었다. 수습이 필요했다.

"그러니까 제 말은…… 엄청나게 감동적이었다는 뜻이에요."

"알아요."

"아, 그리고 저 그날 엄마한테 말했어요."

"뭘요?"

"누나가 연기하고 돌아간 날 밤예요. 전화로 누나랑 헤어졌다고."

"뭐래요? 잘했다 그러셨겠어요. 그죠?"

"네. 그만큼 누나가 연기를 잘했다는 뜻이에요."

"또 다른 말씀은 없으셨구요?"

"그렇게 싸가지 없는 애 데려올 바엔 차라리 말 안 통하는 노랑머리를 데려오라고요."

"그날 저 집에 돌아와 걱정했잖아요. 아무리 연기라지만 장호 씨 어머니한테 살 어쩌고 하는 얘긴

"괜찮아요. 우리 엄만 그래야 충격 받아 살을 뺀다니까요."

"그렇다면 다행이고요, 호호호호."

그녀의 웃음소리가 잦아듦과 동시에 그녀와 나는 밤하늘을 올려다본다. 혼자가 아닌 누군가와 함께 지붕 위에 앉아 별을 바라본 건 그때 이후로 처음인 것 같다. 왜 지붕으로 불러낸 엄마에게 요리사가 되고 싶다고 말하던 그날 밤 말이다. 나는, 그때의 그날처럼 하얀 조각배를 닮은 엄마의 침묵이 귓가에 들려올 것만 같아 가만히 귀를 기울여본다. 말없이 별을 올려다보고 있는 그녀에게서 엄마의 그때 그 침묵이 정말로 전해져오는 듯했다. 그런 그녀를 보자, 예전에 어떤 책에서 읽었던 구절 하나가 떠오른다. 나는 침묵을 깨고 그녀에게 말한다.

"예전에 어떤 책에서 읽은 건데요, 신이 인간을 두 발로 서서 걷도록 한 건 별을 보게 하기 위함이래요."

그녀가 어머, 하고 놀라 말하며 밤하늘을 올려다보던 눈으로 날 쳐다본다.

"제가 알던 어떤 사람도 저한테 그런 말을 해줬거든요."

"재밌는 우연이네요. 누구였는지 물어봐도 돼요?"

조금 망설이는가 싶더니 그녀가 입을 뗀다.

"저 냉장고 만든 사람요."

"아……."

"마지막이라는 건 없어요. 마지막이란 말과 호응하는 것은 죽음뿐
이니까요."

"근데 죽어버렸는걸요, 그 사람……."

"아, 미안해요."

"아니에요."

"근데 어쩌다……."

"아팠어요."

저 지붕 위의 냉장고를 만든 사람은 한때 천문학자를 꿈꿨던 에너
지 연구원이었다고 한다. 그녀는 그 사람을 '광적인 태양열 숭배자'
이자, 또는 '광적인 환경론자'로 번갈아 칭하며, 저 태양열 냉장고를
만든 사람에 대해 침묵에 가까운 목소리로 말을 한다. 매일같이 쏟아
지는 태양에너지를 낭비하며 살아간다는 게 아까워 에너지 연구원
이 됐다는 사람. 인간의 모든 에너지를 태양으로 대체하고자 하는 일
생일대의 꿈을 가졌던 사람. 매일 같이 기후 변화를 걱정하고, 저탄
소와 친환경을 부르짖던 그 사람이, 그녀는 처음엔 정말 싫었단다.

"무슨 저런 사람이 있나 싶었어요. 소수의 노력으로 정말 세상을 변화시킬 수
있다고 생각하는 사람 같아 제 눈엔 바보처럼 보였으니까요."

"대단한 열정을 가진 사람이었네요."

"네. 근데……."

'광적인 태양열 숭배자'이자 '광적인 환경론자'였던 그 사람에게

고칠 수 없는 병이 찾아왔다. 죽음의 침대에 누워 사경을 헤매던 그 사람은 혼미해진 정신으로 수많은 말들을 쏟아냈고, 그녀의 귀에 정확히 들려온 말은 이 두 가지였다고 한다.

"넌 꼭 연극배우가 돼야 해, 그리고 지붕 위에 내 냉장고를 올려줘, 지붕 위에, 라고요."

그래서 그녀는 사랑스러운 경사도를 가진 지붕을 찾아 이 주황주택단지로 이사를 온 것이었다. 죽음이 뱉어내는 말의 간절함은 아무도 거부할 수 없다. 죽어가는 사람은 남겨진 사람에게 수수께끼 같은 말을 남기기도 하고, 아무 의미 없는 말을 남기기도 하며, 혹은 생의 큰 비밀을 남기기도 한다. 그 말이 어떤 헛소리가 됐든, 죽음의 끝에 남겨진 말은 살아 있는 사람에겐 꼭 지켜줘야 할 말이 된다. 그래서 유언은 살아 있는 사람이 기억해줄 때까지 오래오래 살아남아, 또 다른 생을 살아가게 되는 것이다. 살아남은 사람 곁에 머무르면서.

"저도 물론 그 사람이 왜 저 보고 연극배우가 돼야 한다고 했는지 납득할 수 없었어요."

"그랬겠네요."

"저희 아빤 죽어가는 놈이 정신없이 지껄여댄 말을 가지고 인생을 망치려든다며 절 바보 취급했어요. 그놈이 비구니가 되라고 했으면 비구니가 될 거였나면서…… 친구들도 마찬가지였죠. 새엄마 말고는 아무도 제 입장에서 생각해주지 않았어요."

"외로웠겠어요."

"조금."

수줍음 많은 그녀가 왜 연극배우가 되려고 했는지, 그리고 지붕 위에 냉장고가 서 있는 이유에 대해 한꺼번에 알게 된 밤이었다. 그녀는 아주 오래 전부터 그 사람에 관한 얘기 상대를 찾고 있기라도 한 것처럼 계속해서 말을 한다. 어쩌면 그녀에게는, 별이 유난히 많이 뜨는 밤이란 한때 천문학자를 꿈꿨다던 그 사람 생각이 많이 나는 날인지도 모른다. 얕은 웃음소리와 함께 그녀의 얘기는 계속 이어진다.

"그때 제가 했던 말 기억해요? 어쩌면 이 집보다 제가 더 재수 없을지 모른다는 말……."

"네."

그녀가 캔 맥주를 한 모금 들이켜며 말을 잇는다.

"예전에 어떤 소설가의 소설을 읽은 적이 있어요."

그녀가 소설 제목을 말한다.

"아, 저도 그 제목 본 것 같아요. 가름끈 훔치러 갔을 때."

"그래요? 그 소설 속에 아주 불행한 여자 주인공이 나와요."

"어떤 불행인데요?"

"여자 주인공이 사랑하는 사람이나 혹은 여자 주인공을 사랑하는 사람은 모두 고양이가 돼버린다는, 조금은 황당한 설정의 이야기였어요. 그러니까 그 여자는 누군가를 사랑할 수도 누군가로부터 사랑 받을 수도 없는 거예요."

"정말 기막히게 슬픈 불행이네요."

"물론 그 여자 주인공처럼 제가 사랑했던 사람들이 고양이가 되는 정도까지는 아니었지만, 저도 비슷한 경험이 있었어요. 그래서 그 소설 속 여자 주인공에게 한없는 연민을 느꼈던 건지도 몰라요."

"그게 무슨 뜻이에요? 누나가 사랑했던 사람들은 모두 불행해지기라도 했다는 거예요?"

"결론은 그런 셈이에요. 한때 제가 사귀었던 어떤 남자는 사고를 당해 다리 하나를 절게 되었으니까요. 그리고……."

어떤 남자는 떡을 먹다 목구멍에 걸려 응급실에 실려 갔고, 어떤 남자는 사기를 당해 빈털터리가 됐다. 또 어떤 남자는 직장에서 쫓겨났고, 부모가 바람을 피웠고, 동생이 기차 사고로 죽기도 했으며, 밥을 먹다 멀쩡한 앞니가 부러지기도 했다고 한다. 그리고 마지막의 그 사람은 젊은 나이에 고칠 수 없는 병에 걸려 냉장고만 남겨놓고 죽어버렸다. 그녀의 사랑은 타인에게 불행을 몰고 왔다. 그녀의 사랑은 이기적이었고, 우울했고, 불운했으며, 아주 기분 나쁜 것이었다. 남자들은 그녀에게 말했다. '우리 그만 만나. 너하고 있으면 자꾸 일이 꼬여', '널 만나면서 되는 일이 하나도 없어! 넌 정말 재수 없는 여자야', '밥을 먹다 이가 부러지다니, 다 너 때문이야', '너랑 있으면 왜 이렇게 불행해지는 기분이 들지? 너한테는 살殺이 붙은 게 분명해' 그러면서 다들 먼저 떠나갔다고 했다. 그런데 저 냉장고를 만든 사람만은 예외였다고 한다.

"오히려 자기 곁을 떠나려는 절 붙잡았죠. 그러다 고칠 수 없는 병에 걸려 죽고 만 거예요. 그 사람은 가족력 때문이라고 했지만, 전 저 때문이라는 생각을 떨쳐버릴 수 없었어요."

"그건 인연이 아니어서 그런 거지, 누나 때문은 아니었을 거예요."

"우연한 불행의 연속도 쌓이다 보면 필연이 되는 거예요."

"그럼 저 같은 경우는 어떻게 설명할 건데요?"

"네?"

"전 누나를 만난 뒤로 지루했던 삶이 재밌어졌는걸요. 그리고 누나가 싸가지 없는 연기를 하고 돌아간 뒤로 저희 엄마, 전보다 더 열심히 운동하기 시작한 거 모르죠?"

물론 엄마의 운동 얘기는 거짓말이다. 엄마는 그때 10분간의 땀을 흘린 뒤로 러닝머신 근처엔 얼씬도 않는다.

"그리고 또 있어요. 이 깁스요. 주치의가 이거 풀려면 두세 달은 걸릴 거라 그랬는데, 이상하게 누날 만난 뒤부터 뼈가 완전히 붙은 느낌이에요. 그래서 내일 병원에 가보려고요."

"정말요?"

"그렇다니까요."

그녀가 갑자기 신이 나서는 캔 맥주를 바닥에 내려놓고 자리에서 일어난다. 왜 그러느냐고 물었더니 그녀는 대답도 하지 않고 창문을 넘어 그녀의 방으로 들어간다. 그녀가 방에서 들고 나온 것은 빨간색 펜이다.

"장호 씨 깁스 풀기 전에 저도 사인해두려고요."

“좋아요. 어디다 할래요? 팔? 다리?”

“다리가 좋겠어요.”

다리를 내밀자 그녀가 그녀의 방 창에서 새어 나오는 불빛에 의
지해 뭐라고 끌쩍인다. 깁스 끄트머리에 그녀의 붉고 예쁜 글씨가
보인다. 글씨체에서도 그녀의 수줍음이 느껴지는 듯해서 웃음이 나
왔다.

별을 보기 위한 튼튼한 두 발과 두 다리가 되길 ―김보리.

“별을 보기 위한 튼튼한 두 발과 두 다리라…… 꽤 시적인데요.”

“지금 생각나는 게 이 말밖에 없어서…… 호호.”

그녀의 수줍은 웃음을 추리닝 바지 주머니 속 휴대폰이 훼방을 놓
는다. 휴대폰을 꺼내 확인한다. 밤의 불청객 마장호다.

―또 왜. 네 섹스 얘기 들어줄 시간 없다니까.

―전화를 그렇게 일방적으로 끊는 게 어딨냐? 무식한 놈. 너 옆에
지금 여자 있지?

―달밤에 뭔 소리야?

―여긴 달밤 아니거든? 옆에 여자 있는 거 맞네.

―너 혹시 여기 어디 숨어서 보고 있냐?

―너도 첫눈에 반한 연상녀가 생긴 거지, 그치? 보라니까. 너하고
난 평행이론으로 묶인 공동운명체라 그랬잖아.

―그런 거 아니거든? 그만 끊어. 나 자야 돼.

―자야 돼? 오, 이 자식 봐라. 그 여자랑 침대에 들어가야 한다는 뜻이냐?

―뭐 눈에는 뭐만 보인다더니. 맘대로 상상해라. 그만 끊어!

―야야, 무식하게 또 일방적으로 전화 끊을 거야!

―그래.

―너 자꾸 이러기야? 야, 야!

나는 귀찮은 놈이라고 혼잣말을 하며 휴대폰 전원을 아예 꺼버린다. 그녀가 궁금해하는 것 같아 마짱의 진짜 주인이라고 말해주자, 그녀는 재밌는 친구 사이인 것 같아 부럽다고 말한다.

"꼭 그렇지도 않아요. 어쩔 땐 귀찮다니까요."

"호호호, 마짱은 자요?"

"먹고 자는 게 일인 놈인데요, 뭘."

"토스터 앞에서 재주 부리는 건 언제 보여줄 거예요?"

"조만간요. 저기, 근데요, 누나……."

"네?"

"갑자기 제가 누나한테 한 가지 제안하고 싶은 게 생겼는데…… 들어줄래요?"

그녀가 휘둥그레진 눈으로 날 쳐다보며 뭔데요? 라고 궁금해 물어온다. 우선 약속부터 해달라고 하자, 그녀는 아무렇지 않게 그러겠다고 대답한다.

"그때 했던 연기 말인데요…… 좀 더 많은 사람들 앞에서 해보지 않을래요? 그러니까…… 이 지붕을 무대라 생각하고 여기에서 하는 거예요."

그녀가 바로 고개를 절레절레 흔든다. 예상했던 반응이다.

"여긴 사랑스러운 경사도를 가진 지붕이니까 무대로는 손색없을 거예요. 동네 사람들은 제가 모을게요."

"못해요. 한두 사람도 아니고 어떻게……."

"방금 저랑 약속했잖아요."

"그땐 듣기 전이었으니까……."

"재밌을 거 같지 않아요?"

"전혀요."

"말 나온 김에 이번 주 토요일 어때요? 그날 누나 부모님은 집에 안 계시죠?"

또 한 번 막무가내로 밀어붙이는 내 태도에 그녀가 곤혹스러워한다. 어쩌면 '광적인 태양열 숭배자'이자 '광적인 환경론자'였던 그 사람이 그녀에게 연극배우가 돼달라고 제안했던 이유는 그녀의 저 자신감 없는 성격을 고쳐보고 싶었던, 죽어가는 자의 마지막 소망이었을지도 모른다. 세상에서 좀 더 당당히 살아가게 하고픈, 그녀를 향한 마음 말이다. 나는 그 사람을 대신해, 죽은 자의 소망이 이뤄질 수 있도록 그녀를 도와주고 싶었다.

"저희 엄마 앞에서 했던 대로만 하면 되는데요, 뭘."

“불가능해요.”

“가능해요.”

“상상이 안 가요.”

“저는 상상이 가요.”

“왜 이래요, 저한테…….”

“연극배우가 돼야 한다면서요. 도와주는 거잖아요.”

“해내지 못할 거예요…….”

“오, 하겠다는 뜻이에요?”

“그런 게 아니라…….”

“그럼 그렇게 하는 걸로 알게요.”

“아니…….”

“저랑 약속한 거예요?”

“그게…….”

하는 수 없다는 듯, 그녀는 체념 섞인 한숨을 뱉어내는 것으로 내 말에 겨우 동의를 표한다. 그래도 생각보다 빨리 돌아온 동의였다. 그녀가 변해가고 있다는 의미일 것이다.

“그럼 주제는 뭐가 좋을까요?”

지붕을 두리번거리던 내 눈에 냉장고가 들어온다.

“주제는 저 냉장고로 해보는 건 어때요? 이 무대에 소품은 냉장고뿐이니까. 사실 저 냉장고가 지붕 위에 서 있는 뒤로 지나가는 동네 사람들이 얼마나 궁금해했는지 모르죠? 그때마다 절 붙잡고 귀찮게 물어대는데, 뭐라 대답해줄 수도 없고, 저 정말 난감했어요.”

“그랬어요?”

“당연하죠. 진짜 돌아가는 거 맞냐는 둥, 저게 왜 지붕 위에 있냐는 둥, 비 맞으면 안 될 텐데 어쩌냐는 둥 해가면서요.”

“미안해요.”

“미안하면 연극으로 궁금증 한 방에 날려줘요. 형식은 모놀로그가 낫겠어요. 저 냉장고에 얽힌 누나 본인 얘기여도 상관없고, 그게 좀 부담스러우면 아무 얘기나 즉흥적으로 해보는 거예요. 연구와 연습 은 누나 몫이라는 거 알죠?”

그녀가 한숨을 연거푸 내쉰다. 하겠다고 하기는 했지만 아직도 망 설여지는 것이었다. 그녀가 묻는다.

“그럼, 동네 사람들은 몇 명이나 모을 수 있는데요?”

“글쎄요, 근데 그건 왜요?”

“냉장고에 아이스크림이랑 캔 맥주 좀 사다 넣어두려고…….”

“괜찮은 생각인데요. 저 냉장고가 살아 있다는 걸 보여줄 수도 있 을 테고. 근데 정말로 해볼 생각인가 봐요?”

“그런 뜻이 아니라…… 그럼 관둘까요?”

“아니요.”

“네…….”

충동적으로 그녀에게 제안하긴 했지만, 내심 걱정도 된다. 일이 생각보다 커지는 건 아닌가, 하는 생각에서였다. 하지만 연극배우가 되려면 우선은 뻔뻔해져야 한다. 수많은 시선 앞에 당당해지고 익숙해져야 하며, 광대 짓에 가까운 상황도 벌일 줄 알아야 한다. 저 냉장고를 만들었다는 그 사람도 그녀의 그런 모습을 보고 싶었을 것이다.

"거기 누구야? 장호 총각?"

현숙 아줌마의 목소리였다. 뽕짝을 흥얼거리며 밤늦게 뭘 사들고 들어가는 중에 아줌마의 눈에 딱 걸린 것이다.

"아, 네."

"옆집 아가씨랑 요즘 잘 붙어 다니데? 둘이 사귀어?"

"그런 거 아니에요."

"아니긴 뭐가 아니야. 이 야심한 밤에 둘이 지붕 위에 앉아 있는 게 보통 일이 아닌데 뭘. 소문 안 낼 테니까 걱정 마. 아, 그리고 그때 장호 총각이 만들어보라던 천연조미료, 나 요즘 만들어 쓰고 있어. 그거 하나면 맛 내는 데는 그만이야. 우리 집 바깥양반 요즘 식탁에 앉는 게 재밌어진대. 고마워, 장호 총각."

"네, 들어가세요."

"연애하기엔 참 좋은 계절이야. 그치, 장호 총각?"

"아니라니까요."

아줌마가 집으로 들어가자 나는 그녀에게 요리 짱 현숙 아줌마에 대한 얘기를 들려준다. 그것을 시작으로 내 입에서는 동네 사람들에 대한 얘기가 줄줄이 터져 나온다. 특히 그녀는, 소설가 남씨 아저씨와 루미코 씨, 노총각 승배 형님, 못생긴 조혜리 누님의 얘기에 박장대소를 터뜨린다.

"정말 재밌는 사람들이 많이 사는 동네네요, 호호호호."

"여기 오래 앉아 있다 보면 동네 사람들의 습관은 물론 개성과 성격까지 알아가게 되죠. 근데 그거 알아요?"

"뭐요?"

"언제부터였는지 모르지만, 누나 목소리 저랑 비슷하게 커졌어요."

"아, 그랬나요."

목소리에 관한 한 그녀의 관성 본능을 누가 따라 잡을 수 있을까. 그런 그녀의 모습이 재밌어 계속 말을 걸어본다.

"근데 누나는 왜 계속 긴치마만 입고 다녀요?"

"그게…… 다리가 통통하고 안 예뻐서……."

"그렇다니 더 궁금해지는데요."

"네?"

당황해하는 그녀였다.

"농담이에요."

"아, 네……."

어두워서 잘 보이지는 않았지만, 그녀의 얼굴이 붉게 달아오르는 걸 느낄 수 있었다. 그렇게 그녀와 나의 얘기는 5월의 깊어가는 밤만큼이나 깊어져가고 있었다. 매일 밤마다 별이 오늘처럼 쏟아졌으면 좋겠다.

28

　토요일이다. 그녀가 지붕을 무대로 연기를 해 보이기로 한 날이다. 무턱대고 일을 벌려놓은 탓에 내 밥맛은 두 식탐대마왕의 머리로는 상상할 수 없을 정도로 떨어지고 있었다. 나는 빈속에 겨우 커피 한 잔을 내려 마시고 거실로 나간다. 내가 남긴 밥까지 세 공기의 밥을 먹어치우고 난 엄마는 김치냉장고에서 김치를 꺼내고 있다.

　“형한테 보내게?”

　“저번에 김장 김치를 어찌나 맛있게 먹든지. 근데 그새 더 익어버렸네. 냉장고를 바꿔야 될라나. 으이그, 누굴 탓해. 게을러터진 몸뚱이가 문제지. 그때 바로 들려 보냈으면 좀 좋아. 쯧쯧쯧.”

　비닐 포장과 박스 포장을 마친 엄마가 택배회사에 전화를 건다. 아, 얼마나 애통하고 원통할까. 그 마음 십분 이해한다. 절정의 맛을 간직한 김장 김치를 형에게 못 보이게 됐으니 말이다. 나는 속으로, 게을러터진 몸뚱이라는 건 알긴 아나 보네, 하고 말하며 위층으로 올라간다. 귀찮게도 엄마의 전화 목소리는 계단을 밟고 내 방에까지 따라 올라온다.

"김친데요. 저번에는 됐는데 왜요? 포장은 잘했죠. 안 새게 세 겹이나 했는데 왜 안 되냐니까! 야, 네년들은 김치도 안 먹고 사냐! 택배가 거기뿐인 줄 알아!"

엄마는 전화기가 부서질 정도로 수화기를 내려놓는다. 자주 애용하는 택배 회사에서 김치 배달은 취급하지 않기로 한 모양이었다. 그렇다 해도 어떻게든 저 김치는 형에게 갈 것이니 내 상관할 바는 아니다. 그나저나 그녀의 준비는 잘됐는지 모르겠다. 나는, 딸기 두 개를 양손에 움켜쥔 채 방까지 따라 올라온 마짱을 내 어깨 위에 앉힌다. 녀석을 데려가려는 이유는 혹시 생길지 모를 사고를 대비하기 위해서다. 아마추어의 무대란 늘 불안하기 마련인지라, 의외의 상황 연출을 염두에 둬야 한다.

"보리 누나한테 무슨 일 생기면 네가 무대를 책임져야 해. 알았지?"

녀석은 딸기를 우적우적 씹어 먹을 뿐 대답이 없다. 나는 창문을 넘어 그녀의 지붕으로 건너간다. 그녀의 지붕에 발을 들여놓자마자 냉장고부터 열어본다. 냉동실에는 브라보콘이 들어 있고, 냉장실에는 동네 사람들의 입맛과 취향을 고려한 다양한 브랜드의 캔 맥주와 탄산음료가 빼곡히 들어차 있다. 풍성한 냉장고를 보고 나니 괜한 일을 벌려놓은 거 아닌가, 하고 주저되던 내 마음에도 용기가 생긴다. 확고한 그녀의 의지를 간접적으로나마 확인한 것 같아서다. 냉장고를 닫고 그녀의 창문을 두드리며 우리만의 암호를 댄다.

"목욕할 때 물이 나오지 않으면?"

열린 창문 사이로 핼쑥해진 그녀의 얼굴이 나타난다. 그녀가 물을 틀지 않으면 된다, 하고 대답하고는 내 다리부터 내려다본다. 그때 말한 대로 깁스를 풀었는지 확인하는 것이었다. 깁스가 그대로라는 사실에 그녀의 눈빛은 실망과 의심으로 가득 찬다. 표정이 심각해지더니 그녀가 아주 단정적인 어조로 말한다.

"저한테 거짓말한 거죠. 저 안심시키려고."

"아니에요. 바빠서 병원에 못 간 것뿐이에요. 봐요, 진짜 좋아졌다니까요."

보란 듯 지붕 위에서 두 발로 폴짝폴짝 뛰어 보인다. 그것으로도 부족해 아예 깁스한 발로 몇 발짝 뛰어 보이기까지 한다. 그제야 내 말이 진짜라는 걸 알고는 간신히 미소를 머금는 그녀였다. 사실 깁스는 그때 그녀에게 말한 이후로 당장 풀어버릴 생각이었다. 그런데 너무 일찍 풀어버리면 김대무 씨의 눈에 띌 것이고, 그러다 사장 귀에 들어가기라도 하면 사장이 의심해댈 게 뻔해 조금이라도 미뤄두려던 것이었다. 그런데 사장보다도 그녀가 먼저 의심을 하고 있으니, 얼른 풀어야 할 모양이다. 딜레마에 빠진 깁스라니. 뭐, 그러잖아도 목발 짚는 것도 신물 나던 터였고, 날도 점점 더워져가는 중이라

이래저래 잘됐다 싶다.

"그건 그렇고, 준비는 다 됐죠?"

"그게……."

"네?"

"아니…… 됐어요."

시원찮게 고개를 끄덕이는 게 왠지 좀 미심쩍어 보이긴 했지만, 그녀를 믿어보기로 한다.

"근데 안색이…… 긴장해서 그런가요?"

"잠을 못 자서……."

"그래도 어제 저한테 보여준 그 영상대로만 하면 될 거예요. 내용도 좋았잖아요."

"네……."

그녀는 어젯밤에 나를 지붕으로 불러냈다. 모놀로그는 큰 움직임 없이 혼자 할 수 있는 연기이다 보니, 그녀는 캠코더를 고정시켜놓고 자신의 연기를 직접 찍어봤다. 그걸 보여주기 위해 날 찾아온 그녀의 얼굴은 부끄러움에 많이 상기돼 있었다. 40분가량의 러닝타임 속 영상에는 지붕 위의 냉장고를 중심으로 한 자기고백이 잔잔하면서도 수줍게 펼쳐져 있었다. 나는 그녀의 그 영상을 통해, 별이 쏟아지던 날 밤 그녀가 나에게 들려줬던 얘기와 그녀가 미처 나에게 하지 못했던 말들을 들을 수 있었다. 그녀의 또 다른 이면과 그녀의 행복했고 슬펐던 과거와 추억과 기억은 한 편의 동화처럼 혹은 영화처럼 다가왔다. 그녀가 자신의 연기력에 대해 묻기에 나는, 전문가는 아니라 잘은 모르지만, 제스처도 적당하고 표정도 내용에 따라 잘 움직이는 것 같았다고 얘기해줬다. 무엇보다 내용이 좋았다는 내 칭찬에 그녀는, 내일도 잘해낼 수 있을 거라고 자신감에 차서는 돌아갔었다. 그랬던 그녀의 자신감은 하루 새에 핼쑥해져 있었다. 이해 못 할 바는 아니다. 그래도 어찌 됐든 시작은 해봐야 한다.

"그럼 준비하고 있어요. 동네 사람들 모을게요."

"저기……."

"네?"

"아, 아니에요."

나는 그녀의 창가 커튼을 잠시 닫아두고는 동네 사람들을 불러 모으기 시작한다.

"저기요, 바쁘지 않으면 작은 공연 하나 보고 가세요. 재밌는 공연이 곧 시작될 거예요. 아이스크림이랑 캔 맥주도 드려요. 탄산음료도 있어요. 이 지붕 위의 냉장고에 관해 궁금하셨던 분들! 오늘 그 궁금증 말끔히 풀어드립니다. 자, 빨리 오세요들. 날이면 날마다 오는 공연이 아니에요. 공짜 공연입니다. 아이스크림과 캔 맥주도 공짜로 드려요. 자자, 어서요, 어서!"

가장 먼저 마당을 쓸고 있던 현숙 아줌마가 빗자루를 든 채 집에서 나온다. 한두 사람이 모이면 무슨 일인가 하고 관심을 갖기 마련인지라, 사람들은 서서히 그녀의 집 앞으로 운집해온다. 역시 군중심리의 힘은 오묘했다. 어느새 루미코 씨도 보이고, 소설가 남씨 아저씨도 보인다. 그냥 지나가던 사람들도 하나둘씩 발걸음을 멈춰 세운다. 낯선 사람들 틈으로 늙고 뚱뚱한 욕쟁이 최씨 할아버지와 주황주택단지의 칸트인 강대평 어르신까지 보인다. 그들은 지붕 위의 나를 올려다보며 '무슨 일이야?', '공연이라니? 누가요?', '자네가 연극을 하겠다는 겐가? 그 꼴로? 하하하', '정말로 아이스크림이랑 맥주는 공짜로 주는 거예요?', '보고 나서 돈 내라고 하는 건 아니지, 장호 총각?'이라고 각자 중구난방으로 떠들어댄다. 웅성대는 소리에 무슨 일인가, 하고 지나가던 사람들의 발걸음까지 돌려세워진다. 정말로 공연을 한다는 건지, 진짜로 아이스크림과 맥주를 공짜로 준다는 건지, 의심의 눈초리가 곳곳에서 발견되자 나는 냉장고를 열어 보인다. 그리고 아이스크림과 캔 맥주와 캔 콜라를 하나씩 꺼내 무리를 향해 던진다.

"자, 아무나 받으세요."

"정말로 주는 모양이네."

"제가 거짓말하는 거 봤습니까?"

이쯤이면 준비가 끝났겠지 싶어 나는, 닫아둔 그녀의 창가 커튼을 열고 그녀를 부른다.

"누나, 빨리 나와요. 사람들이 생각보다 많이 모였어요."

그녀가 커튼 사이로 밖을 내다본다. 휘둥그레진 그녀의 눈이 불안하게 떨린다. 그러더니 얼굴이 하얗게 질려버리는 게 아닌가.

"왜 그래요?"

"모…… 못 하겠어요."

"네?"

"갑자기 머릿속이…… 심장도 두근대고…… 저 못 할 것 같아요. 아니 못 해요!"

"장난치지 말고 빨리 나와요."

"몽땅 잊어버렸어요. 준비했던 말이 하나도 생각이 안 나요."

"그럼 저 사람들을 바위라고 생각해요."

"바위가 아닌데 어떻게 바위라고……."

"답답하긴! 그럼 사람들이 하나도 없다고 생각해봐요."

"있는데 어떻게 없다고……."

오! 하느님 아버지, 왜 저를 시험에 들게 하시나요. 왜 저 여자를 저한테 보내셨습니까. 시간이 지체되자 등 뒤에서 웅성거리는 소리가 들려오기 시작한다. 결국 그녀는 나에게 미안하다는 말과 함께 방문을 열고는 무책임하게 나가버린다. 하얘지는 내 머릿속. 그녀의 수줍음이 결국 일을 벌이고 만 것이다. 나는 동네 사람들을 향해 고개를 돌린다. 그새 사람들은 더 불어나 있었다. 무리는 유혹의 대상이자 호기심의 대상이니 당연했다. 무슨 말이든 해야 할 상황이었다.

"저기, 우리 배우님께서 꽃단장을 하느라 좀 늦어지는 모양입니다. 그러니까…… 음…… 아, 이 지붕 위의 냉장고 궁금하셨죠? 이 냉장고로 말씀드릴 것 같으면……."

나는 냉장고로 걸어가 동네 사람들에게 냉장고 문을 활짝 열어 보인다. 그러고는 우선 브라보콘과 맥주와 탄산음료를 꺼내 사람들에게 마구잡이로 던진다. 차갑고 시원한 아이스크림과 맥주를 받아든 사람들의 표정은 다행히 밝아진다. 강대평 어르신이 묻는다.

"저거 진짜 돌아가는 냉장고였나?"

"네, 태양열로 가동되는 거라네요."

"거 참 신기한 냉장고로구만."

"그렇죠? 하하하하."

"근데 공연은 언제 시작해? 무슨 공연인데? 장호 총각이 하는 거 아니었어?"

"그게……."

이럴 때 마짱이라도 재주를 좀 부려주면 좋으련만, 녀석은 내 어깨에서 아예 내려올 생각을 않는다. 그때였다. 한 사람이 뭐야, 하고 짜증 섞인 목소리로 자리를 뜨자, 뒤이어 두 사람이 자리를 뜨더니, 세 사람이 걸음을 돌려버린다. 뒷짐을 지고 서 있던 소설가 남씨 아저씨가 기회는 이때다 싶었는지 험상궂은 얼굴로 말한다.

"자넨 염탐 짓으로도 모자라 사람 갖고 장난질인가! 우리가 그렇게 한가해 보였나!"

"그게 아니라……."

현숙 아줌마가 덧붙여 말한다.

"뭐야, 장호 총각, 바쁜 사람 불러놓고. 그래도 공짜로 아이스크림 얻어먹었으니까 봐줄게. 나 가. 청소하다 와서……."

"날도 더운데, 짜증나게 뭐야!"

싸늘하게 흩어지는 사람들. 그녀는 끝내 나타나지 않고, 마짱은 내 어깨에 얌전히 앉아 있으며, 냉장고는 거의 비어버렸다. 그렇게 모두가 사라져간 자리에 단 한 사람이 외로이 서 있었으니, 바로 추가을 양이었다. 추가을 양이 말한다.

"아저씨, 저도 브라보콘 하나만 던져주세요."

"넌 그냥 지나가는 길이었잖아."

"아저씨 때문에 저도 학원 시간 늦었단 말이에요."

나는 한숨을 내쉬며 냉동실에 남아 있는 세 개의 브라보콘 중에 하나를 추가을 양에게 던져준다.

"사실은 늦어도 상관없어요. 수학 학원이거든요. 근데 정말로 공연을 하긴 하려던 거였어요? 무슨 공연인데요? 누가요? 아저씨가요?"

"골치 아프니까 하나씩만 물어. 아니 묻지 마. 학원 늦었다며. 얼른 가."

"수학 학원이라 안 가도 돼요."

"아이스크림 하나 더 줄 테니까 빨리 가."

냉장고에서 브라보콘 하나를 더 꺼내 추가을 양에게 던진다. 시니컬한 추가을 양의 얼굴에서 웃음꽃이 핀다. 아직 애는 애였다. 아이스크림을 받아 든 추가을 양이 말한다.

"공연이란 건 사정에 의해 언제든 취소될 수 있어요. 사람이 하는 일에는 항상 실수가 따라다니는 법이거든요. 다음에 하면 되잖아요.

그러니까 힘내세요, 아저씨.”

그렇게 시니컬하던 추가을 양한테서 위로의 말을 들어보다니. 내 상황이 많이 안돼 보이긴 한 모양이었다. 추가을 양이 잘 먹겠다는 표시로 브라보콘을 흔들며 주황주택단지를 빠져나간다. 뭔가 아쉬운 듯, 추가을 양이 애처로운 눈으로 뒤돌아 날 쳐다보더니 또 한마디 던진다.

“오늘은 깁스 환자처럼 보이네요, 아저씨.”

“그래, 그거 다행이다.”

그러나 닫힌 내 입에서는 이내 헛웃음이 터져 나온다. 추가을 양마저 가버린 그녀의 집 앞에는 이제 아무도 없다. 그녀를 이해 못 하는 건 아니었다. 자신의 얘기를 모르는 시선들에게 고백하는 셈이니 쉬운 일은 아니었을 것이다. 혼자 방 안에 앉아 캠코더 렌즈를 바라보며 하던 연기와는 많이 달랐을 것이다.

“그래도 그렇지.”

아니다. 그녀의 잘못이 아니다. 그렇게 수줍음이 많은 그녀가, 내 앞에서도 개미 기어가는 목소리로 말하는 그녀가, 이 일을 한 번에 해낼 수 있을 거라고 생각한 내가 바보였다. 하지만 내 노고와 입장을 조금이라도 헤아렸더라면 저렇게 무책임하게 돌아서진 않았을 것이다. 그게 좀 서운할 뿐이다. 나는 그녀의 창으로 다가가 소리친다.

“누나, 나와봐요. 사람들 다 갔어요.”

그러나 닫힌 방문은 열리지 않는다.

"화 안 낼 테니까 나와보라고요."

그러나 치밀어 오른 화는 내 입에서 해서는 안 될 말을 만들어낸다.

"그러니까 누나가 따돌림을 당하는 거라고요!"

내 목소리만이 그녀의 빈방을 맴돌 뿐, 그녀는 끝내 나타나지 않는다. 결국 그녀의 지붕 위에는 냉장고와 나만 쓸쓸히 남는다. 나는 냉장고를 열어 남아 있는 카프리 맥주 하나를 꺼내 마신다.

"누난 그렇다 치고, 넌 뭐냐? 이럴 때 재주라도 넘어주면 좋았잖아. 꼭 필요할 땐 새색시처럼 얌전해지지."

나는 그만 그녀의 지붕에서 우리 집 지붕으로 건너간다. 창문을 넘어 목조 계단을 밟아 내려간다. 고작 맥주 하나 얻어 마시려고 오늘 그 많은 사람들 앞에서 그 짓을 했나 싶어 또 화가 나려고 한다. 그런 내 기분과 달리 거실의 엄마는 두 대의 텔레비전을 보며 아이고 배야, 를 외치고 있다.

"엄만 뭐가 그렇게 재밌어?"

"하하하하, 아이고 배야."

사람들은 점점 기다림과 여유와 느림에 익숙해지는 법을 잊어가는 것 같다. 어쩌면 그것은 저 텔레비전을 비롯한 모든 기계 문명이 만들어낸 부작용 같은 것인지도 모른다. 텔레비전을 켜자마자 울고 웃을 수 있고, 흥분하고 광분할 수 있는 프로그램들이 단 1초의 기다림도 없이 우리 앞에 나타나는 세상에 살고 있으니 당연하다. 가스불과 전자레인지에 의해 금방 만들어지고 데워지는 음식들, 밖으로 나가지 않아도 금방 운동을 할 수 있는 세상, 금방 면도를 하고, 금방 옷을 빨고, 금방 청소가 되고, 금방 공간 이동이 가능한 세상에 사는 우리이니, 잠시의 기다림은 몇억 광년의 기다림처럼 느껴질 수밖에 없을 것이다. 그러니 그녀를 탓할 일도, 잠깐의 기다림과 인내를 보여주지 못한 동네 사람들을 탓할 일도 아니었다. 내가 탓할 수 있는 건, 저 텔레비전과 같은 전자 기계를 비롯한 속력과 속도에 침잠돼 버린 우리의 생활 그 자체다. 그러니까 이게 다 저놈의 텔레비전 때문인 것이다. 한바탕 웃고 난 엄마가 내 얼굴은 쳐다보지도 않은 채 묻는다.

"밖이 시끄럽던데, 무슨 일 있니?"

"아니."

"네 목소리도 들리는 것 같던데."

"나야 원래 동네 사람들하고 얘기 잘하잖아. 피곤해. 샤워하고 좀 자야겠어."

"근데 넌 그 꼴로 샤워가 되니?"

"깁스 생활 몇 달쨌데 요령 하나 안 생겼을까 봐. 엄마가 씻겨줄 거 아니면 잔소리 그만해."

찌그러뜨린 캔 맥주를 휴지통에 던져 넣고는 속옷을 챙겨 들고 욕실로 들어간다. 오늘은 여유롭게 거품 목욕을 해볼 참이다. 나만이라도 기다림과 여유와 느림으로 치장된 시간의 미학을 만끽하고 싶다.

29

긴 외출에서 돌아오는 길이다. 택시 옆자리에는 마트에 들러 사온 오늘의 요리 재료들과 내 왼발 깁스가 놓여 있다. 한쪽이 잘린 통깁스는 입을 쩍 벌린 채 나를 노려보고 있다. 퇴원 이후 다시 만나게 된, 내 주치의를 자처해준 사촌 형은 깁스를 자유자재로 팔다리에 끼웠다 벗어젖히는 나를 보고는 신기해했다. 어릴 때 나한테 빚진 게 많아 그 업보로 부풀린 진단서까지 끊어줬던 사촌 형. 퇴원하던 날, 풀지 않은 왼쪽 팔다리 깁스는 집에서 혼자 빼보겠다던 내 말에 코웃음을 치며 불가능을 외쳤던 형이, 어떻게 도구도 없이 깁스를 통째로 빼낼 수 있었던 거냐고 신기해하며 물어왔다. 그래서 나는 이렇게 대답했다.

"형네 병원 밥 얼마나 맛없는지 모르지? 그거 두 달만 먹어봐. 살

안 빠지고 배기나."

정말이었다. 통깁스를 아무런 도구도 없이 빼낼 수 있었던 건 빠진 살 덕분이었다. 가짜 환자 행세를 좀 해야겠다고 했을 때, 꼭 이렇게까지 해야 하는 이유를 대라던 사촌 형에게 내가 했던 말이 생각난다.

"형은 사장 새끼의 만행을 몰라서 그래. 난 이렇게 해서라도 아주 오래오래 푹 쉬어야겠어."

아주 오래오래 푹 쉬어야겠다는 내 말에 측은함을 느꼈는지, 사촌 형은 더 이상 아무것도 묻지 않고 날 도와줬다. 그랬던 사촌 형이 오늘은 내 공갈 깁스에 전동 톱을 들이대며 또 물어왔다.

"근데 왜 벌써 연극을 끝내려는 거야?"

"또 다른 연극을 하기 위해서라고 해두지."

사촌 형은 고개를 갸웃거리며 웃기만 할 뿐, 이번에도 더 이상 묻지 않았다. 나는 마트 봉지와 깁스를 들고 택시에서 내린다. 현관문을 열고 들어서자 마짱이 내 몸에 엉겨 붙는다. 두 대의 텔레비전을 보고 있는 엄마가 현관문 열리는 소리를 듣고서는, 아침부터 말도 없이 어딜 그렇게 싸돌아다니는 거냐고 볼멘소리로 묻는다.

"다리 다친 거 맞니?"

"엄마, 나 좀 보고 얘기해."

"새삼스레 보기는."

말은 그렇게 하면서도 엄마는 텔레비전에 붙박여 있던 시선을 내게로 옮긴다. 내 손에 들린 다리 깁스를 보더니 깜짝 놀라서는 어떻게 된 거냐고 묻는다.

"어떻게 되긴. 뼈 붙은 거지. 성주 형이 사진 찍어보더니 풀어도 되겠대. 근데 팔은 아직이야."

"뼈가 그렇게 일찍 붙기도 한다니?"

"내가 워낙 건강 체질이잖아."

"하여튼 별나. 고생했다. 올라가 쉬어라."

"응."

"근데 냄새나게 그건 왜 들고 왔어? 재수 없으니까 당장 버려."

"내가 그때도 말했잖아. 지난날의 고통이란 건 기억해둘 필요가 있는 거라고."

"말은 그럴싸하지. 봉지에 든 건 뭐야? 먹을 거?"

"엄마 눈엔 다 먹을 걸로만 보이지."

"올라가."

당신 아들의 불편이 조금 가벼워졌다는 생각 때문인지 텔레비전으로 향한 엄마의 얼굴에는 가벼운 미소가 번진다. 나는 그런 엄마를 뒤로하고 위층으로 올라간다.

내 방으로 들어온 나는 왼쪽 다리 깁스를 책장 맨 위에 올려놓는다. 왼쪽 다리의 환자 행세를 끝내고 나면 마냥 좋을 줄 알았더니, 이상하게 꼭 그렇지만도 않다. 홀가분하면서도 왠지 허전한 것이, 시원하면서도 한편으론 섭섭한 것이, 좀 그렇다. 고통과 불편함에도 정이라는 게 붙는 걸까. 그것은 곧, 고통스럽고 불편했던 지난 시간들이 온전히 고통스럽고 불편한 시간이었던 것만은 아니라는 반증일 터다. 그게 좋은 것이든 나쁜 것이든, 떠난다는 그 자체에는 아쉬움이 숨어 있었다.

고통의 시간 진열을 마친 나는 마짱과 함께 창문을 가뿐히 넘어 그녀의 지붕으로 건너간다. 깁스에서 자유로워진 다리로 지붕을 건너본 게 얼마 만인가. 떠나보낸 고통과 불편이 조금은 서운하다 해도, 역시 그런 것들은 있는 것보다 없는 게 낫다. 나는 고통이 남겨두고 간 선물을 온몸으로 만끽하며 그녀의 창문을 두드린다. 목욕할 때 물이 나오지 않으면, 이라고 말하자 그녀가 기다렸다는 듯 창문을 열어주며 물을 틀지 않으면 된다, 라고 화답한다.

오늘은 그녀의 집 부엌에서 요리를 하기로 한 날이다. 내가 직접 요리를 하는 게 아니라, 내 지시에 따라 그녀가 나 대신 요리를 해주기로 한 것이다. 그녀는 그때 실패한, 지붕 위의 연극에 대해 나에게 미안해하고 있었다. 얼마나 미안했는지, 그녀는 연극이 실패하던 날 밤에 내 방 창문을 두드렸다. 내 얼굴을 보자마자 그녀는 사과의 말과 함께, 그 미안함에 대한 보답으로 무슨 부탁이든 들어주겠다고 했다. 나는 괜찮다고 했지만, 그녀는 자기 때문에 내가 동네 사람들에게 양치기 소년이 돼버렸다면서, 그러니까 자기는 괜찮지 않다고, 그러니까 뭐든 들어줄 테니 말해보라는 것이었다. 그녀는 끈질기게 대답을 요구해왔다. 그래서 고민 끝에 나 대신 요리를 해달라고 말해버렸다.

"만들어둔 레시피가 좀 있는데 깁스 때문에 요리를 할 수 없어 답답했거든요. 머릿속으로 맛을 상상하는 것에도 한계가 있더라고요."

나는, 어떤 맛이 나는지 알아보고 싶은 레시피가 하나 있다고 덧붙인 뒤, 물론 엄마한테 만들어달랠 수도 있지만, 집에서 요리를 하게 되면 엄마가 식탐을 부리기 때문에 안 된다는 핑계를 댔다. 물론 그녀는 한 치의 망설임도 없이 내 부탁을 들어주겠다고 했다. 그러면 그날 토스터 앞에서 재주를 넘는 마짱의 모습도 보여주겠다고 하자, 오히려 그녀가 이날을 더 기다리는 눈치였다. 나는 마트 봉지를 받아 든 그녀에게 말한다.

"우선 제 다리부터 보시죠."

"어머, 정말 풀었네요?"

"제가 다 나았다고 했잖아요. 주치의도 놀라던 걸요. 뼈가 이렇게 빨리 붙을 리가 없다면서요. 이제 알겠죠? 누나는 재수 없는 여자가 아니라는 거요."

"축하해요. 별을 보기 위한 튼튼한 두 발과 두 다리가 된 거."

나는 그녀의 창문을 가뿐히 넘어가는 것으로 다리가 완벽히 나았다는 걸 과시한다. 입을 벌리지 않고 웃으니 그녀의 눈이 모처럼 반달 모양이 된다. 손톱을 깎던 중이었는지, 그녀의 방바닥에는 손톱깎이와 손톱 조각들이 널브러져 있다.

"손톱 깎는 중이었어요?"

"네, 다 깎았어요."

"오늘은 무사해요?"

"뭐가……."

"손톱요. 실종된 건 없죠?"

"다행히……."

옛 기억이 떠올랐는지 그녀가 미소를 지으며 손톱 상자에 손톱을 정리해 넣는다. 그런 그녀를 보고 있는데 이런 의문이 스친다. 그녀가 그때 손톱을 깎다 손톱을 잃어버리지 않았다면 어땠을까. 더 거슬러 그녀의 친엄마가 그녀의 손톱을 모으려 하지 않았다면 어땠을까. 그랬다면 그녀와 내가 이렇게 가까워지는 일은 없었을 것이다. 보잘것없는 손톱 하나에도 인연을 만들어내는 힘이 존재하고 있었다.

그녀가 나를 빤히 쳐다보며 왜 웃느냐고 묻는다.

"제가 웃었어요?"

"지금도 웃고 있는데요."

"그래요?"

나는, 식빵도 사왔다고 말하며 그녀와 함께 그녀의 부엌이 있는 아래층으로 내려간다. 세상만물의 오묘한 이치란 참으로 이상하고도 이상한 것이었다.

30

앞치마를 두른 그녀가 마트 봉지에 든 요리 재료들을 식탁 위에 꺼내놓는다. 그녀가 요리 준비를 하는 동안 그녀의 집을 둘러본다. 걸음은 그랜드피아노 앞에서 멈춘다. 피아노 뚜껑을 열어 건반 몇 개를 만지작대며 그녀에게 묻는다.

"누나도 피아노 잘 치겠네요?"

"전혀요."

"왜요? 보고 자란 게 있잖아요."

"아빠 말로는 어릴 때 제가 그렇게 피아노 건반을 무서워했대요. 피아노 앞에만 앉혀놓으면 울었다나 봐요. 왜 다들 어릴 땐 이상한 구석 한 가지씩은 있잖아요."

"맞아요. 전 꼬맹이 때 새엄마를 갖고 싶었어요. 해마다 엄마가 바꾸면 좋을 거라 생각한 거죠. 나중엔 새엄마의 실체를 알고는……
아, 미안해요.”

“괜찮아요. 저희 새엄만 진짜 좋은 사람이니까.”

피아노로 뛰어오른 마짱이 건반을 마구잡이로 밟아댄다. 밟을 때
마다 소리가 나는 피아노가 신기했는지 녀석의 움직임이 빨라진다.
그러나 소음 수준으로 치닫는 피아노 소리에 귀가 시끄러워진 나는
피아노 뚜껑을 닫아버린다. 마짱이 재밌어 한다고 생각한 그녀가 말
한다.

“그냥 둬도 되는데.”

“이러다 민원 들어와요. 시끄럽다고.”

그녀의 집 안 곳곳에 놓인 화분들은 싱그럽고 건강하다. 이파리들
은 모두 윤기가 흐른다. 꽃을 피워 올린 화분들도 몇 개 보인다. 허리
를 구부리고 화분에 얼굴을 들이대는 나를 보고는 그녀가 말한다.

“아참, 며칠 전에 나무 의사가 다녀갔어요. 마당 벚나무 있잖아요, 병이 걸렸
었대요.”

그러고 보니 예전에 비해 그녀의 집 벚나무가 많이 생기 있어졌다
했더니, 나무 의사의 처방 때문이었나 보다. 그렇다면 지금까지 이
집 벚나무가 시들시들했던 이유가 집터의 안 좋은 기운 탓이 아니었
다는 얘긴가. 잘 자라고 있는 그녀의 집 화분들만 봐도 그런 것 같기
는 하다. 나를 비롯한 이 집에 대한 동네 사람들의 불운한 시선이 한
갓 오해에 지나지 않았다니.

“나무 의사가 그러는데, 내년 봄에는 다른 집처럼 분홍 꽃이 만발할 거래요.”

“그래요. 다행이네요.”

그렇다면 그동안 이 집을 거쳐간 사람들은 왜 한 번도 벚나무에 병이 들었을 거라고 생각하지 못했던 걸까. 혹 수줍음이 없었기 때문은 아니었을까. 어쩌면 그녀가 가진 느린 수줍음에는 세상만물에 대한 통찰과 이유와 해석의 열쇠가 들어 있는지도 모른다. 수줍음이란 속단하지 않는 느림의 사고가 빚어낸 성격과 마음에서 비롯된 것이니까.

그녀가 요리 준비가 다 됐다며 나를 부엌으로 부른다. 오늘 그녀가 나 대신 만들어줘야 할 요리는 흰 살 생선과 오징어를 이용한 야채말이 정도로 설명할 수 있겠다. 얇게 포를 뜬 흰 살 생선 위에 가늘게 채를 썰어 볶아낸 오이, 당근, 아스파라거스, 표고버섯, 붉은 고추, 노랑 피망, 바질 등을 넣고 모차렐라 치즈를 뿌린 다음 흰 살 생선을 김밥처럼 마는 것이다. 그리고 오징어를 다져 넣은 밀가루 반죽으로 옷을 입힌 다음 튀겨내면 끝나는, 아주 간단한 요리다. 물론 요리 과정 중에 각각의 재료 맛을 살려내야 하는 섬세하고 까다로운 작업도 존재한다. 하지만 내 지시대로 그녀가 잘만 따라와준다면 내가 상상하는 맛을 살려낼 수 있을 것이다.

그녀 옆에 선 나는 그녀에게 일단 흰 살 생선에 묻어 있는 물기를 키친타월로 닦아내라고 지시한다.

“그런 다음 청주에 살짝 재워둘 거예요. 비린내를 제거하기 위해서요."

"어쩌죠, 집에 청주가 없는데……."

"아, 집에서 챙겨온다는 걸 깜빡했네요. 와인도 괜찮은데, 와인은 있죠?"

그녀가 다행이라는 듯 고개를 끄덕인다. 오징어 손질을 시작으로 그녀의 느리지만 수줍은 요리는 시작돼간다. 매일 다른 사람에게 요리를 해주는 것도 좋지만, 다른 누군가가 나를 위해 요리를 해주는 것도 나쁘지 않은 것 같았다. 앞치마가 잘 어울리는 여자라면 더더군다나.

31

요리가 완성되는 데에 족히 세 시간은 걸린 듯했다.

느린 손놀림으로 아주 느리게 완성된, 가칭 '흰살생선오징어야채말이'가 기름 속에서 건져 올려진다. 레시피 노트와 머릿속으로만 상상해오던 그 맛이 그대로 맞아떨어질지 궁금했다. 노릇노릇하게 잘 익은 것이, 모양새는 일단 합격이었다. 기름이 빠지길 기다리는 동안 나는 그녀를 도와 한 손으로 어질러진 부엌을 정리한다. 그녀도 맛이 궁금했는지 나를 쳐다보며, 잘라볼까요? 라고 슬쩍 물어온다.

"아직요. 좀 더 식힌 다음에 잘라야 모양이 부서지지 않거든요. 지루하면 저 녀석 재주나 한번 볼까요?"

"그러고 보니 요리하는 데 정신이 팔려 잊고 있었네요."

나는 그녀의 토스터에 식빵 두 개를 넣고 타이머를 맞춘다. 본능적으로 토스터를 알아본 마짱이 제 발로 그 앞에 가 앉는다. 그녀와 나는 숨죽이며 타이머가 멈추기를 기다린다. 그리고 통, 하는 소리와 함께 토스터가 두 개의 식빵을 밀어 올리자 녀석이 연거푸 세 번이나 재주를 넘는다.

"어머, 정말로 재주를 넘네요. 귀여워라."

또 한 번 보고 싶은지 그녀가 토해져 나온 식빵을 다시 밀어 넣으며 타이머를 맞춘다. 통, 소리에 녀석은 파블로프의 개처럼 또 재주를 넘고, 그녀는 그에 맞춰 또 한참을 웃어댄다. 저렇게 귀여운 녀석인데, 처음 만났을 땐 왜 그렇게 무서워했는지 모르겠다며, 그녀가 지난날을 회상한다.

"저도 그때 생각하면 웃음이 나요."

"뭐가요?"

"왜 겁에 질려 꼼짝 못하던 누나가 다급해지니까 덥석 마짱을 잡아 저한테 넘기던 모습요. 한편의 코미디 같았던 거 모르죠? 그때 집에 돌아와 얼마나 웃었는지……."

"그랬겠네요."

이제 잘라봐도 되겠다는 말에 그녀가 잊고 있었다는 듯 아, 하고 말하며 도마 위에 노릇노릇한 덩어리를 올린다. 그리고 칼로 가운데를 조심스럽게 가른다. 살며시 스며 나온 하얀 치즈에 그녀의 입이 벌어진다.

"색깔도 예쁘네요. 빨리 먹어봐요."

그녀가 먼저 반 덩어리를 입에 넣고 오물거리자, 나도 바로 한입 밀어 넣는다. 씹을수록 서로를 쳐다보는 눈이 점점 커진다. 맛은 내가 상상했던 것 이상이었다. 치즈를 넣을지 말지 고민했었는데, 넣길 잘했다는 생각이 든다. 이 맛에 어울릴 만한 소스만 만들어낸다면, 다음 시즌 메뉴 개발 때 선보여도 될 것 같았다.

"음, 정말 맛있네요. 비릿할 줄 알았는데 그렇지도 않고."

"처음엔 깻잎을 넣을까 고민했었는데, 바질 향이 더 나은 것 같죠?"

"네, 상큼한 향이 맛있어요. 만들어 팔아도 되겠어요."

"그럴려고 만들어본 거잖아요."

"아, 그렇죠. 호호호호."

봄날을 닮은 그녀의 웃음소리가 부엌 전체에 울려 퍼진다. 그녀의 웃음 파동이 내 휴대폰을 건드리기라도 한 걸까. 그녀의 웃음과 동시에 바지 뒷주머니에 넣어둔 휴대폰이 진동을 한다. 기름 묻은 손으로 휴대폰을 꺼내자니 귀찮아 관두려는데, 그녀가 눈치껏 꺼내준다. 그러나 금세 끊겨버린 진동음이었다. 전화를 걸어온 이는 평소 연락이 뜸했던, 한진수라는 친구였다. 필요하면 다시 걸겠지 싶어 휴대폰을 식탁 위에 내려놓는다.

아무리 기다려도 자기한테 먹을 게 돌아오지 않자 화가 난 마짱이 자리에서 방방 뛰어대기 시작한다. 자기도 옆에 있다는 사실을 알리려는 마짱의 행동이었다. 자기 존재를 온몸으로 드러낸 마짱이 대견해 보였는지, 그녀가 야채말이를 통째로 마짱에게 건넨다. 내가 너무 많이 주는 거 아니냐며 골난 사람처럼 푸념을 하자, 마짱은 약 올리듯 연거푸 재주를 넘는다.

"저 얄미운 것 좀 봐요. 누나, 저거 다시 뺏어버릴까요?"

"그럴까요?"

마짱과 나 사이의 신경전에 그녀가 까르르, 웃는다. 이런 순간을 또 방해라도 하려는 듯, 휴대폰 진동음이 다시 울린다. 이번엔 엄마였다. 방에서 자고 있는 줄 알고 있을 텐데 웬 전화일까. 통화 버튼을 누른다. 귀를 때리는 엄마의 목소리에 휴대폰이 귀에서 멀찌감치 떨어진다.

―몇 번을 불렀는데 왜 대답이 없어!

―왜?

―얼른 내려와봐.

―무슨 일인데?

―장호가…… 이를 어째.

―누구? 마장호?

―그래.

―장호한테 전화 왔었어?

―일단 내려와봐. 빨리.

울먹임 섞인 엄마의 목소리에서는 미세한 떨림이 감지되고 있었다. 나는 엄마와 통화를 끝내자마자 그녀의 방으로 뛰어올라간다. 무슨 일이냐고 묻는 그녀에게 나는 모르겠다는 대답만을 남긴 채, 그녀의 지붕을 거쳐 내 방으로 들어간다. 아래층으로 내려가자, 엄마는 불안하게 거실을 왔다갔다하고 있었다. 엄마를 소파에서 일으켜 세울 정도의 일이라는 게 뭘까. 불길한 느낌이 성큼 다가온 만큼, 묻고 싶은 용기는 저만치 달아난다. 그러나 물어야 했다. 잠시 머뭇거리다 겨우 입을 뗀다.

"장호가 왜? 안 좋은…… 일이야?"

"그게…… 방금 진수 놈한테서 전화가 왔는데……."

엄마는 여전히 울먹이고 있었다.

"빨리 말해봐."

"사고가 났다는데……."

"장호가? 그래서?"

"불쌍해서 이를 어째……."

차마 말을 잇지 못한 엄마가 울음을 터뜨린다. 답답해진 나는 한진수에게 전화를 건다. 울먹이는 한진수 역시 말을 제대로 잇지 못하고 있었다. 기차 탈선 사고라고 했다.

—거짓말.

—그 자식 불쌍해서 어쩌냐.

—장난 그만해.

—대사관에서 연락이 왔다나 봐.

—말도 안 돼.

그러니까, 그러니까 말이다, 마장호가 이탈리아란 낯선 나라에서, 제 갈 길을 잃어버린 기차 안에서 죽었다는 얘기였다. 그 많고 많은 사람 중에 하필이면 왜……. 나는 아닐지도 모른다는 한 가닥 희망으로 마장호에게 전화를 건다. 응답이 없다. 내 전화라면 득달같이 받아주던 마장호가 응답이 없다. 힘이 풀린 다리가 그대로 나를 바닥으로 주저앉힌다. 또 다른 나이기도 했던 장호가 내 허락도 없이 이 세상에서 사라져버린 것이다. 갑작스러운 사고와 현실 같지 않은 현실 앞에 내 머리는 바보처럼 벙벙해진다.

"왜…… 왜!"

내 고함에 이어 마장호의 죽음을 다시 한 번 확인한 엄마가 더 크게 울음을 터뜨린다. 나쁜 시간이 내 심장을 찌른다.

32

별이 유난히 밝게 빛나는 밤이다.

검은 양복을 입고 거실로 들어선 나를 엄마와 아버지가 조용히 맞는다. 나는 까칠하게 돋아난 턱수염을 만지작대며 말없이 위층으로 올라간다. 부엌에서 간식을 먹고 있던 마짱이 집에 돌아온 내 몸에 엉겨 붙어서는 놓아주지 않는다.

마장호의 사고는 내가 사고 소식을 접한 지 하루 전인, 한국 시간으로 오후 여덟시쯤이었다. 마장호가 죽어간 그 시각에 나는 뭘 하고 있었을까. 지붕 위에 앉아 밤하늘을 보고 있었을까. 아니면 유리 천장을 바라보며 수음을 하고 있었을까. 생각나지 않는다. 그날 아홉시 뉴스 외신에서는 레일을 벗어난 이탈리아 기차가 보였다. 기울어지고 찌그러진 기차에서는 희뿌연 연기가 계속해서 피어올랐다. 다리 난간 아래로 처박힌 기차의 가운데 토막은 처참하고 끔찍하게 죽어가고 있었다. 사상자 수는 200여 명에 육박할 거라고 했다. 거기에 여행 중이었던 마장호와 마장호가 사랑한 클레아가 있었다.

마장호는 숨진 지 일주일만에 가족과 함께 인천공항으로 입국했다. 유골함에 담긴 채였다. 어떻게 사람이 그렇게 작은 단지 안에 들어가 있을 수 있는 건지 알 수 없었다. 어떻게 그 먼 나라에서 전화로 날 귀찮게 해대던 놈이 한순간에 조용해질 수 있는 건지도 모르겠다. 세상이 온통 고요해져버린 기분이었다.

한국으로 돌아온 마장호는 가족 납골당에 안치되었다. 마장호의 엄마는 이런 꼴로 돌아오려고 부모 말을 그렇게 안 들었던 거냐며 원망의 소리를 해댔고, 마장호의 두 누나들은 하염없이 눈물만 훔쳐냈다. 너무 냉정들 해서 평생 눈물이라곤 모를 줄 알았던 마장호의 가족들도 죽음 앞에서는 어쩔 수 없는 인간들이었다.

지붕 위의 방으로 돌아온 나는 옷도 벗지 않은 채 그대로 침대에 눕는다. 왼팔에 끼워진 통깁스를 보고 있는데, 이런 내가 한심해 보였다. 거기다 마짱은 내 앞에서 폴짝폴짝 뛰더니 재주까지 넘는다. 기분이 최고로 좋다는 뜻일까, 기분이 최고로 안 좋다는 뜻일까. 표정으로 봐선 기분이 좋아서 넘는 재주이기에 더 기가 막힌다. 자기 주인의 죽음을 아는지 모르는지. 저 녀석을 어떡하면 좋을지 모르겠다.

나는 유리 천장으로 밝게 쏟아져 들어오는 별을 바라보며 마장호가 내 밤들과 통화하던 날들을 떠올린다. 마장호의 말대로 우리의

평행이론이 맞다면, 내가 사고를 당해 깁스를 했듯이 마장호 너도
사고를 당해 깁스만 했어야 했다고, 나는 화가 나 말한다.

"내가 살았듯이 너도 살았어야지, 나쁜 새끼야."

눈가에 맺힌 눈물이 소리 없이 떨어진다. 죽어버린 놈은 생각하지
말라는 건지, 아니면 나를 위로하기 위함인지, 방문 너머로 계단을
밟는 소리가 삐거덕삐거덕, 들려온다. 엄마일 리가 없으니 아버지의
발소리일 것이다. 엄마는 살이 찐 이후로 한 번도 내 방을 올라와본
적이 없다. 그런데 열린 방문 앞에 서 있는 사람은 아버지가 아닌 엄
마였다. 옷을 벗고 눕지 그러냐며, 엄마가 내 침대 가까이 다가와 앉
는다. 나는 엄마 몰래 관자놀이에 남아 있는 눈물 자국을 훔친다. 내
보물 1호인 유리 천장을 처음으로 올려다보며 엄마가 말한다.

"멋지네. 이렇게 멋진 걸 지금까지 너 혼자만 봤다는 거지?"

"뚱뚱해진 엄마 탓이지 뭐."

"별도 많이도 떴네. 참 신기하지 않니? 하늘에 반짝이는 게 떠 있
다는 게."

"그러게."

그러고 보니 엄마와 함께 별을 본 게 얼마 만인지 모르겠다. 지붕
위에 앉아 엄마에게 요리사가 되고 싶다고 말하던 이후로 처음이니
3년은 넘은 것 같다. 엄마가 말한다.

"저 별들 하나하나에 빗대면 우린 아무것도 아니지 싶다. 생각해
보면 삶이라는 것도 죽음이라는 것도 아무것도 아니지 싶어."

"……."

"우리 이렇게 생각해버리자. 장호 그놈은 어차피 한국 땅에 들어오지 않을 놈이었다고. 그러니까 그냥 이태리에 계속 살고 있다고 생각해버리는 건 어때? 한국에 있는 네가 결혼을 하면 그놈도 거기서 결혼을 했다고 생각해버리고, 한국에 있는 네가 아이를 낳으면 그놈도 그 나라에서 아이를 낳아 잘 살고 있다고……."

"……."

"버릇이 없어져서 연락을 좀 안 하고 사는 놈이 돼버렸다고 생각하면……."

"그럴까. 그러지 뭐……."

정말 엄마 말대로 연락을 좀 안 하고 사는 싸가지 없는 놈이 돼버렸다고 생각해버리면 될지도 모른다.

"말이니까 쉽지, 쉽지 않다는 거 엄마도 다 알아. 그래도 어쩌겠니. 간 사람은 잊어야 하는 걸…… 시간이 지나면 다 괜찮아지겠지. 썩을 새끼. 그러게 남의 나라엔 왜 가서는……."

엄마가 거기까지 말하고는 침대에서 무거운 엉덩이를 일으켜 세운다. 하룻밤 데리고 자겠다며 엄마가 마짱을 데리고 나간다. 마짱을 보고 있으면 마장호 생각이 더 날 것을 우려한 엄마의 배려였다.

마장호가 죽은 뒤로 엄마는 음식을 탐하는 마짱에게 많이 관대해졌다. 쿠키 바구니에 손대려 하는 마짱을 모르는 척해주었고, 혼도 내지 않을뿐더러, 더 이상 마짱에게 욕설도 하지 않았다. 이제 우리와 오래오래 살아가야 할 우리 식구라고 생각한 데 따른 마짱을 향한 엄마의 태도 변화였다. 하지만 엄마 말대로 그럴 수 있을까. 죽음으로 사라져버린 사람을 살아 있다고 여기며 살아갈 수 있을까. 글쎄였다.

엄마가 내 방을 나간 지 얼마 지나지 않아 창문 두드리는 소리가 들린다. 그녀의 얼굴이 창문 너머로 나타난다. 내 방에서 새어 나간 불빛을 보고는 내가 집에 돌아왔다는 걸 알고 나를 방문한 것이다. 그녀가 들어가도 되느냐며 조심스럽게 묻고는, 긴치마를 걷어올리고 창문을 넘어 내 방으로 들어온다. 엄마에 이어 그녀가 나를 위로한다.

"좀 어때요……."

"미치도록 공허해요. 그 친구한테 미안하기도 하고……. 그때 그 통화가 마지막일 줄 알았으면 그렇게 일방적으로 전화를 끊는 게 아니었는데, 후회도 되고……."

그녀가 침대 끄트머리에 엉덩이를 걸치고 앉아 유리 천장을 올려다본다.

"아무래도 저 때문인 거 같아요. 재수 없는 저 때문에 친구분한테 그런 일이……."

나는 깜짝 놀라서는 자기를 탓하려드는 그녀에게 아니라고, 단호히 말한다. 그건 마장호의 인생일 뿐이지, 아무 상관도 없는 그녀가 원인일 리 없잖은가. 어떤 바보라도 그렇게 생각하지는 않을 테다.

나를 위로하기 위해 찾아온 그녀를 오히려 내가 위로해줘야 할 상황
이 돼버린 것이었다.

"제 옆에 누나가 아닌 다른 여자가 있었다 해도 마장호한테는 그
런 일이 일어났을 거예요. 왜냐하면 마장호는 누나가 여기로 이사
오기 전에 이탈리아로 떠난 놈이니까요."

"아니에요. 제가……."

"그럼 제 사고도 누나 탓이었겠네요? 저희 집 텔레비전이 폭발한
것도? 아니잖아요."

"모르죠. 그럴지도……."

"누나 바보예요? 그럼 일본에서 일어난 지진도, 세계 곳곳에서 일
어나는 테러도 누나 탓이고, 북극 빙하가 녹아가는 것도 다 누나 탓
이겠네요. 그래요?"

"그런 건 아니지만……."

"착각하는 모양인데, 누나는 신이 아니에요. 분쟁을 몰고 다니는
절세미인도 아니고요."

"그렇죠……."

내 말에서 약간의 일리를 찾아낸 듯, 그녀의 표정이 한결 가벼워
진다. 나는, 주변 사람들의 모든 불행을 자기와 연관시키려드는 그녀
가 조금 안쓰러웠다. 그렇게까지 다그칠 필요는 없었는데, 화가 나는
바람에 나도 어쩔 수 없었다.

한동안 말이 없는 그녀는, 직사각형 모양의 밤하늘과 그 밤하늘의

별들을 신기하게 바라보고, 나는 그런 그녀를 말없이 바라본다. 초롱초롱 빛나는 별들의 속삭임마저 들려올 것만 같은 침묵과 적요의 시간을 그녀가 먼저 깨운다. 그것도 아주 정상적인 목소리 크기로 말이다.

"저요, 그때 실패한 연기 다시 해보려고요. 그러니까 장호 씨가 한 번만 더 도와주세요."

뜬금 없는 그녀의 말에 나는 네? 라고 반문한다. 마장호의 죽음을 달래기 위한 그녀의 노력이 애잔하게 다가와 오히려 웃음이 나오려 했다.

"이번엔 제대로 된 창작극으로 해봐요. 대본도 만들어서요. 대본은 소설가 남씨 아저씨한테 부탁해보는 건 어때요? 제가 부탁해볼까요?"

"보리 누나."

"왜요?"

"누나 맞아요?"

그녀의 이런 적극적인 행동은 그녀를 만난 이래 처음이라 좀 당황스러웠다. 어디론가 갑자기 증발되고 없는 그녀의 수줍음이었다. 죽음이 변화시킨 힘인 걸까. 아니면 죽은 자가 남긴 힘인 걸까. 그것도 아니면 단순히 나를 위로하기 위한 그녀만의 용기인 걸까.

"다음번엔 진짜 잘해낼게요. 그러니까 우리 다시 해봐요, 네?"

그녀의 노력이 가상해 나는 고개를 끄덕여준다. 그러자 그녀가 치마 주머니에서 무언가를 꺼내 침대 위에 쏟아놓는다. 은박지에 싸인, 종 모양의 초콜릿이다. 냉장고의 그 사람이 떠나던 날 밤, 그녀는 이 초콜릿을 먹으며 슬픔을 달랬다고 한다. 그러면서 하나 먹어보라며 내 손에 초콜릿을 쥐어준다.

"관람료 대신이에요."

"네?"

"저 유리 천장요."

"아, 네……."

은박지를 벗기자 종 모양 같았던 초콜릿은 눈에서 떨어지는 한 방울의 눈물처럼 보인다. 눈물방울 모양의 달콤 쌉싸름한 초콜릿을 녹여 먹는 동안, 그녀는 그녀답지 않게 계속 내게 말을 걸어준다. 마장호의 죽음이 생각나지 않을 만큼의 많은 얘기였다. 나는 눈물방울을 닮은 초콜릿과 유리 천장의 별과 그녀를 보며 생각했다. 두 여자들이 나를 위로하려 애쓰던 이 밤을 오래오래 기억할 것 같다고. 슬프지만 달콤한 이 밤을.

33

지붕 위의 한가한 오후와 함께 담배를 피운다.

방금 나는, 내내 간직하고 있던 마장호란 이름을 휴대폰에서 삭제해버렸다. 어떤 이에게 전화를 걸 때마다 전화번호부에 남아 있는 녀석의 이름이 자꾸 눈에 띄었다. 녀석의 이름 석 자를 보는 것만으로도 그날의 슬픔이 날 괴롭혔다. 참을 수가 없었다. 내 슬픔을 먼저 생각하는 내 행동이 이기적으로 느껴졌지만 어쩔 수 없었다.

담배를 태우며 자못 불량스러운 태도로 마장호를 지운 이유는, 그래야 내 맘이 덜 아플 것 같아서였다. 나는 마장호가 내 애인을 가로채 간 녀석이었다는 듯, 혹은 내 돈을 떼먹고 도망간 녀석이었다는 듯, 그래서 절연의 의미로 너 같이 나쁜 놈은 내 휴대폰에서 사라져야 해, 하는 맘으로 삭제 버튼을 눌러버렸다. 그리고 나는 이 나쁜 새끼야, 첫눈에 반한 그 테크닉 좋다는 클레아랑 이태리에서 아들 딸 낳고 잘 살아라, 하는 말과 함께 침을 한 번 뱉어줬다. 그것으로도 모자라 나는, 걸려오지도 않을 전화번호를 휴대폰에 저장해두는 건 공간 낭비일지도 모른다며, 애써 독한 생각으로 나 자신을 위로하려 들었다. 하지만 나는 그 생각을 곧 후회하고 말았다.

"공간 낭비라니…… 미안하다, 마장호."

녀석을 지우기 위한 변명치고는 내가 듣기에도 좀 미안한 변명처럼 들렸다. 그래도 마장호는 날 이해해주리라 믿었다. 나는 눈가에 맺히려는 눈물을 얼른 닦아내고는 두어 번 헛기침을 한다. 마음이 돌아설까 두려워 휴대폰 전원을 아예 꺼버린다. 그리고 세 번째 담배를 꺼내 물며 짐짓 태연하게 혼잣말을 한다.

"근데 얘는 왜 이렇게 안 오는 거야."

기다리는 추가을 양은 좀체 나타나지 않는다. 간간이 지나가는 동네 사람들은 깁스를 푼 내 다리를 보고는 축하의 말을 건네기도 한다. 어떤 사람은 지붕 위의 냉장고를 가리키며, 듣자 하니 지난번에 공짜로 아이스크림이랑 캔 맥주를 나눠줬다는데, 자기도 주면 안 되느냐고 농담을 던지며 지나가기도 한다. 나를 닮은, 내 일부였던 사람이 이 세상에서 사라졌다 해도 세상과 시간은 아무 일 없었다는 듯 흘러가고 있었다. 하긴, 단 한 사람의 슬픔을 이 지구상의 모든 사람이 함께 짊어져야 한다면 이 지구는 매일 눈물을 흘려야 할 것이다. 바다가 싱거워지지 않는 이유는 슬픔이 혼자만의 슬픔이기 때문인지도 모르겠다.

기다리던 추가을 양은 세 번째 담배가 중간쯤 타들어갈 때서야 터벅터벅 나타난다. 지붕 위에서 다시 연기를 해 보이겠다던 그녀의 의지는 아주 확고했다. 꼭 창작극이었으면 한다는 그녀의 고집을 꺾을 수 없어서, 며칠 전 나는 인색한 소설가 남씨 아저씨를 찾아갔다. 남씨 아저씨가 좋아한다는 복숭아 통조림을 들고서 말이다. 자존심을 구겨가며, 30분가량의 콩트도 좋고 희곡도 좋으니 좀 써주십사 했더니, 아니나 다를까 일거지하에 거절당하고 말았다.

"자네 눈엔 내가 그렇게 한가해 보이나? 감히 나더러 애들 학예회 수준의 대본을 써달라니. 자넨 내 원고료가 얼만 줄은 아나?"

두 번을 간청하기가 자존심이 상해, 나는 복숭아 통조림을 들고 나와버렸다. 그래도 한 가지 소득은 있었다. 모두가 궁금해하던 남씨 아저씨의 그 거실을 보게 된 것이다. 남씨 아저씨의 거실엔 정말로 소파 대신 좌변기가 놓여 있었다. 더 기가 막힌 건 부엌에도 식탁 의자 대신 좌변기가 놓여 있다는 사실이었다. 나는 그 식탁에 앉아 밥을 먹어야 하는 남씨 아저씨의 식구들이 측은하게 느껴졌다. 화장실에서 밥을 먹는 느낌과 별반 다를 게 뭐란 말인가. 그걸 보면서 세상엔 참 이상한 사람들도 많다는 생각이 들었다. 예술가란 다 그렇게 이상한 것인지, 아니면 그렇게 이상해야만 예술이란 걸 할 수 있는 것인지, 아리송했다.

아무튼 희곡을 써줄 사람을 찾지 못한 나는 그까짓 거 내가 한번 써보지, 하고는 겁 없이 덤벼들었다가 바로 펜을 내려놓고 말았다. 역시 요리사 지망생이 희곡을 쓴다는 건 불합리한 것이었다. 신이 아무리 불공평하다 해도 나에게 글재주까지 내려줄 리 없다는 사실만을 재확인했을 뿐이었다. 그래서 생각난 게 영화감독을 꿈꾼다던 추가을 양이었다. 나는 우리 집 앞을 지나가는 추가을 양을 불러 세운다. 바람직하지 않게 정강이까지 내려 입은 교복 치마는 여전히 눈에 거슬렸다.

"추가을 양, 우리 얘기 좀 할까."

"어, 다리 깁스 풀었네요? 근데 아저씨 어디 아파요?"

"난 깁스 환자니까."

"그게 아니라, 얼굴이 좀 우울해 보여서요. 역시 남자는 좀 글루미해야 멋있다니까. 계속 그래봐요."

"너랑 농담할 기분 아니야."

"무슨 일 있었어요?"

"넌 아직 가까운 사람 잃어본 적 없지?"

"있어요. 예삐라고……."

"강아지 말고. 사람."

"없는 것 같네요."

"그거야. 그러니까 말 그만 시키고 내 부탁이나 들어줘."

"뭔데요?"

나는 지난번에 실패한 지붕 위의 연극과 그녀의 의지, 그리고 필요한 창작극 대본에 대해 얘기한다.

"넌 영화감독이 꿈이라며. 감독들은 보통 시나리오도 직접 쓰고 그러잖아. 그러니까 이참에 너도 연습 삼아 한번 써보라고. 이왕이면 저 지붕 위에 있는 냉장고를 소재로 써주면 좋겠는데, 써줄 수 있을까? 한 30분 분량이면 될 거 같은데……."

"그러죠, 뭐."

망설임이라곤 찾아볼 수 없는 추가을 양의 시원스러운 대답이었다.

"정말?"

"네. 슬퍼 보이니까요."

"너 앞에서는 매일 슬퍼 보여야겠다. 근데 너 그런 거 써본 적은 있니?"

"아저씨, 저는요, 수학 빼고는 시키면 뭐든 다 잘해요. 두고 봐요. 아무튼 수학은 이 세상에서 반드시 사라져야 할 학문이라는 것만 알아두세요. 빌어먹을 수학!"

"나도 그렇게 생각해. 빌어먹을 수학!"

웬만해선 잘 웃지 않는 추가을 양이 푸웃, 하고 웃는다.

"시간은 얼마나 주면 될까?"

"하룻밤이면 충분해요. 고작 30분짜린데요, 뭘."

저 녀석을 정말 믿어도 될지 의문이었다. 수학 말고는 다 잘한다니, 일단 속는 셈치고 믿어보는 것도 나쁘지 않을 것이다. 나는 고마움의 표시로 그녀의 지붕으로 건너가 냉장고를 연다. 냉동실에서 브라보콘 하나를 꺼내 추가을 양에게 던져준다.

"고마움의 표시야."

"일단 받아두죠."

"사례는 나중에……."

"됐어요. 저도 제 재능과 실력을 실험해보고 싶으니까요."

역시 추가을 양은 의리가 있는 녀석이었다.

"근데 그 언니는 안 보이네요? 부끄럼 많은 언니요. 어디 갔어요?"

"학원 늦겠다. 볼일 끝났으니까 얼른 가봐."

"칫! 간사한 사람"

"뭐? 야, 근데 보리 누난 언니고, 왜 나는 끝까지 아저씬데."

"엿장수 맘이죠."

"그리고 제발 부탁인데, 그 교복 치마 좀 올려 입어."

추가을 양이 브라보콘을 흔들어대며 주황주택단지를 빠져나간다. 그녀는 오늘 공개 오디션이 있다고 해서 거기에 갔다. 떨어질 게 뻔한 오디션이었지만 언젠가는 시작해야 할 일이기에 일단 가보기로 한 것이다. 수줍음에 떨고 있을 그녀의 모습이 눈앞에 보이는 듯해서, 걱정 반 웃음 반이 나온다.

염려했던 일이 가볍게 해결돼서 그런지 갑자기 배가 고파온다. 나는 방으로 들어가 아래층으로 내려간다. 무료하게 움직이는 두 대의 텔레비전은 엄마의 낮잠을 부추기고 있고, 들숨과 날숨으로 움직이는 엄마의 배 위에는 마짱이 자고 있다. 마짱에게 엄마의 출렁이는 배는 물침대처럼 느껴질 것이다. 먹을 것을 놓고 늘 앙숙이던 둘의 관계가 낮잠을 함께 자는 관계로까지 발전하게 될 줄은 나도 몰랐다. 마장호의 죽음은 마짱에게 엄마라는 친구를 선물해주었다. 죽음이 죽음으로만 남지 않아 다행이었다.

둘의 낮잠을 방해하고 싶지 않은 나는 텔레비전을 그대로 켜놓은 채 부엌으로 들어간다. 엄마는 텔레비전을 꺼버리면 바로 잠에서 깨버리는 이상한 습성을 가졌기 때문에 텔레비전은 그대로 둬야 한다. 그들의 잠을 깨우지 않기 위해 조용히 식탁을 차린다. 마장호를 휴대폰에서 지워버린 날이라 가슴 한쪽이 횅해져 오는 5월 끝 무렵의 오후였지만, 나는 밥을 먹는다. 살아 있다는 건 이런 것일까. 밥을 먹다 괜스레 눈시울이 따가워지는 거……. 마장호도 이태리 어딘가에서 밥을 먹다 괜스레 눈시울을 붉히고 있을 거라는 생각에 목이 메어온다.

34

2시간만에 써냈다는 추가을 양의 희곡은 고등학생의 작품이라고는 믿어지지 않을 만큼의 솜씨와 수준을 자랑하고 있었다. 내가 생각하고 기대했던 것 이상이었다. 일독 후 나는 추가을 양에게 이거 정말로 네가 쓴 거 맞느냐고 몇 번이나 물어봐야 했다.

"왜요, 형편없어요?"

"아니, 기대 이상이었어."

"거봐요. 제가 그랬잖아요. 전 수학만 빼고 뭐든 시키면 다 잘한다고요."

『지붕 위의 냉장고가 두 인간에게 미치는 영향』이라는 추가을 양의 희곡은, 지붕 위라는 조악한 무대장치와 그 한계 탓에 1막 1장으로 끝나고 있었다. 등장인물은 서로를 의심하는 한 쌍의 부부였는데, 이름은 소피와 조지였다. 그냥 평범한 한국 이름으로 할 것이지 이름을 왜 이렇게 지었느냐고 물었더니, 추가을 양 입에서 나온 대답은 '그래야 멋있고 그럴싸해 보이잖아요'였다. 그러면서 추가을 양이 덧붙이기를, 그 조지라는 남자 역할은 꼭 내가 해야 한다는 것이었다.

"팔에 깁스를 하고 있는 아저씨를 생각하면서 썼거든요. 그러니까 그 역할은 꼭 아저씨가 해줘야 해요."

"그런 게 어딨어!"

"그럼 저번처럼 또 저 언니 혼자 하게요? 판을 또 엎을 셈이세요? 제가 봤을 때 저 언닌 절대 혼자서는 연기 못 해요. 그리고 연극에는 최소 두 명 정도는 들어가줘야 이야기가 된다고요."

"난 못 해. 난 요리사 지망생이지 배우 지망생이 아니야!"

일이 엉뚱한 방향으로 커지고 있었다. 그래서 못 하겠다고 버텼더니, 만만찮은 성격답게 추가을 양이 내가 보는 앞에서 대본을 찢어버리려는 것이었다. 아저씨가 못 하겠다면 대본을 수정해야 하는데 자기는 그렇게는 못 할뿐더러, 설사 이 대본대로 간다 하더라도 조지 역할을 다른 사람에게 맡길 시에는 대본을 줄 수 없다는 것이었다. 그래서 어쩔 수 없이 나는 소피의 상대역인 조지가 돼야만 했다. 물론 그녀의 반응은 대환영이었다. 나와 함께 무대에 선다면 그 어느 때보다 자신감이 생길 거라면서, 그녀는 충만해진 의욕을 내보였다. 그녀 또한 추가을 양의 희곡을 읽어보고는 감탄을 금치 못하기

는 마찬가지였다. 어린 학생이 어떻게 이렇게 써낼 수 있는 거죠? 라
고 그녀가 내게 묻자, 나는 이렇게 대답했다.

"수학을 못하기 때문이에요. 그것도 엄청."

35

천재성을 발휘해준 추가을 양의 도움으로 우리는 그렇게 연기 연습을 하기 시작했다. 그녀는 금세 소피 역에 몰입해갔고, 요리밖에 할 줄 모르던 나 또한 처음으로 연기라는 낯선 세계에 다가가기 시작했다. 그런데 이상하게도 연기를 하면 할수록 조지라는 인물이 나와 닮아 있다는 생각이 들었다. 추가을 양이 왜 나보고 조지 역할을 해줘야 한다고 했는지 알 것 같았다. 나를 생각하면서 썼다더니 정말 그런 모양이었다. 그래서 어느 날 나는, 나와 닮은 또 다른 나를 희곡 속에 자연스럽게 담아낸 추가을 양의 능력을 칭찬해주고 싶어서, 이른 아침 지붕으로 나가 추가을 양을 기다렸다. 그런데 그날 추가을 양의 등굣길은 시무룩해 있었다. 기분이 왜 그러느냐고 물었더니 추가을 양이 대답했다.

"보지 말아야 할 수학 점수를 보고 말았거든요."

"몇 점 받았는데?"

"한 자릿수요."

"야, 그건 그냥 찍어도 나올 수 있는 점수 아니야?"

추가을 양이 가자미눈을 해가며 나를 올려다봤다. 그럴려고 녀석을 기다린 게 아니었기에, 추가을 양에게 말했다.

"내 장담컨대, 넌 말이지, 임권택과 박찬욱과 봉준호를 이을 한국 최고의 영화감독이 될 거야. 영화는 사인, 코사인이나 미적분으로 만들어지는 게 아니잖아? 보리 누나도 네 희곡 읽어보더니 아주 놀라워하더라."

"정말요?"

"그렇다니까."

추가을 양의 시무룩하던 기분은 금세 되살아났다. 기분을 더 풀어주고 싶은 마음에 그만 나는, 추가을 양을 미래의 영화감독님이라고 칭하며, 조만간 그녀와 내 연기를 평가해줄 수 있겠느냐고 부탁하고 말았다.

"희곡을 써준 극작가로서 작자 의도대로 잘 표현했는지 봐줘야 할 거 아니야."

그랬더니 추가을 양이 콧대를 치켜세우고는 그러죠 뭐, 하고 대답하는 것이었다. 신이 난 추가을 양의 뒷모습은 그때 무척이나 아름다워 보였다. 대신에 그녀와 나는 적어도 고등학생에게 지적을 당한다거나 핀잔을 들어서는 안 된다는 생각에 더 열심히 연기 연습에 매진해야 했다.

그래서 바쁜 나날의 연속이 이어져갔다. 퇴원해 집에 있는 이래 가장 분주하고 정신없는 하루하루가 채워져 가고 있었다. 내 아침을 깨우는 건 늘 그녀였다. 이제는 그녀가 목욕할 때 물이 나오지 않으면, 이라는 말과 함께 창문을 두드리면 나는 물을 틀지 않으면 된다, 하는 말과 함께 자동으로 잠에서 깰 정도였다. 잠에서 깨면 나는 바로 아래층으로 내려가 아침을 대충 챙겨 먹고, 다시 올라와 지붕으로 나갔다. 그런 나를 수상하게 여긴 엄마는, 요즘 밖에서 무슨 일을 벌이고 있기에 한집에 살면서 얼굴 볼 시간이 없느냐고, 투정 아닌 투정을 부렸다. 그래서 나는, 그냥 팔 뼈 빨리 붙으라고 햇볕을 좀 쬐느라 그런다고 핑계를 댔더니, 엄마는 의심의 눈초리로 나를 쏘아보며 이렇게 물었다.

"너 혹시 그 멀쩡해진 다리로 보리쌀인가 하는 그 싸가지 만나고 다니는 거 아니야?"

"아니야."

"못난 내 아들이지만, 난 그런 애한테 너 주긴 싫어. 그러니까 명심해."

"안 만나. 아니, 만나고 싶어도 이제 못 만나. 그 누나 미국 갔잖아."

"그래?"

그렇게 엄마를 따돌리고 지붕으로 나가면, 지붕 위에는 나보다 먼저 나와 대본 연습을 하고 있는 그녀가 보였다. 나는 그런 그녀 옆에 슬쩍 앉는 순간을 기분 좋게 만끽하곤 했는데, 그건 그녀의 몸에서 풍겨 나오는 비누 향 때문이었다. 세수할 때마다 늘 맡아오는 그저 평범한 비누 향이었지만, 이상하게도 그녀 몸에서 배어 나오는 그 향이 그렇게 좋을 수가 없었다. 그래서 6월 초입의 햇볕을 쬐며 서로 대사를 맞춰보는 그 시간은 유독 빠르게 흘러가는 것 같아 아쉬웠다.

우리는 연기 연습을 하는 동안 틈틈이 지나가는 동네 사람들을 붙들고 공연 홍보를 하기도 했다. 30분가량의 아주 짧은 연극이니까 잠깐 쉬었다 간다 생각하고 구경하면 좋을 거라고 했다.

"다음 주 일요일 오후 2시예요. 꼭 보러 오셔야 해요."

"지난번처럼 한다 그랬다가 또 안 하는 거 아니야?"

"이번엔 틀림없어요. 창작극이니까 재밌을 거예요."

"그럼 그때도 아이스크림이랑 맥주 주는 거야, 장호 총각?"

"물론이죠."

"장호상이 우리 욘사마처럼 연기를 한단 말입니까?"

"욘사마처럼 잘 할 자신은 없지만, 루미코 씨도 꼭 보러 오셔야 해요."

"하, 알겠습니다."

우리의 공연에 가장 많은 관심을 보인 사람은 조혜리 누님이었다. 누님이 연기할 역할에 대해 묻기에, 소피와 조지 역을 할 예정이라고 했더니, 그럼 노랑머리들이겠네? 라고 물어왔다.

"아마도 그렇겠죠?"

"내가 쓰던 가발 중에 노랑 가발이 있는데, 그럼 그거 빌려줄까?"

가발 하나만 써줘도 꽤 그럴싸한 연극적인 분위기가 풍겨올 것 같아 우리는 사양하지 않았다. 눈에 띄는 노랑 가발이라면 관객을 끌어 모으는 데도 한몫 거들어줄 것이었다. 조악한 무대 장치와 분장이라곤 가발 하나뿐인 연극은 생각만으로도 좀 우스웠지만 우리는 최선을 다해보기로 했다.

연기 연습에 지칠 때면 그녀와 나는 그녀의 방으로 들어가 음악을 들으며 잠시 휴식을 취했다. 음악과 함께 지붕 위의 냉장고에서 꺼내 마시는 캔 맥주는 신화에서 신들이 마셨다는 넥타르가 이런 맛이었을 거라고 상상될 정도로 맛있었다. 특히 첫 모금이 주는 그 맛을 상상하면 정말 넥타르를 마신 것처럼 영원한 청춘과 불사의 삶이 이루어질 것만 같았다. 그렇게 캔 맥주 하나에 피곤을 달래고 나면, 그녀와 나는 서로의 연기를 캠코더에 담아보기도 했다. 본인의 연기를 움직이는 영상으로 확인해야 한다는 과정이 그녀나 나에게 곤욕이긴 했지만, 점점 연기가 좋아지고 있다는 착각은 우리에게 신선한 자극제가 되어 돌아왔다. 연기에 대한 최종적인 평가와 점검은 약속대로 우리의 어린 감독님이신 추가을 양이 맡아줬다. 미래의 감독답게 추가을 양은 꽤 날카로운 지적으로 우리를 혼내고 가르쳤다. 그리고 조금씩 연극적인 인간이 돼가는 나를 보면서, 나도 그녀처럼 연극배우 지망생이 된 건 아닌가, 하는 착각에 빠져들기도 했다.

그녀와 나의 연기 연습은 간혹 깊은 밤까지 이어졌다. 어둠이 내려앉은 지붕 위에서, 혹은 내 방의 유리 천장 아래에서 우리는 소피와 조지가 되었다. 연기 연습 시간이 축적될수록 그녀의 목소리 크기는 보통의 목소리 크기가 되어갔다. 그렇게 그녀의 목소리 크기가 보편성을 찾아가면 갈수록 내 머릿속에는 엄마도 마짱도 사라져가고 있었다. 심지어 마장호가 죽었다는 사실마저도 점점 잊어가고 있었다. 삶에는 다시 삶이 들어와 한때의 슬픔마저 잊게 만들었고, 예전의 나로 되돌려놓았다. 역시 죽음보다 강한 건 삶이었다. 그래서 삶이란 어쩔 수 없이 계속 돼야 하는 삶에 의해, 혹은 옆사람에 의해 살아가게 돼 있는 튼튼한 구조물이라는 생각이 들었다. 더불어 참 뻔뻔한 것이라는 생각도 들었다. 살아 있다는 것 자체가 뻔뻔한 일이니 어쩌면 당연한 것인지도 모르겠다.

36

그리고 그렇게 뻔뻔한 삶에서 그녀와 나의 디데이인, 일요일 오후 2시는 두근두근하게 다가오고 있었다. 우리의 연기에 대한 추 감독 님의 마지막 평가 또한 나쁘지 않아, 연극 공연을 향한 그녀와 나의 발걸음은 기대감으로 충만해져 있었다.

37

일요일 오후 2시다.

희곡에 쓰인 대로, 연극 공연을 펼치기에는 더없이 맑고 청명한 날씨였다. 일요일이라 엄마는 내 애제자들, 아니 정확히 말하면 대오와 수영이 과제로 만들어낼 요리를 기다리는 눈치였지만, 애석하게도 그들은 관객 노릇을 해줘야 하는 관계로 오늘의 요리는 쉬기로 했다. 엄마한테는 바쁜 일이 생겨 대오와 수영은 오늘 못 오게 됐다고 거짓말을 해뒀다. 대오는 관객 노릇을 좀 해줘야겠다는 내 말에 의아해해서는 물었다.

"뭔 소리예요 사부? 관객이라뇨."

"와보면 알아."

그런데 오늘의 복병은 마짱이었다. 오늘따라 외출하려는 내 몸에

딱 달라붙어서는 떨어질 생각을 않는 것이었다. 그녀의 집으로 가봐야 하는 내 몸에서 마짱을 떼어준 건 엄마와 엄마의 쿠키 바구니였다. 어딜 가는데 마짱을 떼놓고 가려는 거냐고 엄마가 물었지만, 나는 그냥 요 앞이라고 말하고는 집에서 나와버렸다. 그리고 지금 나는 그녀와 함께 그녀의 방 창가에 서 있다. 이제 나가봐야 할 시간이었다.

그녀와 나는 우황청심환을 하나씩 씹어 삼키고는 지붕 위로 내려간다. 생각보다 많이 모인 관객들을 향해 우리는 무대 인사를 한다. 내가 아는 동네 사람들은 거의 다 모인 것 같았다. 우리의 극작가이자 어린 감독님인 추가을 양을 비롯해, 강대평 어르신, 루미코 씨, 현숙 아줌마, 조혜리 누님 등등 모두 다. 주황주택단지를 지나가는 낯선 사람들도 하나 둘씩 발걸음을 멈춘다. 꽤 고급스러워 보이는 트렁크를 끌고 가는 30대 후반의 흑인 남자와 항공우편봉투를 손에 쥔 20대 중반의 여자가 특히 흥미롭게 지붕 위를 올려다본다. 낯선 두 남녀 뒤에는 소설가 남씨 아저씨가, 어디 얼마나 잘하나 두고 보자는 자세로 뒷짐을 진 채 근엄하게 서 있다. 애들 학예회 수준 어쩌고 하던 남씨 아저씨의 말이 생각나자 주먹이 불끈 쥐어진다. 그러나 그것도 잠시, 노랑머리의 가발을 쓴 내 모습이 우스워 보였는지, 관객 속에서 키득대는 소리가 들려온다. 특히 대오와 수영이 대놓고 웃어젖히는데, 한 대 쥐어박고 싶은 심정이었다. 가뜩이나 긴장되는 마당에 놀림감으로 전락할지 모른다는 염려가 시작도 하기 전에 파고든다. 그때 대오의 시선이 그녀에게로 향한다. 그녀를 유심히 관찰하고 난 대오가 그녀를 뒤늦게 알아보고는 야릇한 표정을 짓는다. 이제야 모든 걸 알았다는 듯한, 깨달음의 표정이었다. 자식, 눈치 하나는 빠르지. 나를 향해 파이팅을 외치는 대오에 힘입어, 나는 그녀에게 속삭인다.

"시작해볼까요."

그녀가 고개를 끄덕이자, 나는 관객들을 향해 우리가 펼쳐 보일 연극에 대해 간단히 보충 설명을 한다.

"바쁜 와중에 이렇게 잊지 않고 찾아주셔서 감사 드립니다. 음, 이 연극은 〈지붕 위의 냉장고가 두 인간에게 미치는 영향〉이라는 제목의 연극입니다. 서툴더라도 재밌게 봐주세요. 그럼 시작하겠습니다."

미심쩍게 쏟아지는 박수 갈채를 시작으로 그녀와 나의 연극은 시작된다. 늘 나 혼자만의 객석이라고 생각했던 지붕이 진짜 무대가 되는 순간이었다.

『지붕 위의 냉장고가 두 인간에게 미치는 영향』

〈등장인물〉

소피 : 조지의 아내

조지 : 소피의 남편

제1막

아무 일도 일어날 것 같지 않은, 구름 한 점 없는 청명한 날씨. 평범한 옷차림의 두 남녀가 서로를 쳐다보며 서 있다. 여자는 팔짱을 낀 채 다소 신경질적인 표정으로 서 있고, 남자는 왼팔에 깁스를 한 채 멍한 표정으로 서 있다. 한 번씩 황당한 눈으로 하늘을 올려다보는 두 사람. 그 두 사람 사이에는 작은 냉장고 하나가 서 있다.

제1장 주황색 지붕 위

소피 자다가 봉창도 유분수지, 대체 이게 무슨 일이죠, 조지?
조지 (하늘을 올려다보며) 내가 묻고 싶은 말이야, 소피.

이때 지붕 아래 관중 속에서 조지? 장호 자네 이름이 조지인가? 그거 한국말로 하면 보지 자지란 뜻 아닌가? 소피는 오줌이란 뜻이지 아마? 두 주인공 이름이 아주 찰떡궁합일세, 하하하, 하는 말소리와 함께 웃음소리가 터져 나온다. 음흉한 농담에 한쪽에서는 야유가 쏟아지고, 다른 한 쪽에서는 왁자지껄한 웃음소리가 튀어나온다. 나도 모르게 내 눈은 추가을 양을 찾아 헤맨다. 서로 마주친 시선에 추가을 양이 양쪽 어깨를 추켜올렸다 내리고는 고개를 절레절레 흔든다. 저질스러운 시정잡배 같은 농담에 상대할 가치를 못 느끼겠다는, 추가을 양다운 제스처였다. 순간 내 눈에 잡힌 건 흔들리는 그녀의 눈동자였다. 시작도 하기 전에 놀림감이 돼버렸으니 그녀로서는 당연했다. 나는 그녀에게 신경 쓰지 말라는 뜻을 눈빛으로 전달하고는 마른 입술에 침을 바른다. 다행히 내 눈빛을 제대로 읽은 그녀가 침착하게 다음 대사를 잇는다.

소피 (황당하다는 듯) 이거 하늘에서 떨어진 거 맞죠?

조지 (심각하게) 땅에서 솟은 것 같진 않으니 그런 거 같군.

소피 이거 냉장고 아니에요? (냉장고 가까이 다가간다.)

조지 위험해! 다가가지 마! 폭발물일지도 모르잖아.

소피 남자가 소심하긴. (냉장고에 귀를 갖다대며) 어머, 이거 살아 있어요. 소리가 들린다고요.

조지 무슨 소리야? 플러그도 안 보이는데. 귀신이 쐰 게 아니고서야 혼자 돌아갈 리 없잖아?

소피 (깜짝 놀라서는) 진짜 돌아가는 소리가 들린다니까요. 무슨 조화죠? 조지, 당신이 한번 열어봐요.

조지 싫어. 열어보는 순간 폭발할지도 모르는걸.

소피 당신 남자 맞아요? (냉장고 문을 열려고 하자 조지가 한 발짝 뒤로 물러서서 두 귀를 틀어막는다.) 조지, 이거 진짜 냉장고예요. 폭발물은 아닌 것 같아요 안이 차갑다고요.

조지 그, 그래? 거참 신기하군. 근데 이게 어떻게 하늘에서 떨어진 거지? 왜 하필 우리 집이냐고!

　　소피 그걸 왜 저한테 물어요!

　　(중략)

나는 곁눈질로 관객들의 반응을 살핀다. 사람들이 티격태격하는 소피와 조지에게 조금씩 반응을 보이기 시작한다. 지붕 위의 냉장고를 사이에 두고 벌이던 소피와 조지의 실랑이는 서로를 의심하는 방향으로 치닫는다.

　　조지 이건 분명 우리 둘 중 누군가를 벌하기 위해 하늘에서 떨어뜨린 게 틀림없어.

　　소피 (어이없다는 듯) 뭐라고요? 그렇다면 당신이겠군요.

　　조지 왜 나지?

　　소피 당신의 그 바람기를 혼내주기 위해서지 왜긴 왜겠어요. 당신 그 팔도 언년이랑 그 짓 하다 나한테 들켜 부러진 거잖아요.

이때 또 한 번 객석에서 말소리가 들려온다. 현숙 아줌마의 목소리였다.

"장호 총각, 혹시 진짜로 그래서 팔이 부러진 거 아니야? 하하하하."

"그럼 다리는 왜 부러졌대? 그 짓을 몇 번이나 하다 들킨 거야?"

“거 좀 조용히 좀 합시다! 관람 에티켓이라는 것도 모르십니까.”
다행스럽게도 객석은 다시 고요해지고, 나는 연기에 몰입한다.

　조지 그런 당신은 한 점 부끄럼 없어? (의심의 눈초리로 소피의 젖가슴을 뚫어져라 쳐다보며) 내 돈 들여 당신 젖가슴에 넣어준 그거, 누가 터뜨렸을까?
　소피 (말을 더듬으며) 엎드려 자다 터졌다고 했잖아요.
　조지 그 말을 내가 믿을 거 같아! 언놈이야, 언놈이었냐고!
　소피 다 지나간 일로 성질 건드릴 거예요!
　조지 누가 먼저 시작했는데!

(중략)

점점 이성을 잃어가고 있는 두 사람이었다. 급기야 둘의 언쟁은 지붕 위로 떨어진 냉장고가 냉장고로 위장된 사람일지 모른다는 망상으로 흘러간다. 미치광이가 돼가는 그들이었다.

　소피 이건 필시 당신을 찾아온 여자 냉장고가 분명해요.
　조지 아니야. 당신을 찾아온 남자 냉장고가 분명해!
　소피 이제 하다하다 아예 집으로 여자를 끌어들이시겠다?
　조지 누가 할 소리! 대낮에 남자를 끌어들이는 당신이야 말로 대

담무쌍해졌어.

소피 그럼 성별을 확인해보자고요. (냉장고 가까이 다가가며) 전기도 없이 혼자서 싸늘한 냉기를 품고 있는 걸 보면 앙큼한 여우 같은 년이 분명해요. 여자가 한을 품으면 오뉴월에도 서리가 내린다잖아요?

조지 (냉장고를 유심히 관찰하며) 무슨 소리야! 가슴이 절벽인 걸 보니 딱 남자네, 뭐.

소피 여자예요!

조지 아니, 남자야, 남자!

(중략)

그렇게 둘은 네 여자네 네 남자네, 하면서 언성을 높인다. 그러던 차에 지붕 위를 서성이며 한참 생각에 잠긴 조지가 뭔가를 깨달았다는 듯 깜짝 놀라서는 소피에게 다가가 말한다.

조지 남자도 아니도 여자도 아니라면, 그럼 혹시 이 냉장고 다른 세계로 들어가는 문 같은 거 아닐까? 왜 영화에서는 종종 일어나는 일이잖아.

소피 (고개를 갸웃거리며) 설마요. 그건 영화이니까 가능한 거죠.

조지 아니야. 틀림없이 아주 멋진 신세계로 들어가는 문일 거야.

당신이 한번 들어가볼 테야?

　　소피 싫어요. 당신이 들어가요.

　　조지 팔 다친 내가 들어가야겠어?

　　소피 누가 들으면 뭐 대단한 일로 다친 줄 알겠네요.

　　조지 내가 들어가기엔 냉장고가 너무 작잖아. 소피, 당신 체구라면 쉽게 들어갈 수 있겠는걸? 자, 밑져야 본전인데, 한번 들어가봐. (고민하는 소피를 의미심장하게 쳐다보며 냉장고 가까이 소피를 민다. 그리고 손수 냉장고문을 열어준다.)

　　소피 싫어요. 무섭다고요.

　　조지 내가 옆에 있는데 뭐가 무섭다는 거야. 자 들어가봐.

그리고 내가 냉장고 문을 열어젖힘과 동시에 그녀는 잽싸게 냉장고 뒤로 몸을 감춘다. 그녀가 냉장고 속으로 들어갔다고 가정한 채, 나는 준비해둔 끈을 바지 주머니에서 꺼내 냉장고를 칭칭 감아버린다. 냉장고 뒤에서는 자기를 꺼내달라는 그녀의 목소리가 가냘프게 들려오고, 지붕 아래에서는 저런 천하에 나쁜 놈! 소리가 터져 나온다. 끈으로 냉장고를 꽁꽁 감아버린 나는 마지막 대사를 한다.

　　조지 (두 팔로 만세 자세를 취하며) 이제 나는 자유다! 소피, 미안하지만 이 냉장고는 당신을 위한 싱싱한 관이었어. 당신은 아마 모를 거야. 당신이 얼마나 지겨운 여자였는지. 하지만 낙담은 일러.

언젠가 당신이 그리워질 때면 다시 꺼내줄지도 모르니까. 당신은 그때까지 잠자는 숲 속의 공주처럼 푹 잠만 자면 돼. 그래도 내 세심한 배려는 잊지 말아줘. 당신은 거기에서 절대 늙지 않을 테니까. 그럼 안녕, 내 사랑 소피!

30분가량의 짧은 연극은 그렇게 끝이 나고, 냉장고 뒤에 숨어 있던 그녀가 홀가분한 표정으로 모습을 드러낸다. 손을 맞잡은 그녀와 내가 끝 무대 인사를 하자, 예상 밖의 박수갈채와 환호성이 쏟아진다. 그리고 여기저기서 감상평이 잇따라 터져 나오기 시작한다.

"야, 재밌는데. 기대 이상이야."

"결말이 좀 충격적이긴 했지만, 아주 좋았어요."

"내 속이 다 시원하네. 우리 마누라도 며칠만 좀 저렇게 가둬뒀으면 좋겠어, 하하하."

"우리 집 양반도 잔소리 해대면 저렇게 처넣어버릴까? 나 그 냉장고 좀 빌려주면 안 될까?"

"짧아서 너무 아쉬웠어요. 다음 공연은 또 언제 해요?"

"다음 공연이라…… 글쎄요."

"젊은 친구가 요리만 잘하는 줄 알았더니 연기도 곧잘 하네. 55호 아가씨도 배우 해도 되겠어."

나는 정말이냐고 묻는다.

"맛난 술 얻어먹고 헛소리할까."

동네 사람들의 호평에 고무된 나는 냉장고에 감아둔 끈을 거둬낸다. 그리고 냉장고를 열어 아이스크림과 캔 맥주를 꺼내 지붕 아래로 던진다. 나는 추가을 양에게 브라보콘을 던져주며 엄지손가락을 치켜올린다. 사람들은 자기들이 관람료를 내야 하는데 오히려 받아간다는 사실에 좀 미안해하기까지 한다. 나는 끝까지 자리를 지켜준, 지나가던 낯선 두 남녀에게도 맥주와 아이스크림을 던진다. 30대 후반으로 보이는 흑인 남자는 지붕 위로 엄지손가락을 추어올리며 내게 고마움을 표한 다음, 항공우편봉투를 손에 쥔 젊은 여자와 주황 주택단지를 유유히 빠져나간다. 고급스러워 보이는 트렁크와 항공우편봉투가 묘한 궁금증을 자아낸다.*

동네 사람들의 애정 어린 호평에 가장 상기돼 있는 사람은 물론 그녀였다. 가발 하나 쓴 거 말고는 갖춰진 것 하나 없는 초라한 연극이었지만, 일단 해냈다는 사실만으로도 그녀의 눈가를 적시기엔 충분했다. 예전의 그녀를 생각하면 장족의 발전이었다. 나는 눈가를 훔치는 그녀를 모른 척해주며 각자 집으로 돌아가는 동네 사람들에게 감사의 인사를 건넨다. 소설가 남씨 아저씨가 보이자 나는, 골탕을 먹이려고 이렇게 물어본다.

"저희 연극 어땠어요?"

---

* 저 낯선 두 남녀와 그들이 각자 들고 있는 트렁크와 항공우편봉투는 김희진의 향후 장편소설에 등장하게 될 주인공과 주요 소재 되시겠다. 물론 예단은 금물이다. 김희진의 징크스는 확신하는 일마다 번번이 빗나간다는 것이므로. 하지만 약속은 꼭 지키는 사람이기에 언젠가 저 두 남녀의 얘기를 쓰게 될 거라고 조심스레 말해본다.

아니나 다를까, 남씨 아저씨는 대답 없이 헛기침만 해대고는 집으로 발걸음을 돌려버린다.

"저놈의 자존심은 죽을 때까지 못 고치지."

동네 사람들이 모두 돌아가고 없는 가운데 남아 있는 사람은 추가을 양과 대오와 수영이다. 그녀가 추가을 양에게 고마움을 표한다.

"고마워요 가을 학생. 모두 가을 학생 덕분이에요."

"아니에요."

"정말 남다른 재주를 가졌어요. 장호 씨 말 대로 훌륭한 영화감독이 될 수 있을 거예요."

"과찬이세요, 언니. 언니도 멋진 배우가 될 수 있을 거예요."

"추가을 양, 말이 왜 그렇게 공손해? 너 나한테만 까칠하게 굴었던 거야?"

"저 늦었어요. 학원 가봐야 해요."

"야, 돈 아깝게 수학은 이제 그만 포기하시지."

추가을 양이 가운데 손가락으로 픽 큐^{Fuck you}를 날리며 주황주택단지를 벗어난다. 마지막으로 대오와 수영을 쳐다보는데 쑥스러움이 몰려온다. 대오와 수영으로부터는 그 어떤 말도 듣고 싶지 않아, 그들을 빨리 돌려보낸다. 다행히 군말 없이 돌아가 주는 대오와 수영이었다.

이로써 한적해진 그녀의 집 앞이었다. 나는 긴 한숨을 몰아쉬며 그녀를 쳐다본다. 쓰고 있던 가발 때문인지 그녀의 이마에서는 땀이 방울져 흘러내린다. 그녀의 목덜미와 빗장뼈 부근도 땀으로 범벅이다. 번들번들해진 그녀의 몸을 보고 있자니, 괜히 내가 더 안쓰러워진다.

"괜찮아요?"

"아직도 다리가 후들거리는 게…… 어떻게 했는지 기억도 안 나요."

"저도요. 맥주도 좀 남은 것 같은데, 공연 성공 기념으로 우리 자축 파티 해요."

"네. 그 전에 좀 씻어야겠어요."

"그럼 각자 씻고 나서 여기에서 봐요. 술안주는 제가 만들어 갈게요."

"그 손으로요?"

"문제없어요."

나는 그녀의 지붕에서 우리 집 지붕으로 건너간다. 내 방 창을 넘으려는 순간, 그녀가 가느다란 목소리로 나를 부른다. 주저하는 듯하다가 그녀가 말한다.

"저기요……."

"네?"

"고마워요. 여러모로……."

"잘 안 들리니까 크게 말해봐요. 아까 연극할 때처럼."

"고맙다고요. 여러모로."

나는 머리에 쓰고 있던 가발을 벗으며 그녀의 말에 그냥 미소로

화답한다. 그러고는 창문을 넘어 내 방으로 들어간다. 일단 목부터 축여야겠기에 아래층으로 내려간다. 여전히 식탐대마왕은 두 대의 텔레비전과 사랑에 빠져 있고, 리틀 식탐대마왕은 엄마의 쿠키 바구니 속으로 들어가 쿠키를 야금야금 주워 먹고 있다. 얼마나 먹어댔는지 마짱의 배는 곧 미어터질 지경이었다. 녀석이 엄마랑 친해지더니, 엄마의 쿠키 바구니하고도 친해져버린 것이었다.

부엌으로 들어간 나는 냉장고에서 물을 꺼내 벌컥벌컥 들이마신다. 더위가 가시자 엄마의 관심을 끌어보고 싶은 생각이 든다. 내가 방금 무슨 짓을 벌이고 들어왔는지 알게 된다면, 엄마는 이번에야말로 바깥 세상에 관심을 갖게 될지도 모른다.

"밖이 시끄러웠을 텐데, 엄만 내다보지도 않아?"

"……."

"하여튼 지독하게 무거운 엉덩이라니까."

텔레비전의 부작용은 저렇게 다른 감각을 억압해버린다는 데에 있었다. 텔레비전에 빠져 있다 보면 밖에서 들려오는 소리는 그저 소음에 불과할 뿐이다. 모든 호기심은 무감각해져버리고, 휘황찬란한 빛에 중독된 눈은 실재하는 시각적 영상을 시시하게 만들어버린다. 그러니까 문제는 엄마의 무거운 엉덩이가 아니라, 저놈의 텔레비전이었다.

"나 방금 밖에서 무슨 짓 벌이고 왔는지 모르지? 내가 연기를 하고 왔다는 거 아니야. 상상이 돼, 엄마?"

입가에 흘러내린 물을 손등으로 닦아내고는 샤워를 하기 위해 욕실 쪽으로 걸음을 옮긴다.

"점심 먹은 지 얼마나 됐다고 그새 또 잠이야?"

두 대의 텔레비전으로 향하던 내 시선이 목이 꺾인 채 자고 있는 엄마에게로 옮겨간다. 텔레비전을 꺼둘까 고심하던 나는, 텔레비전을 끄면 바로 잠에서 깨버리는 엄마의 이상한 습성을 고려해 그냥 놔두기로 한다. 잠에서 깨어나면 그 꼴로 샤워는 어떻게 하냐는 둥, 또 잔소리를 해댈 게 뻔하다. 나는 고양이 걸음으로 엄마를 지나친다. 그런데 뭔가 이상하다. 거실에서 느껴지는 이 차가운 기운은 뭘까. 내 몸에서는 6월의 무더운 날씨로 땀이 흐르고 있는데 말이다.

욕실 쪽으로 움직이던 걸음을 되돌려 엄마에게로 옮긴다. 소파에서 자고 있는 엄마에게 다가갈수록 얼음 같은 차가움이 내 쪽으로 엄습해온다. 나는 양미간을 찌푸리며 엄마의 가슴과 배를 쳐다본다. 여느 때처럼 들숨과 날숨으로 출렁거려야 할 엄마의 배가 오늘은 왜 잔잔한 호수처럼 고요한 걸까. 서둘러 리모컨을 집어 든다. 그리고 두 대의 텔레비전을 차례로 끈다. 적요에 휩싸인 거실. 그러나 텔레비전이 만들어낸 그 적요에도 엄마는 잠에서 깨어나지 않는다.

"강수자 씨, 이런 장난 식상하고 재미없거든?"

"……."

내 몸에는 가시처럼 소름이 돋기 시작한다. 확인하고 싶지 않았지만 나는 엄마의 가슴팍에 귀를 갖다 댄다. 들리지 않는 엄마의 심장

소리. 엄마의 가슴팍에 떨어져 있던 쿠키 가루가 땀으로 진득해진 내 뺨에 달라붙는다. 나는 엄마의 어깨를 흔들고 엄마의 뺨을 때린다. 그리고 엄마에게 눈 좀 떠보라며 소리를 지른다. 그러나 엄마는 묵묵부답이다. 엄마가, 엄마가 멈춰버렸다. 하지만 아니다. 그럴 리가 없다. 그래서 나는 엄마에게 다시 말을 걸어보기로 한다.

"마짱한테 혼 좀 내봐. 엄마 쿠키 몽땅 훔쳐 먹고 있는 거 안 보여?"

"……"

마짱에게 아무 말도 하지 않는 식탐대마왕이라니, 너무 낯설어서 화가 나려 한다.

"엄마?"

"……"

"엄마?"

"……"

"일어나봐."

"……"

"일어나보라고!"

"……"

돌아오지 않는 대답에 나는 거실 바닥에 철퍼덕 주저앉고 만다. 마장호가 내 엄마를 빼앗아갔다. 매사에 날카롭고 철두철미한 변호사 엄마가 아닌, 한때 발레리나였던 예술가 엄마를 가진 느낌은 어떨까, 하고 늘 궁금해하던 녀석이 결국 내 엄마를 가져가버렸다. 나

뻔 시간이 내 심장을 또 한 번 찌른다.

끔찍하게 고장 난 순간이었다.

38

여름이 다가오는 소리가 들려오는 밤이었다.

집 안엔 온통 불이 켜져 있다. 죽음이 남기고 간 자리를 형광등 불빛으로라도 채우고픈 아버지의 생각이었다. 거실엔 여전히 두 대의 텔레비전이 켜져 있고, 엄마의 빈 소파만이 텔레비전을 응시하고 있다. 두 대의 텔레비전 음량을 지배하고 있는 건 아버지의 서재에서 새어 나오는 비틀스였다. 아버지는 하루 종일 서재에 틀어박혀 비틀스를 들었다. 엄마 때문에 늘 2인자 자리를 벗어나지 못하던 비틀스. 엄마의 죽음과 동시에 아버지의 왕팬은 그 비틀스가 되고 만 것이었다. 진짜 왕팬을 잃은 서러움 탓일까, 아버지는 비틀스를 듣는 동안 한 번씩 울었다. 태어나 아버지가 우는 건 처음 보았다. 아버지도 울 줄 아는 사람이었다는 걸 엄마가 가르쳐준 셈이었다. 우는 아버지는 슈렉보다 더 못생겨 보였다.

아무도 서로에게 말을 걸지 않은 하루였다. 엄마의 뼛가루를 바람에 실려 보내고 온 날이라 그런지, 무거운 침묵은 더 무거운 침묵으로 남아 서로를 무심히 쳐다보게 했다. 모두가 약속이나 한 듯, 그래야만 슬픔을 견뎌낼 수 있을 거라는 듯, 서로가 그랬다.

화장을 하고 난 엄마의 뼈는 말 그대로 한 줌이었다. 뼈는 살이 찌지 않는다는 사실과 그 적은 양의 뼈로 그 많고 무거운 살덩이를 견뎌냈을 엄마의 고통을 생각하자 가슴이 저려왔다. 그게 나 때문일지 모른다는 사실에 더 그랬다. 세상에 그 어떤 스승이 자기 몸 불려가며 제자의 음식을 남김없이 먹어주겠는가. 엄마이기 때문에, 단지 엄마라는 이유로 날 무조건 받아들인 것이었다. 그게 날 미치도록 미안하게 만들었다.

엄마를 바람에 실려 보내기로 한 건 내 생각이었다. 아버지와 형은 엄마를 두 번 잃어버린다는 절망감에 극구 반대를 했지만, 내가 우겨 그렇게 하기로 했다. 나는, 집 안에 틀어박힌 채 텔레비전 앞에만 앉았다 간 엄마의 생을 자유롭게 해주고 싶었다. 발레리나였던 진짜 강수지로 오래오래 살아, 바람처럼 가볍게 죽음을 살아갔으면 좋겠다는 생각에 납골당이 아닌 바람을 택한 것이었다.

나는, 죽음을 종결시키는 건 결국 죽음뿐이라는 생각으로 지금 이 시간을 견뎌내는 중이다. 누구의 말대로 죽음은 불멸과 동의어니까, 이제 엄마에게는 죽음을 기다리지 않아도 되는 삶만이 있을 것이다.

죽음의 공포가 없는 죽음의 삶을 사는 엄마는 어쩌면 살아 있는 우리보다 더 평화로울지 모른다. 그것만이 나를 위로하는 말이자 사고思考였다. 나는 삶을 살고 엄마는 죽음을 살지만, 사는 건 다 같은 거니까 괜찮다고, 나는 애써 생각해버린다.

녀석도 엄마의 죽음을 아는지, 내 어깨 위에 앉아 있는 마짱이 얌전하다. 먹을 걸 가지고 엄마와 싸우지 않아도 된다고 생각하니 녀석도 허전해진 걸까. 그때였다. 지붕 위에 앉아 있는 등 뒤로 형의 목소리가 들려온다. 아무도 서로에게 말을 걸지 않을 것만 같았던 하루가 깨지는 순간이었다.

"여기 있었어?"

형이 창문으로 넘어와 옆에 와 앉는다. 그러고 보니 형과 이렇게 지붕 위에 나란히 앉아본 건 처음인 것 같다. 그런데 앉자마자 형이 평소답지 않게 물어보지도 않은 말들을 혼자서 계속 쏟아낸다. 이 집으로 이사 왔을 때 실은 지붕 위의 내 방을 갖고 싶었다는 얘기를 시작으로 대학수학능력시험을 치르기도 전에 여자친구의 임신 소식을 들었을 때의 황망함과 당혹감 등에 대해서 말이다. 형은 갑자기 어른이 돼야 한다는 공포감과 책임감으로 많이 힘들었다고 그때의 심경을 이제야 조근조근 털어놓는다. 수다스러운 형의 모습이, 안을 들여다볼 수 없었던 유리 표면 너머의 형의 모습을 보여주는 것 같아 어색했다.

"그럼 왜 한 번도 내색도 안 하고 말도 안 했던 건데?"

"장호 너도 내 성격 잘 알잖아. 차갑고 표현도 서투르고 자존심만
센 거."

장호? 형 입에서 나온 장호라는 그 이름, 참 오랜만에 들어본다고
얘기하려다가 형이 쑥스러워할까 봐 관둔다. 형이 머뭇거리다 내게
묻는다.

"있잖아…… 나 여기 들어와 살까?"

"무슨 소리야?"

"말 그대로."

"번잡한 거 싫어. 그리고 형수님하고 불편하게 어떻게 한집에서
살아."

"그런가……."

"아버지나 나나 차차 익숙해지겠지. 고마워. 근데 형한테도 그런
따뜻한 구석이 있었어?"

"나도 심장 가진 사람이야."

"그렇지……."

"여기 계속 앉아 있을 거야?"

"조금만 더 있다가."

"그럼 난 아버지한테나 가봐야겠다. 오늘은 아버지하고 같이 자야
겠어."

형이 자리에서 일어나 내 방 창으로 올라간다. 그러면서 주저하듯
내게 말한다.

“저기 있잖아…… 행복했을 거야, 어머니. 장호 네가 해주는 맛있
는 음식 먹으면서. 그러니까 죄책감 같은 거 갖지 마. 이 말 꼭 해주
고 싶었다.”

“……”

“어머니는 네가 요리사 되겠다고 하기 전부터 식탐 부렸었잖아.
우리 어릴 때 기억 안 나? 아버지가 어머니한테 많이 먹는다고 타박
했던 거. 그러니까 너 때문이라고 생각하지 말라고. 나 들어간다.”

누군가의 죽음을 달래줄 다른 누군가가 있다는 건 참 다행스러운
일이다. 형의 말에 참아왔던 눈물이 볼을 타고 흘러내린다. 억지로
억눌러오던 목까지 메어온다. 소리 내어 울고 싶은데 그러지 못하는
환경 때문에 그 억눌림이 심장으로 쏠려 가슴이 아파온다. 하필이면
그때 그녀가 지붕으로 내려와 우리 집 지붕으로 건너온다. 고개를
돌려 눈가를 훔친다. 사내답지 못한 이런 내 행동을 어둠이 감춰줬
으면 좋았으련만 그녀에게 보이고 만다. 형이 앉았던 자리에 그녀가
가만히 와 앉는다.

“저 , 주책 없죠”

“눈물은 당연해요. 아르헨티나로 사랑을 찾아 간 엄마였는데도 저 역시 눈물
이 나던 걸요. 엄마란 늘 후회를 남기는 존재잖아요. 그게 언제가 됐든…….”

“뭐랄까, 늘 혀에서 만져지던 어금니 하나가 빠져버린 느낌이
에요.”

“저 때문이에요. 제가 옆에 있어서 장호 씨의 소중한 사람들이 또…… 전 어

쩔 수 없는 사람인가 봐요."

저런, 그녀가 또 자기 탓을 한다.

"누나 정말 바보 같네요. 저희 엄만 제가 요리사가 되겠다고 설치는 바람에 그렇게 된 거예요. 나만 아니었어도 엄만 사진 속 발레리나처럼 살 수 있었을지 몰라요. 결국은 제가 엄마에게 독을 먹인 거라고요. 그건 음식이 아니었어요. 음식이……."

"아니, 저 때문이에요. 그날 연극 공연을 하지 않았다면 장호 씬 집에 있었을 테고, 그랬다면 응급 처치든 병원이든 모시고 갔을 거고, 그랬다면 지금 살아 계실지도…… 그러니까……."

"이미 지난 일이에요. 만약이라는 것도, 그랬다면이라는 것도 없어요."

나는 바보 같은 그녀에게 내 왼팔을 내보인다. 깁스를 푼 팔에 힘을 주고 손가락을 쥐었다 펴기를 반복한다.

"봐요. 저 팔 깁스도 풀었어요. 주치의가 사촌 형이라 엄마 장례식장에서 만났는데, 제 팔을 보더니 의아해하더라고요. 다 나은 것 같아 내가 풀어버렸다고 했더니, 그렇게 빨리 괜찮아질 리 없다며 놀라워하던 걸요."

팔 깁스를 벗어 던져버린 건 엄마의 관을 들기 위해서였다. 깁스 때문에 관을 들지 못하게 할까 봐 다 나았다며 풀어버린 것이었다. 나는 엄마의 마지막 가는 길에까지 거짓말을 하고 싶지는 않았다.

사장은 그날 다리에 깁스를 한 채 엄마의 장례식장에 나타났다.

사장은 말끔히 사라져버린 내 팔다리 깁스를 보고도 아무 말도 하지 않았다. 죽음은 싸가지 없던 사장마저 숙연하게 만드는 묘한 마술을 부렸다. 안쓰럽게도 그날 사장의 다리 깁스에는 아무것도 쓰여 있지 않았다. 김대무 씨의 시도가 실패로 돌아갔다는 사실에, 엄마의 죽음 못지않은 안타까움이 내 마음을 흔들었다. 일방적인 사랑이란 참으로 안타깝고 쓸쓸한 것이라고, 사장의 깁스를 보면서 나는 생각했다.

고개를 틀어 그녀의 표정을 살핀다. 그러나 팔 깁스를 풀었다는 내 말에도 여전히 그녀는 자신의 바보 같은 생각을 지우지 못하는 듯했다. 하긴 엄마의 죽음을 어떻게 다 나은 내 팔 따위가 이겨먹을 수 있겠는가. 그녀가 묻는다.

"어머니한테 하고 싶었던 말은 없어요?"

"글쎄요……."

"저는 엄마가 아르헨티나로 떠나던 날 엄마에게 꼭 해주고 싶은 말이 있었는데, 결국은 못 했어요. 근데 아직까지도 그게 후회되더라고요."

"무슨 말이었는지 물어봐도 돼요?"

"별말 아니에요. 그냥, 다른 남자를 사랑하더라도 엄만 내 엄마라고요."

"내일이라도 하세요. 살아 계시잖아요."

"그렇네요……."

“그러고 보니 저…… 엄마한테 한 번도 사랑한다는 말 못 해본 것 같아요.”

“안 했다고 해서 모르진 않았을 거예요. 사랑하지 않는다고 말했다고 해서 그렇게 믿지도 않았을 텐데요, 뭐.”

“그럴까요?”

“그럼요.”

“그러고 보니 누나 목소리 많이 커졌네요.”

“그것도 그렇네요…….”

그때 손안의 작은 봄을 들여다보며 빌었던 소원이 생각난다. 이루어지면 좋지만 이루어지지 않아도 크게 상관없는 소원을 빌어보자 싶어, 김보리란 여자의 목소리 좀 커지게 해달랬더니, 정말로 이루어졌다. 이렇게 이루어질 줄 알았으면 그때 우리 엄마나 홀쭉하게 해달랠 걸 그랬나 보다. 역시 엄마란 그녀 말대로 늘 후회를 남기는 존재인 것 같았다.

나는 사랑한다는 말 말고 엄마에게 또 하고 싶었던 말이 뭐가 있었을까, 생각해보며 여름이 다가오는 밤하늘을 올려다본다. 그녀가 옆에 있어 그나마 죽음이 외롭지 않은 지붕 위의 밤이었다.

39

출근하는 아버지의 움직임 소리를 들었던 것 같은데, 일어나보니 시간은 오전 11시를 넘어가고 있었다. 사라져버린 엄마의 목소리 때문인 걸까. 깼다가 다시 빠져든 아침잠이 세 시간 동안 이어지고 말았다. 종종 아래층에서 들려오던, 아침잠을 깨우던 엄마의 목소리를 이젠 들을 수 없다는 사실에 가슴 한쪽이 공허해진다. 죽음은 온갖 빈자리에서 자신의 존재를 낱낱이 보고하며 살아남은 사람을 한동안 괴롭힐 것이다. 하지만 엄마 말대로 시간이 지나면 모두 괜찮아질 거라고 믿는다. 마장호의 죽음이 그랬듯이.

발밑에서 자고 있는 마짱을 억지로 깨운 뒤 침대에서 일어난다. 현기증에 몸이 휘청거린다. 제대로 된 식사를 못 해본 탓인지, 아니면 뚱뚱했던 엄마가 내 비곗덩어리를 떼어 저세상으로 가져간 때문인지, 몸무게는 3킬로그램이나 빠져버렸다.

현기증이 좀 가시자 침대 정리부터 한다. 이제 가짜 환자 행세도 끝났으니 집안일은 모두 내가 해야 할 것이다. 출근하는 아버지의 아침밥도 내가 챙겨줘야 할 것이고, 설거지도 내 손으로 다시 해야 할 것이다. 새삼 내 꿈이 요리사라는 게 참 다행이라는 생각도 든다. 라면 하나 제대로 끓여 먹지 못하는 나였더라면 나나 아버지가 느껴야 할 엄마의 빈자리는 더 컸을 것이기에 그렇다. 적어도 두 남자의 삶에서 식탁만은 초라해지지 않을 테니 얼마나 다행인가.

목조계단을 밟아 아래층으로 내려간다. 삐그덕삐그덕. 마장호의 죽음을 달래주기 위해 이 계단을 밟아 올라오던 엄마가 생각난다. 그게 마지막일 줄 알았으면, 좀 더 오래오래 앉아 엄마에게 유리 천장의 별을 보여줄 걸 후회가 된다. 그녀의 말처럼 그게 언제가 됐든 엄마란 늘 후회를 남기는 존재라더니, 정말로 모든 게 후회투성이다.

요즘엔 아래층에 내려가는 게 죽기보다 싫다. 휑한 거실이, 꺼져 있는 텔레비전이 싫기 때문이다. 아직은 텔레비전 너머에 걸린, 발레복 차림의 엄마 사진을 추억으로 바라볼 수 없기 때문이기도 하다. 낡은 엄마의 소파도, 비어버린 엄마의 쿠키 바구니도 내게는 슬픔일 뿐이다.

그런데 이상하다. 휑해야 할 거실이, 적막감이 느껴져야 할 거실이 오늘따라 좀 이상하다. 나보다 앞질러 내려가던 마짱의 꼬리가 물음표 모양으로 세워진다. 이때 내 고개도 나도 모르게 갸웃거려진

다. 거실에서 두 대의 텔레비전 소리가 들려왔기 때문이다. 아버지가
켜두고 간 텔레비전인가, 하고는 마지막 계단을 밟아 내려가는데 엄
마의 소파에 누군가가 앉아 있는 게 보인다. 잠이 덜 깬 눈이라 헛것
이 보이나 싶어 눈을 비비고는 다시 엄마의 소파를 응시한다. 그러
나 여전히 앉아 있는 누군가가 보인다. 출근한 줄 알았던 아버지가
아직 안 가셨나, 싶어 가만히 나는 아버지를 불러본다.

"아버지?"

"내일 아침까지 자지, 왜 벌써 일어났어?"

뭐지? 엄마의 말투를 쏙 빼 닮은 저 사람은 대체 누구지? 날 쳐다
보지도 않고 말하는 저 행동은 분명 식탐대마왕이었다. 나는 볼을
꼬집어 지금 내가 겪고 있는 상황이 꿈속 상황이 아님을 재확인하고
는 소파 가까이 다가간다. 그리고 그 사람의 얼굴을 측면으로 확인
한다. 그녀였다. 엄마의 헤어스타일과 뚱뚱한 몸매까지, 엄마를 닮은
그녀가 엄마의 자리에 엄마처럼 앉아 있었다.

"보리 누나, 그 차림은 뭐예요?"

"보리 누나라니? 그 싸가지 이름이 여기서 왜 나와. 그새 엄마도
잊어버렸어?"

"집엔 어떻게 들어왔어요?"

"정신 차려. 네가 언제부터 나한테 존댓말을 썼다고 말을 높여? 어
떻게 들어오긴, 하늘에서 뚝 떨어졌지."

나는 소파에 앉아 그녀를 쳐다본다. 뚱뚱한 몸매를 만들기 위해

옷 속에 얼마나 많은 것들을 집어넣은 걸까. 그리고 엄마의 헤어스 타일을 빼닮은 저 가발은 또 어디에서 구한 걸까. 갑자기 웃음보가 터진다. 엄마를 닮은 그녀가 엄마처럼 말한다.

"웃기는, 내 꼴이 그렇게 우스워?"

마짱이 엄마를 닮은 그녀의 무릎 위로 올라간다. 녀석의 눈에도 엄마를 닮은 그녀가 좀 이상해 보였는지 고개를 자꾸 갸웃거린다.

"우리 마짱, 잘 있었어? 아줌마가 없어져서 음식은 몽땅 우리 마짱 차지가 됐겠네."

엄마를 닮은 그녀가 나를 쏘아보며 말한다.

"바보 같이 계속 웃고만 있을 거야? 며칠 만에 만났는데 할 얘기 가 그렇게도 없어?"

"많지. 왜 없어."

"다시 저승으로 돌아가려면 갈 길이 바빠. 시간 없으니까 빨리빨 리 말해."

무슨 말부터 꺼내야 할지 몰라 망설이던 나는, 텔레비전 너머에 걸린 엄마 사진을 가리키며 이렇게 묻는다.

"저때 기억나?"

"사진을 저렇게 크게 걸어놨는데 기억이 안 날까."

"엄마 몸에서 나던 분 냄새 정말 좋아했는데."

"저 나이 땐 열심히 찍고 발라대느라 어떤 엄마한테나 다 나는 냄 새야."

"그런가? 엄마, 죽을 때 어땠어? 고통스러웠어?"

"죽을 때 고통 없이 죽는 인간이 어딨어. 그래도 저쪽 선배들 말 들어보니 난 편하게 간 축에 속하더라. 그것도 복이지 싶어."

"엄마, 거기서는 제발 살 좀 빼. 죽어서도 또 죽으면 정말 골치 아파지는 거 알지?"

"걱정도 팔자야. 죽어서도 죽을 걱정을 해야 한다면 그게 죽음이야? 네 걱정이나 해. 뼈는 완전히 다 붙은 거야?"

"1억 년 전에."

나는 팔에 힘을 주고 이두박근과 삼두박근을 만들어 엄마에게 보여준다. 그리고 손가락을 쥐었다 폈다 해 보인다.

"정말로 다 나은 모양이네. 근데 얼굴은 왜 그렇게 헬쑥해졌어?

"엄마 때문이잖아."

"미안하게 됐다. 다른 할 말은 없고?"

"내가 미안해, 엄마."

"뭐가?"

"나 때문에 엄마가 그렇게 된 거니까. 내가 너무 많이 먹게 해서……."

"그런 거 아니야."

"내가 요리사 되겠다고 하지만 않았어도 엄만……."

"핑계를 찾자면 한도 끝도 없는 법이야. 그리고 아무리 못난 내 아들이 만든 요리라지만, 맛도 없는 걸 맛있는 척하며 먹진 않았어. 네가 만든 음식 먹으면서 내가 행복했으면 그걸로 된 거지. 맛도 없는 걸 억지로 먹었다면 요리사가 돼야 할 내 아들을 망치는 일인데, 내가 그랬겠니? 난 네 엄마야."

"그런가?"

정말로 엄마가 그렇게 말해준 것 같아 안심이 되었다. 이상하게도 그랬다.

"나 요리사 되겠다고 했을 때, 엄마가 침묵으로 허락해줬던 거 지금도 고맙게 생각해. 그거 알지?"

"알기는. 또 다른 할 말은 없고?"

"자꾸 또 무슨 말을 하래? 뭐 사랑한다는 말?"

"그 한마디 듣기가 이리 힘들어서야 원. 쯧쯧쯧."

"그래, 사랑해 엄마. 아주 만땅 만땅 사랑해."

엄마를 닮은 그녀가 웃으며 말한다.

"근데 어째, 이 엄만 널 만땅 만땅 안 사랑하는데."

"괜찮아. 내가 만땅 만땅 사랑하면 되니까."

"하여튼, 넉살 하나는 기네스북 감이지. 배고프다. 아침이나 좀 먹자."

"또 먹으려고?"

"저승길에서 힘들게 돌아왔는데 넌 아무것도 안 먹이고 날 보낼 셈이야? 쌩쌩해진 그 팔은 아껴뒀다 뭐에 쓰려고."

팔도 다 나앗겠다 까짓것 그러지 뭐, 하고 말하며 나는 소파에서 일어나 부엌으로 들어간다. 죽음에서 돌아온 엄마와 엄마를 닮은 그녀를 위해 냉장고에 있는 재료를 몽땅 꺼내 아침 식사를 준비한다. 말없이 두 대의 텔레비전을 바라보고 있는, 엄마를 닮은 그녀의 뒷모습은 진짜 식탐대마왕 같았다. 순간, 시간이 멈춰버렸으면 좋겠다는 생각이 들었다. 1년, 아니 딱 한 달만 시간을 멈춰둘 수 있다면 더 바랄 게 없을 것 같았다.

40

엄마와 엄마를 닮은 그녀와 마짱과 나를 위한 아침 식탁이 다 차려졌다. 나는 목청껏 식탐대마왕을 부른다.

"어서 와 식사하시죠, 강수자 씨."

소파에서 일어난, 엄마를 닮은 그녀가 뒤뚱뒤뚱 걸어와 식탁 의자를 빼고 앉는다. 마짱도 식탁 한쪽에 차려진 자신의 접시를 찾아 식탁 위로 올라선다. 식탁을 훑는 엄마의 입이 쩍, 하고 벌어진다.

"네가 요리사가 되긴 되려나 보다. 이렇게 진수성찬을 뚝딱 차려놓은 걸 보면."

수저를 든 엄마가 허겁지겁 밥을 먹기 시작한다. 밥을 먹는 모습도 진짜로 엄마와 닮은 것 같아 괜스레 웃음이 나온다.

"왜 웃어?"

“누나, 연기 정말 많이 늘었네요. 하하.”

“아까부터 왜 나한테 그 싸가지래? 밥맛 떨어지게. 헤어졌다더니 너 혹시 그 싸가지하고 아직도 연락하고 지내는 거 아니야? 엄마가 안 된다 그랬지.”

“잘하면 다음 오디션에는 붙을 수 있겠는데요. 연습은 얼마나 한 거예요?”

“시끄러. 아니 근데 저놈의 원숭이는 무슨 음식을 볼이 터지게 먹는다니?”

“엄마, 엄마도 저랬거든?”

“그랬던가?”

“천천히 먹어. 체하겠어.”

“맛있어서 그래.”

물을 한 컵 따라 엄마 앞에 내민다. 그새 밥 한 공기를 뚝딱 해치운 엄마가 밥 한 공기를 더 달라고 한다. 나는 고봉으로 올린 밥을 엄마 앞에 내려놓으며 말한다.

“정말 살 뺄 생각은 전혀 없나 봐, 엄마는?”

“저승길로 돌아가려면 든든히 먹어둬야 해. 저게 그 길을 가봤어야 알지.”

돌아가야 한다는 말을 듣는 순간, 다시 만난 엄마와 또 헤어져야 할 걸 생각하니 벌써부터 울적해지려고 한다. 하지만 나는 예정된 시간 안에서, 엄마이기도 하고 엄마를 닮은 그녀이기도 한 두 사람과 끊임없는 대화를 나눈다. 친구들에게 발레리나 엄마를 자랑하던 기억, 고등어 반찬이 싫었던 이유, 새로 산 립스틱을 두 동강내는 바람에 엄마한테 맞았던 일과 엄마가 나한테서 자전거를 배웠던 일까지. 엄마와 나만이 기억하는 수많은 추억들은 참으로 아름다웠고, 시트콤 같았으며, 애잔하기도 했다는 생각이 들었다.

"그치 엄마?"

"그래, 그게 인생이지. 아름답기도 하고 시트콤 같기도 하고 애잔하기도 한 게. 마냥 행복하기만 한 건 제대로 된 인생이 아니야. 너도 명심해. 고난은 인생에 필수라는 거."

"또 잔소리. 알았어."

두 번째 공기의 밥까지 말끔히 먹어치운 엄마가 물을 들이켠다. 길게 트림을 하고 나더니 엄마가 말한다.

"밥도 배불리 먹었으니, 이 몸은 이제 슬슬 가봐야겠다."

엄마를 닮은 그녀가 힘겹게 식탁 의자에서 일어난다. 과일 좀 먹고 가라고 붙잡으려는데, 엄마는 바쁘다는 핑계를 대고 현관 쪽으로 뒤뚱뒤뚱 걸어가버린다.

"금방 깎을 수 있는데."

"과일 들어갈 자리까지는 없어."

"그럼 망고 좀 사올까? 엄마가 제일 좋아하는 과일이잖아."

"번거로워. 살을 빼라는 건지 말라는 건지. 근데 마짱은 오랜만에 본 나보다 먹을 게 더 좋은가 보다. 배웅도 안 나오고. 너도 나올 필요 없어.”

하지만 나는 엄마를 따라 나선다. 엄마가 신발을 꿰어 신고 현관문 손잡이를 잡아 비튼다. 그러더니 뒤돌아 나를 한번 쳐다보고는 말한다.

“아참, 이 말은 꼭 해주고 가야겠다. 물론 확신할 순 없지만 내 생각에 그렇다는 거야. 그러니까…… 장수가 좀 불편한 아들이었다면, 넌…… 친구 같은 아들이었어. 그래서 너 때문에 많이 행복했다. 그러니까 좋은 여자 만나 아들 딸 낳고 잘 살아. 알았지?”

“당연하지. 누구 아들인데.”

“밥 제때 잘 챙겨먹고, 웬만하면 술 담배는 좀 끊고.”

“엄마는 끝까지 잔소리지.”

“내 말은 무조건 잔소리로 들으니 가야겠다. 너도 들어가 설거지나 해. 엄마 간다.”

“잠깐, 엄마.”

엄마가 뒤돌아 날 쳐다본다.

“또 볼 수 있는 거지?”

“지겹게 뭘 또 봐. 이번엔 진짜 가.”

“이게 마지막은 아니지?”

“너 하는 거 봐서.”

“그럼 또 언제 올 건데?”

“너 길게 외출하는 날.”

“그게 무슨 말이야? 아, 나 집에 없는 동안 짠, 하고 나타나려고?”

“너 하는 거 봐서라니까.”

“내일모레가 마장호 사십구잰데, 그럼 그날 갔다 와서 볼 수 있는 거지?”

“몰라.”

“그럼 그날 현관문 열어두고 갈게.”

“엄마 간다.”

“약속 지켜야 돼?”

“약속은 무슨. 진짜 가.”

엄마와 엄마를 닮은 그녀가 현관문을 탕, 하고 닫고는 진짜 엄마처럼 가버린다. 매정하게 닫힌 현관문을 한참 동안 바라보며 서 있다. 허전함에 가슴이 먹먹해온다. 엄마의 발소리가 귀에서 멀어져간 뒤에야 거실로 돌아와 엄마가 앉았던 소파에 앉는다. 엄마의 무게에 짓눌려 있던 소파는 내 몸을 움푹 담아낸다. 가만히 눈을 감고 앉아 있는데 설명할 수 없는 감정들이 내 몸을 휘어 감싼다. 고개를 쳐들고 멍하니 천장을 올려다본다. 잠깐의 시간 속으로 온갖 상념이 젖어든다. 상념은 눈물이 되어 허벅지로 방울져 떨어진다. 그러나 엄마가 정말로 나 때문에 행복했으면 그걸로 됐다는 생각에, 입가엔 어느새 미소가 번져든다.

“그래, 그거면 됐지.”

두 손으로 얼굴을 쓸어내리며 엄마의 소파에서 일어나 부엌으로 들어간다. 엄마가 시킨 대로 얼른 설거지를 해야겠다. 엄마가 쿠키가 아닌, 내가 해준 아침밥을 먹고 가게 돼서 그나마 다행이었다. 나는 휘파람을 불며 엄마가 남기고 간 식탁을 치운다. 마장호의 사십구재에서 돌아오는 날, 또 한 번 죽음에서 돌아올 엄마를 위해 망고를 사 와야겠다고 생각하며 설거지를 한다. 오늘 엄마에게 먹이지 못한 망고를 그때는 먹일 수 있게 되는 것이다.

41

비라도 한바탕 쏟아질 모양인지 날씨가 후텁지근하다. 내 어깨 위의 마짱도 혀를 늘여 빼고는 더위를 참아내고 있다. 나는 이 집이 저 집 같고, 저 집이 이 집 같은 주황주택단지로 들어선다.

마장호의 사십구재에 다녀오는 길이었다. 엄마를 빼앗아간 나쁜 놈이지만, 마장호가 진짜로 떠나는 날이기 때문에 모른 체할 수가 없었다. 마짱을 데려간 이유는 마장호가 보고 싶어할 것 같아서였다. 무더운 날씨 때문이었는지, 아니면 거기가 뭐 하는 자리라는 걸 알아서 그랬는지, 기특하게도 마짱은 하루 종일 얌전했다. 49일이나 지나서였을까. 마장호를 위해 울어주는 사람은 별로 없었다. 죽음은 생각보다 덤덤하게 잊히는 거라는 걸 알고는 조금 두려워졌다. 나의 식탁대마왕도 그렇게 잊힐지 모른다는 생각 때문이었다. 그래서 집에 다다르는 내 발걸음은 점점 빨라지고 있었다. 엄마를 닮은 그녀가 소파에 앉아, 잊힐지 모르는 엄마를 상기시켜줄 거라는 기대로 말이다.

마트에서 고르고 골라 사온, 봉지 속 망고를 슬쩍 들여다본다. 냉동실에 잠깐 넣어뒀다 깎아먹으면 시원해서 좋을 것이다. 입가에 절로 미소가 번져든 나는, 목을 옥죄고 있던 검정색 넥타이를 잡아당겨 와이셔츠 단추 하나를 푼다. 그리고 마짱을 바닥에 내려놓고 양복 상의를 벗어젖힌다. 땀을 얼마나 흘렸는지, 와이셔츠 등판은 땀으로 축축해져 있었다. 나는, 엄마를 닮은 그녀와 오늘은 무슨 얘기를 할지 생각을 정리하며 집까지 내달린다. 마짱이 신나게 따라온다.

턱까지 차 오른 숨을 뒤로 한 채 마당으로 들어선다. 현관문을 잡아당기니 그대로 열린다. 집에 엄마가 있다는 뜻일까 없다는 뜻일까. 현관문을 열어젖힘과 동시에 큰소리로 묻는다.

"오래 기다렸지?"

신발을 벗고 또 말한다.

"나 왔다니까."

그런데 아무런 대답이 없다. 응당 들려야 할 두 대의 텔레비전 소리도 들려오지 않는다. 소파는 비어 있고, 거실은 적요 그 자체다. 혹시나 하고 부엌을 비롯해 안방과 욕실까지 살펴봤지만 엄마, 아니 그녀는 보이지 않는다. 나는 엄마의 소파 위에 양복 상의와 망고 봉지를 내려놓고 다시 집 밖으로 나간다. 그런데 뭔가가 허전하다. 있어야 할 것이 눈에 보이지 않는다. 냉장고가, 그녀의 지붕 위에 있어야 할 냉장고가 보이지 않는다. 뭐가 어떻게 된 걸까. 무슨 일인가 싶어 그녀의 집 쪽으로 걸음을 옮긴다. 마쫑이 나를 따라온다. 때마침 현숙 아줌마와 루미코 씨가 기다렸다는 듯 내게 다가와 묻는다.

"장호 총각은 알고 있었어?"

"뭘……."

"저 55호 아가씨 이사 간 거."

"네?"

"눈 깜짝할 새에 가버렸지 뭐야. 난 무슨 빚쟁이한테 쫓기는 줄 알았다니까."

"장호상, 또 무슨 일 있었습니까?"

루미코 씨의 질문은, 저 집터의 안 좋은 기운에 의해 또 무슨 일이 생겨 그녀가 이사를 가버린 거 아니냐는 의미였다.

"없었어요. 아무 일도."

갑자기 이사라니. 나의 긴 외출을 틈타 다시 오겠다던 그녀가 나 몰래 이사를 가버리다니. 자신이 내 곁에 있어 내가 불행해진다는 생각을 끝내 떨쳐내지 못한 걸까. 결국 마장호와 엄마의 죽음을 재수 없는 자기 탓이라고 생각해버린 그녀였다. 아, 미련한 사람. 그녀의 바보 같은 결정이 안쓰럽고 안타까워서 가슴 한쪽이 서늘해진다. 긴 외출에 대해 물었을 때 눈치를 챘었어야 했는데, 내 잘못이다. 하지만 왜 다들 예고도 없이 떠나버리는 걸까. 왜……. 무심한 사람들,

바보 같은 사람들, 이기적인 사람들. 하지만 그녀가 정말로 이사를 가버렸는지 두 눈으로 확인해야 할 것 같아 그녀의 집 울타리를 열어젖히고 안으로 들어선다. 빈집엔 뭐 하러 들어가느냐며, 현숙 아줌마와 루미코 씨가 말린다.

"문도 잠겼을 텐데."

그래도 현관문을 잡아당겨 본다. 아줌마 말대로 현관문은 열리지 않는다. 베란다 창문도 굳게 잠겨 있어서 안을 들여다볼 수 없었다. 내 눈은 지붕 위에 있는 그녀의 방으로 향한다.

"저기도 잠겼을까요?"

"고집도 참."

다시 집으로 들어가 내 방으로 올라간다. 창문을 넘고 지붕을 지나 그녀의 방 앞에 선다. 창문을 잡아당긴다. 다행히 그녀의 방은 잠기지 않은 채였다. 창문이 잠기지 않았다는 게 그녀가 이사를 가지 않았다는 뜻이라도 되는 듯, 기대에 차서 그녀의 방으로 들어간다. 그런데 아무것도 없다. 텅 비어버린 방에는 정말 아무것도 보이지 않는다. 도대체 나는 뭘 바라고 있었던 걸까. 뻔한 결과 앞에 뭘 기대했던 걸까.

"미련한 놈."

축 처진 어깨에 애써 힘을 실으며 아래층으로 내려간다. 그랜드피아노가 있던 자리와 싱싱한 화분들이 있던 자리에는 텅 빈 울림만이 남아 있었다. 과거가 많은 집이라 그런지, 가구 하나 없는 집 안은 좀 을씨년스러웠다. 따라 들어온 마짱이 제 세상을 만난 것처럼 빈집을 마구 헤집고 다닌다. 나는 그녀와 내가 음식을 만들어 먹었던 부엌을 거쳐 안방과 욕실을 살펴보고는 그녀의 방으로 다시 올라가본다. 혹시 그녀가 나한테 남긴 메모라도 있지 않을까 싶어 사방을 두리번거린다. 하지만 매정하게도 그런 건 나오지 않는다. 진짜로 가버린 것이었다. 그것도 아주 완벽하게. 휴대폰 번호라도 알아둘 걸 후회가 된다. 너무 가까이 살다 보니, 그래서 전화로 서로 연락을 주고받을 일이 없다 보니, 챙겨야겠다는 생각을 못 한 것이다. 안타까웠다. 아무리 가까이 있는 사람이라도 멀리 떠날 수 있다는 사실을 왜 모르고 사는 걸까. 모든 게 영원할 거라는 자만이 남긴 후회였다.

잠시 그녀의 창가에 엉덩이를 걸치고 앉는다. 그녀를 처음 만났던 순간부터, 그녀의 수줍음과 그녀의 작은 목소리와 그녀의 손톱들과 엄마가 죽던 날 그녀와 내가 펼쳤던 연극 공연 등이 파노라마처럼 스쳐 지나간다. 고등어 비린내를 피해 그녀의 방으로 들어가던 날 이 방에서 나던 섬유유연제 냄새도 생각난다. 그리고 꽃무늬가 프린트된 그녀의 수건과 그녀의 몸에서 풍겨 나오던 은은한 비누 향도. 그래도 이 집에 사는 동안 그녀와 그녀의 가족에게 아무 일도 일어나지 않아 그나마 다행이란 생각이 들었다.

"그거면 됐지."

마짱이 그녀의 방으로 뛰어들어와 내 품에 안긴다.

"그치 마짱?"

마짱이 나를 올려다보며 고개를 갸웃거린다.

"그거면 된 거라고."

그렇다면 혹시 이탈리아에 있는 마장호의 그녀, 클레아도 마장호의 곁을 떠나버린 건 아닐까. 녀석에게 전화로 물어볼 수 있으면 좋으련만. 답답한 마음에 창가에서 그만 일어난다. 한여름의 빈집은 차가움 그 자체였다. 혼자가 된다는 건 이런 차가운 느낌일 것만 같아, 더 있고 싶지가 않았다.

42

집으로 들어오자마자 거실 텔레비전부터 켠다. 텔레비전 소음이 없는, 조용한 거실은 아직도 적응이 안 된다. 나는 소파에 멍하니 앉았다가 한참 만에야 다시 일어난다. 검정 비닐 봉지 속에 들어 있는 노란 망고가 보인다. 망고를 먹어줄 사람이 사라져버렸지만 나는, 부엌으로 가 냉동실에 망고를 넣어둔다. 그러고는 땀에 전 옷을 벗고 욕실로 들어간다. 말도 없이 떠나버린 사람의 냉정함과 거기에서 비롯된 섭섭한 기분을 달래기 위해 욕조에 물을 받아 몸을 담근다.

욕실 밖에서 들려오는 두 대의 텔레비전 소리가 있어서 외롭지 않은 목욕이다. 차갑고 부드러운 욕조 물이 내 온몸을 감싸 안는다.

욕조가 홀로 된 내 시간을 달랜다.

43

목욕을 끝낸 후 냉동실에서 적당히 차가워진 망고를 꺼낸다. 접시와 과도를 챙겨들고, 텔레비전은 그대로 켜둔 채 위층으로 올라간다. 피곤했는지 마짱은 내 침대로 올라가자마자 잠을 청한다. 스스로 떠나버린 사람, 생각하면 뭐 하나 싶어 생각을 밀쳐내보지만, 그럴수록 그녀의 잔상과 기억들은 내 주위를 맴돈다. 나는 젖은 머리카락을 수건으로 말리며 책장 위에 진열해 둔 깁스를 올려다본다. 왼다리 통깁스를 내려 그녀가 해줬던 사인을 찾아, 그녀처럼 수줍게 읽어본다.

"별을 보기 위한 튼튼한 두 발과 두 다리가 되길…… 김보리."

그녀가 남긴 유일한 흔적은 그녀처럼 수줍게 남아 날 웃음 짓게 한다. 인사도 없이 떠난 사람이라고 매정하게 생각했는데, 아무것도 남기지 않고 떠난 것은 아니었다.

깁스를 제자리에 올려두고 창문을 열어 밖을 내려다본다. 냉장고가 없는 그녀의 지붕도 허전하고, 아무도 지나가지 않는 주황주택단지의 한적한 길과 여름날의 긴 햇볕도 지루하기만 하다. 이 시간을 달랠 뭔가를 찾고 싶어 방 안으로 눈을 돌린다. 내 눈길이 멈춘 곳은 침대 밑이다.

"아, 가름끈……."

예전 같았으면 사장을 향한 증오나 통쾌 따위를 떠올리게 했을 가름끈이지만, 묘하게도 이제는 그녀와의 추억이 먼저 떠오른다. 나는 침대 밑에서 가름끈 상자를 꺼낸다. 2만 개가 넘는 색색의 가름끈들. 증오가 아닌 관계의 끈이 되어준 수집물이니 이것으로 뭔가를 만들어보는 것도 나쁘지 않을 듯싶었다. 뭐가 좋을까 궁리하며 침대에 등을 기대고 앉는다. 궁리에 궁리를 거듭한 끝에 가름끈과 가름끈을 매듭으로 이어보기로 한다. 고맙게도 그것들을 이어 붙이는 동안엔 아무 생각도 나지 않는다. 마장호와 엄마의 죽음은 물론, 그녀가 떠났다는 사실마저도. 내가 무엇을 하고 있는지조차 잊어가는 시간은, 요리사의 길이 내 길일지 모른다고 깨달았던 그 시간 이후로 오랜만에 맛보는 경험이었다. 그 탓에 깎아먹으려고 들고 올라온 망고는 외롭고 쓸쓸하게 냉기를 잃어가고 있었다.

44

몇 시간이 흘렀을까. 뻐근해진 목덜미를 주무르며 고개를 쳐든다. 어스름해진 저녁 하늘은 어느새 비를 뿌리고 있었다. 유리 천장으로 떨어지는 빗소리가 자장가처럼 들려온다. 아버지의 퇴근은 오늘도 늦을 모양이다. 엄마가 집에 없는 뒤로 아버지의 퇴근은 점점 늦어지고 있었다.

마지막 남은 가름끈에 매듭을 짓고 보니, 실처럼 연결된 색색의 가름끈이 똬리를 틀듯 수북이 쌓여 있다. 나는 그것을 단단히 감기 시작한다. 공을 만들어볼 생각이었다. 뜨개질을 할 줄 알았다면, 나는 좀 더 그럴싸한 것을 짜낼 수도 있었을 것이다.

작았던 공 모양은 감을수록 점점 커져간다. 연결된 매듭이 공 모양의 표면으로 거칠게 삐져나오긴 해도 보기 싫지는 않다. 그렇게

2만 개가 넘는 가름끈은 마짱이 갖고 놀기에 아주 적당한 5개의 공으로 다시 태어난다. 아마 책으로 공을 만들 수 있다는 사실을 아는 사람은 이 세상에 나 하나뿐일 것이다.

"그치, 마짱?"

녀석은 아직까지도 자고 있다. 나는 가름끈 공으로 저글링 연습을 하며 아버지를 기다린다. 떨어지는 빗방울은 유리 천장의 먼지를 말끔히 씻어내고, 나 혼자만의 저녁은 떨어지는 빗소리와 함께 고요히 저물어간다. 비처럼 차가운 초저녁이다.

손도 안 댄 망고는 저녁 식사 후에 아버지와 함께 깎아먹어야 할 것 같았다.

45

"한여름에 마스크라니."

나는 마스크로 코와 입을 막고, 손에는 고무장갑을 낀 채, 방금 수산시장에서 사온 고등어를 손질한다. 머리를 잘라내고 배를 가르고 내장을 끄집어낸 다음, 흐르는 물로 깨끗이 씻어낸다. 마스크 사이로 한 번씩 틈입해 들어오는 고등어 비린내를 꾹 참아낸다. 여러 번 하다 보면 이 비린내도 익숙해지질 것이다. 난 요리사가 될 사람이니까.

데칼코마니처럼 배가 갈린 고등어를 소쿠리에 펼쳐 담아 쟁반에 받쳐 들고 위층으로 올라간다. 내일은 형네 식구들이 집에 오기로 한 날이다. 엄마가 멀리 외출을 나가버린 뒤로, 형은 엄마가 집에 있을 때보다 더 자주 집에 들른다. 내일은 내내 미뤄왔던 고등어김치조림을 한번 만들어볼 생각이다. 엄마가 만들어주던 것보다 더 맛있다는 소리를 듣고 싶은 욕심에 나는, 고등어를 말리러 지붕으로 내려가는 내내 레시피에 대해 고민한다.

고등어를 멀찌감치 놓아두고 지붕에 앉는다. 올해는 장마가 짧게 머물다 갔다. 그래서 내 지붕을 비에게 빼앗긴 시간은 그렇게 많지 않았다. 엄마의 죽음으로 내게 말 건네는 걸 조심스러워하던 동네 사람들도 이제는 예전으로 돌아갔다. 추가을 양은 여전히 시니컬하고 까칠했으며, 소설가 남씨 아저씨는 아직도 날 염탐꾼으로 생각하고 있다. 현숙 아줌마의 요리에 대한 끊임없는 질문과 욘사마의 결혼을 걱정하는 루미코 씨는 여전히 날 웃음 짓게 만들었다. 못생긴 조혜리 누님은 바리스타 노대명 씨와 아직 비밀 연애를 유지하고 있는 듯했고, 노총각 승배 형님 또한 제 짝을 만나기 위한 분주한 움직임을 멈추지 않고 있었다. 늙고 뚱뚱한 욕쟁이로 불리던 최씨 할아버지가 얼마 전에 식탐대마왕의 뒤를 이어 저승길로 가버린 사실 말고는 주황주택지와 주황주택단지의 사람들은 예전으로 돌아왔다. 아침 6시 반만 되면 어김없이 나와 조깅을 나가는, 주황주택단지의 칸트 강대평 어르신처럼.

그런 그들을 보면서 나는, 시간은 그냥 흐르지 않는다는 생각이 들었다. 끊임없는 변화와 관성과 진보를 경유하며 흐른다. 게다가 시간은 자립심이 강해서, 자신이 건드리고 어질러놓은 것들을 알아서 다시 정리하고 분리하고 버려주기까지 한다. 그래서 시간은 우리 눈에 보이지 않는, 우리의 가장 위대하고 착한 위로자다.

지붕 위의 여름 햇볕 아래 앉아 있는 내 등 뒤로 뭔가가 툭, 하고 떨어진다. 가름끈으로 감아 만든 공이었다. 마짱은 생각했던 것보다 가름끈 공을 잘 가지고 논다. 마짱이 떨어뜨린 공을 집어 들자 녀석이 내 손으로 달려든다. 지금 내 손에 있는 것 말고도 공이 네 개나 되는데도, 마짱은 꼭 내 손에 있는 공만 빼앗아 놀려고 한다.

그렇게 마짱과 하나의 가름끈 공을 가지고 장난을 치고 있는데, 주황주택단지 끄트머리에서 탑차 한 대가 들어온다. 차가 멈춰 선 곳은 우리 집 앞이다. 차에는 전화번호와 함께 '신속하고 안전한 ○○ 화물'이라고 큼지막하게 쓰여 있다. 적재된 배달 물건을 꺼내기 위해 차에서 내린 두 명의 택배 기사가 탑차 뒤쪽으로 간다. 잠시 행동을 멈춘 한 기사가 지붕 위의 나를 올려다보며 묻는다.

"여기가 서장호 씨 댁 맞습니까?"

"네."

"본인 되십니까?"

"그런데요."

"전화번호 기재가 안 돼 있어서…… 다행히 집에 계셨네요."

택배 기사들이 탑차 문을 연다. 나한테 배달될 물건 같은 건 없다. 인터넷으로 뭘 구입한 적도 없었다.

"저희 집으로 온 거 맞나요?"

"네, 화물 택배입니다."

화물 택배라면 배달 물건이 작은 게 아니라는 얘기다. 일단 내려가봐야 할 것 같아, 내 방 창으로 올라가 아래층으로 내려간다. 현관 문을 열어 고정시켜놓자, 두 기사가 배달 상자를 거실 바닥에 조심 스럽게 내려놓는다. 상자는 꽤 큼지막한 직육면체 모양이었다. 누가 보낸 거냐는 물음에 기사가 대답한다.

"글쎄요, 보낸 사람 이름도 주소도 없네요. 그럼 이만……."

"아, 네. 수고하셨습니다. 안녕히 가세요."

기사 말대로 상자에 붙은 운송장에는 보내는 사람의 이름도 주소 도 없었다. 취급을 주의해달라는 문구가 빨간색으로 쓰여 있을 뿐이 다. 궁금해서 얼른 상자를 개봉한다. 물건은 에어캡으로 겹겹이 포 장돼 있었다. 상자와 에어캡을 모두 제거하자 배달된 물건의 정체가 드러난다.

그것은 냉장고였다.

떠나기 전까지 그녀의 지붕 위에 기우뚱하게 서 있던 그녀의 소형 냉장고. 이게 어찌 된 일인가 싶어, 상자에 붙은 운송장을 다시 한 번 확인한다. 자세히 들여다보면 보내는 사람의 주소와 전화번호가 튀 어나오기라도 할 것처럼. 그러나 역시 아무것도 보이지 않는다. 답답 하고 조급한 마음에 냉장실 문부터 열어본다. 텅 비어 있는 냉장실 안에서는 퀴퀴한 냄새가 난다. 오랫동안 가동이 멈춰 있었던 듯했 다. 이어 냉동실 문을 열어젖히는데, 냉동실 안쪽에 파란색 포스트잇 이 붙어 있는 게 보인다. 뭐라고 쓰여 있는 것 같아 포스트잇을 떼어 낸다.

이 냉장고는

저보다 장호 씨에게

더 필요할 것 같아서요……

— 보리.

그녀의 글씨다. 글자는, 다시 작아져버린 그녀의 목소리처럼 보여 웃음이 나왔다. 그런데 왜 이렇게 가슴 한쪽이 먹먹해오는 걸까. 그녀에게 이 냉장고가 어떤 의미인지 알고 있어서일까. 이건 내가 받아서는 안 되는 물건이었다.

46

　나는 30분째 멍하니 냉장고 앞에 쭈그리고 앉아 있다. 그녀에게
이 냉장고는 엄마의 낡은 소파와 텔레비전 같은 것이었고, 마장호의
마짱과도 같은 것이었다. 하지만 지금 당장 돌려주고 싶어도 돌려
줄 방법을 찾을 수가 없다. 고민과 망설임이란 두 갈림길을 한창 오
가고 있는데, 고정시켜 열어둔 현관문 밖으로 지나가는 홀 매니저가
보인다. 마침 잘됐다 싶어 김대무 씨를 소리쳐 부른다. 우리 집 앞을
지나쳐 가려던 김대무 씨가 다시 뒷걸음질해 모습을 드러낸다. 바쁜
길이 아니면 좀 도와달라는 말에 김대무 씨는 흔쾌히 신발을 벗고
거실로 들어온다.
　"집에서 오는 길이세요?"
　"네. 인감도장이 필요해서요. 냉장고 옮기시게요?"

"네."

"이건 서 보조님 옆집에 있던 그 냉장고 아닙니까."

"맞아요. 혼자 옮기기엔 좀 무리라…… 조심히 다뤄야 하는 물건이거든요."

눈치가 빠른 김대무 씨는 '지붕 위로 옮기실 거죠?'라고 말하고는 냉장고 머리 쪽을 들고 앞장서 목조계단을 밟고 올라간다. 냉장고는 거뜬히 내 방 창을 넘어 지붕 위로 내려간다. 김대무 씨와 나는 적당한 위치에 냉장고를 내려놓는다. 그러고는 동시에 거친 숨을 뱉어낸다. 김대무 씨가 지붕 아래를 내려다보며 말한다.

"주황주택단지가 한눈에 다 내려다보이네요."

"네."

"다음 주부터 출근하신다고 들었습니다. 전쟁통이던 주방이 좀 여유로워지겠는데요."

"내심 기분이 좋아지네요. 존재감이 생긴 것 같아서요."

김대무 씨가 소리 없이 웃는다. 나는 8월부터 퐁즈에 다시 출근하기로 했다. 사장 얼굴을 다시 봐야 한다는 게 좀 끔찍하긴 하지만, 어쩌겠는가. 거기가 내 밥줄이고 학교인걸. 나만이 가질 수 있고, 나만이 쓸 수 있는, 내 전용 칼이 생길 때까지 나는 아직 배울 게 많은 서보조일 뿐이다. 그런데 소리 없이 웃고 있는 김대무 씨의 얼굴에 우수가 한가득하다. 그런 그의 얼굴을 보고 있으니, 아무것도 쓰여 있지 않았던 사장의 다리 깁스가 생각난다. 낙서 행위는 어쩌다 실패로 돌아갔던 거냐고 묻고 싶었지만 관둔다. 누구보다 힘든 사랑을 하고 있을 김대무 씨였다. 그가 말한다.

"좋네요."

"뭐가요?"

"이 지붕요. 서 보조님이 왜 그렇게 여기에 자주 앉아 계셨는지 알겠어요."

"술친구 필요하면 언제든 오세요. 밤에 여기 앉아 마시는 맥주 죽이거든요."

"그럼 언제 한번 초대해주십시오."

"네."

이만 가봐야겠다며 김대무 씨가 내 방 창으로 올라간다. 물이라도 한잔 마시고 가라고 붙잡았지만, 김대무 씨는 손사래를 치며 아래층으로 내려가 신발을 꿰어 신는다. 김대무 씨가 돌아가자 나는, 사과 향이 나는 다목적용 세정제를 들고 지붕으로 내려간다. 세정제로 냉장고의 안과 겉을 말끔히 닦아내자 퀴퀴하던 냉장고 속 냄새는 금세 사과 향으로 바뀐다.

"어머, 뭐야, 장호 총각?"

외출에서 돌아온 현숙 아줌마가 지붕을 올려다보며 호들갑스럽게 묻는다.

"그거 55호 아가씨 냉장고 아니야?"

"네."

"어떻게 된 거야. 그 아가씨 다시 돌아온 거야?"

"아니요."

"그럼?"

"그냥, 그렇게 됐어요."

그때였다. 냉장고에서 윙윙, 하는 소리가 들려왔다. 태양 에너지를 흡수한 냉장고가 다시 가동되기 시작한 것이다. 나는 현숙 아줌마를 향해 소리친다.

"살아났어요!"

"응?"

"냉장고가 다시 살아났다고요!"

"태양열로 가는 거라며."

"그러니까요."

신기했다. 마치 살아 있는 사람이 혼자서 숨을 쉬고 있는 것 같았다. 기특한 녀석을 이대로 방치해두고 싶지 않아 자리에서 일어난다. 뭐라도 사다 넣어야겠다.

자전거에서 내린 나는 마트 봉지를 들고 지붕으로 내려간다. 7월 말의 뜨거운 태양 덕분인지, 냉장고는 차가운 냉기를 쌩쌩 뿜어내고 있었다. 집 앞을 지나가는 사람들은 사라졌던 냉장고가 자리를 옮겨 다시 모습을 드러내자, 반가움과 궁금증이 섞인 질문들을 쏟아낸다.

"어머, 냉장고 다시 돌아왔네요?"

"네."

"그동안 왜 안 보였던 거래요?"

"글쎄요. 잠시 여행이라도 다녀오고 싶었나 봐요."

"네?"

"하하, 농담이에요."

"전 고장이라도 난 줄 알았잖아요. 근데 자리를 왜 그쪽으로 옮겼데요?”

“글쎄, 이쪽 지붕이 더 좋아 보였을까요? 나중에 이 녀석한테 물어볼게요. 하하.”

이상하게도 지나가는 사람들의 관심은 지붕 위에 냉장고가 처음 등장하던 날보다 더 많아진 것 같았다. 굳이 살아 있는 사람이 아니라 해도, 없다가 있음에는 이유가 필요했고, 있다가 없음에도 이유는 필요한 모양이었다. 지붕 위의 냉장고를 다시 반겨주는 분위기여서 나 역시 기분이 좋았다.

마트에서 사 온 막대 아이스크림부터 냉동실에 넣는다. 그리고 캔 맥주를 비롯해 각종 마른안주와 캔 커피와 오렌지 주스를 넣고 생수를 넣는다. 마짱이 좋아하는 바나나 맛 우유까지 넣으니 냉장고 안은 풍요로워진다. 오늘 하루 종일 햇볕에 말려둔, 배가 갈린 고등어가 보이자 그것도 넣어둔다. 내일은 싱크대 어딘가에 처박혀 있는, 여분의 얼음 트레이로 얼음을 얼려볼 생각이다. 굳이 아래층으로 내려가지 않고도 얼음을 비롯한 온갖 음료를 꺼내 마실 수 있다는 사실에 더 기특하게 느껴지는 냉장고였다.

옆에서 말없이 내 행동을 지켜보고 있던 마짱이 갑자기 재주를 넘는다. 자기가 좋아하는 바나나 맛 우유를 사왔다는 사실을 알고는 저러는 것이다. 먹고 싶으니까 당장 꺼내 달라는 뜻이었다.

“알았어. 자식, 눈도 밝지.”

냉장고에서 바나나 맛 우유를 꺼내 녀석에게 건넨다. 녀석은 내가 뺏어 먹기라도 할까 봐 멀찌감치 등을 돌리고 앉아 뚜껑을 벗긴다. 목이 탄 나도 캔 맥주 하나를 꺼내 냉장고 옆에 기대고 앉는다. 어느새 어슴푸레해진 하늘에서는 별들이 반짝거리기 시작한다. 해가 비워둔 자리에는 붉게 노을이 져 있다. 그래도 냉장고는 윙윙, 잘도 돌아간다.

나는 맥주를 들이켜며 냉장고에 귀를 바짝 갖다 댄다. 간헐적인 소음으로 자기 존재를 알려오는 냉장고가 자꾸 내게 말을 걸어오는 것만 같다. 늘 혼자인 적이 많았던 지붕 위의 나날들이 이제는 혼자가 아닌 둘, 혹은 셋이 될 거라고 말해주기라도 하는 걸까. 그래서인지 짙어가는 초저녁 여름날, 냉장고에 기대어 앉아 마시는 맥주는 쓰지 않았다. 그리고 왠지 내 몸에서도 윙윙, 소리가 나는 것 같았다.

낯선 것들,

뜻밖의 사건들,

자만과 확신의 어긋남들,

그리고 나만은 예외일 거라는 건방짐들,

거기에서 고통은 시작된다.

양파의 습관이 아닌,

인생의 습관이라고 해두자.

나도,

그대들도,

그 습관에서 자유로울 수는 없다.

다만 적응해야 할 뿐.

2012년 여름

김희진

레몽뚜 장의 상상발전소 김하서 장편소설

함부로 상상하지 마! 죽을지도 몰라! 제2회 자음과모음 신인문학상 수상작가, 김하서 신작 장편소설. 현대판 메피스토, '레몽뚜 장'이라는 인물을 통해 불확실한 미래에 대한 인간의 불안, 그로 인한 공포가 어떻게 상상과 욕망을 구축하게 되는지를 그로테스크하게 그려낸다.

Y씨의 거세에 관한 잡스러운 기록지

강병융 장편소설

독립적인 60여 개의 기사와 9개의 만평이 하나의 이야기로 귀결되는 독특한 형식의 소설. 끝없이 갈라지는 패러디의 향연. 아이러니와 풍자를 넘어 가슴을 움직이는 강렬한 페이소스!

오릭맨스티 최윤 장편소설

이상문학상 · 동인문학상 수상작가 최윤, 8년 만의 신작 장편. 작가 특유의 냉정하고 지적인 문장 속에 파국을 향해 치닫는 지리멸렬한 인간군상의 모습을 긴 호흡으로 느낄 수 있다.

콩고, 콩고 배상민 장편소설

제1회 자음과모음 신인문학상 수상작가, 배상민. 걸출한 입담, 무서운 이야기꾼의 탄생을 알리는 첫 장편소설. 세상과 맞짱 뜨는 불순한 진화 인류의 고군분투기! 인류의 진화론을 바탕으로 SF와 신화적 요소를 절묘하게 버무린 최고의 기대작.

1994년 어느 늦은 밤　유현산 장편소설

제2회 자음과모음 네오픽션상 수상작가, 유현산 신작 장편소설. 폭풍 같던 1990년대를 수직으로 관통한 정통 사회파 스릴러! 한국 역사상 가장 끔찍했던 범죄 집단 '지존파' 사건을 모티프로 삼아 지금 이 사회를 병들게 하는 청춘의 박탈감을 되짚는다.

조드(전 2권)　김형수 장편소설

테무진이 광활한 몽골 초원을 누비며 칸이 되기까지 겪었던 유목민의 생활과 삶에 대한 이야기. 칭기즈칸이라는 인물의 영웅서사가 아닌, 칭기즈칸을 중심으로 한 유목민들의 삶에 초점을 맞추어 아시아의 중세를 새롭게 그려냈다.

서울의 낮은 언덕들　배수아 장편소설

낭송극 전문 무대 배우 '경희'가 고향을 떠나 먼 나라 낯선 도시와 낯선 사람들을 차례로 방문하는 혼란과 매혹의 여정. 소설과 에세이의 경계를 무너뜨리는 배수아 특유의 작품세계를 만날 수 있다.

옷의 시간들　김희진 장편소설

시대에 소외받고 상처받은 현대들이 모여 시름을 나누는 곳, 빨래방. 그곳에서 지금 막 이별한 여자와 이별을 준비하는 남자가 만났다. 누구나 겪을 수밖에 없는 '관계'의 문제를 톡톡 튀는 문장과 무겁지 않은 서사로 경쾌하게 그려냈다.

양파의 습관

© 김희진, 2012

초판 1쇄 인쇄 2012년 6월 17일
초판 1쇄 발행 2012년 6월 30일

지은이　　　김희진
펴낸이　　　강병철
주간　　　　정은영
편집　　　　장지희 박소이 신주식
제작　　　　고성은 김우진
마케팅　　　조광진 장성준 박제연 이도은 전소연 김우리
E-콘텐츠사업　정의범 조미숙 이혜미

펴낸곳　　　자음과모음
출판등록　　1997년 10월 30일 제313-1997-129호
주소　　　　121-840 서울시 마포구 서교동 396-33번지
전화　　　　편집부 02) 324-2347　경영지원부 02) 325-6047
팩스　　　　편집부 02) 324-2348　경영지원부 02) 2648-1311
이메일　　　munhak@jamobook.com
홈페이지　　www.jamo21.net

ISBN 978-89-5707-675-0 (03810)

이 책은 2011 문학창작활성화-작가창작활동지원사업 지원을 받아 발간되었습니다.